Maria Claudia

mystery tea

5

Andrea Fazioli

La sparizione

Un caso di Elia Contini

Romanzo

TEA

Per informazioni sulle novità
del Gruppo editoriale Mauri Spagnol visita:
www.illibraio.it
www.infinitestorie.it

TEA - Tascabili degli Editori Associati S.p.A., Milano
Gruppo editoriale Mauri Spagnol
www.tealibri.it

Edizione su licenza della Ugo Guanda Editore

Prima edizione Mystery TEA settembre 2012
Prima ristampa Mystery TEA aprile 2013

LA SPARIZIONE

Il silenzio non è solo assenza di qualcosa – un semplice intervallo tra parole e rumori –, ma *è* esso stesso qualcosa.

ROMANO GUARDINI

PRIMA PARTE
Ricerca

1

Devi essere forte

Enzo morì prima di colazione, mentre faceva il nodo alla cravatta. Il caffè era pronto. Sonia lo chiamò due volte, ma Enzo non rispose. Sonia lo trovò accasciato davanti allo specchio, con in mano una cravatta blu a righine bianche. Di solito Enzo si vestiva e poi, prima di uscire, mandava giù un caffè in piedi sulla soglia della cucina.

Sonia chiamò il pronto intervento e tentò di salvare suo marito. Enzo non era cosciente, non respirava, non aveva polso. In casa non avevano un defibrillatore, ma Sonia era infermiera e conosceva le tecniche di rianimazione cardiopolmonare. Sapeva che in caso di arresto cardiaco tutto dipende dai primi minuti: *stay and play*, come dicono gli americani, ogni secondo perso può essere fatale. Benché le statistiche siano incoraggianti, chi lavora nel settore sa che ogni caso ha la sua storia. Infatti all'arrivo dell'ambulanza Enzo era già morto.

Più tardi, quando le vennero i primi sospetti, Sonia si domandò se Enzo avesse intuito di avere poco tempo. Era un medico e non poteva illudersi. Però trattava il suo corpo con noncuranza: non si preoccupava dei *bypass*, prendeva le pillole malvolentieri, lavorava troppo. E inoltre, come avrebbe scoperto Sonia, c'era qualcosa che lo tormentava.

La cosa più dura fu telefonare a Natalia.

«Cosa c'è, mamma?»

La voce un po' impaziente. Ci siamo sentite ieri sera, che bisogno c'è di chiamarmi ancora stamattina? Sonia prese tempo:

«Sei a Ginevra o...»

«Sono nell'appartamento di Barbara. Perché?»

Natalia stava trascorrendo una settimana nella Svizzera francese, per visitare le università di Ginevra e Losanna. Faceva la terza liceo, quindi aveva ancora tempo per scegliere dove proseguire gli studi. Ma era una ragazza metodica, non le piaceva improvvisare. Sonia esitò.

«Ecco, vedi, ti chiamo per... si tratta di papà.»

«Sta male?»

Natalia aveva cambiato tono di voce. Sonia fece un respiro profondo.

«È... papà è...»

«È ferito? È morto?»

Sonia annuì. Poi si rese conto che Natalia non poteva vederla. Inghiottì un po' di saliva e disse:

«Devi essere forte».

Chissà perché ci si rifugia nei luoghi comuni. Davanti alla morte, Sonia se ne rese conto fin dalle prime ore, ognuno si comporta come se recitasse un ruolo minore in un vecchio film. Poche parole, pronunciate con intensità, come se volessero dire qualcosa. Strette di mano, sguardi bassi, frasi lasciate a metà. Sonia cercava di fare ciò che si aspettavano da lei. Ringraziava, assicurava che in caso di bisogno avrebbe chiesto aiuto, prometteva telefonate che non avrebbe fatto.

Devi essere forte. Aveva cominciato lei, usando quelle parole. Chissà come le erano venute? Nelle prime ore, il dolore non si presentò come un'ondata, ma come una serie di scosse. Per qualche minuto faceva qualcosa, senza pensare a niente, poi si fermava ed ecco la scossa: Enzo è morto. Enzo è morto e io sono qui e mi tocca telefonare a una qualche impresa di pompe funebri. Io comincio ad avere fame, ma Enzo è morto. Dovrò chiamare i suoi parenti? Enzo è morto.

Erano sposati da venticinque anni. Una sola figlia, Natalia, diciassette anni in dicembre. Enzo Rocchi aveva uno studio medico, a Lugano, insieme al dottor Peter Mankell. Sonia aveva lavorato come infermiera, ora insegnava a metà tempo alla scuola per infermieri. Non c'erano molti parenti da avvisare: due cugini che abitavano a Berna e il padre di Enzo, ottantanove anni, che stava in una casa per anziani. Sonia non gli telefonò. Andò a trovarlo e, insieme a un medico, gli diede con cautela la notizia. Augusto Rocchi non era più del tutto lucido, ma si rese conto di quanto era accaduto. Incassò il colpo con dignità, senza dire quasi niente. Appena un po' d'ansia quando chiese a Sonia:

«E tu? E Natalia? Voi state bene, voi?»

I Rocchi abitavano a Massagno, in una casa in collina, verso la fine di via Al Roccolo. Qualche ora dopo la morte di Enzo, Sonia volle rimanere sola. Nessun collega, nessuna amica. La casa vuota era come un rifugio. Prima di allora non aveva mai pensato all'importanza degli oggetti. Vedeva i sandali di suo marito, il suo tovagliolo, la schiuma da barba e un romanzo di Connelly con il segnalibro a pagina 46. Ogni oggetto era un puntino, come in un gioco della «Settimana enigmistica», e la linea tratteggiata che legava i puntini era la figura di Enzo, la sua presenza. La forma del suo corpo nella poltrona. Il suo cellulare ancora spento: Sonia non conosceva il codice PIN, nessuno l'avrebbe più acceso. Chiamate senza risposta.

Ora basta, sto diventando patetica. Dopo un po', Sonia si costrinse a reagire. Uscì in balcone e fece le telefonate che doveva fare, senza fermarsi tra l'una e l'altra.

Era una bella giornata di giugno. Dal balcone si vedevano scintillare i tetti di Lugano, fin sulla riva del lago. Qualche nuvola passava in fretta, subito scacciata dal vento. Sull'acqua, motoscafi e barche a vela intrecciavano le loro traiettorie. Qualche anno prima, Enzo si era iscritto a un corso di vela. Poi aveva rinunciato, perché non aveva tempo. Poco dopo erano cominciati i primi disturbi cardiaci.

Il collega di Enzo, Peter Mankell, volle conoscere i dettagli. Sonia lo sapeva che a un medico non poteva bastare il fatto nudo e crudo. Il cuore si era fermato. Che importavano il pasto della sera precedente e l'attività fisica e i medicamenti prescritti?

«Lui non parlava mai della sua salute.»

«È vero.» Sonia notò l'uso dell'imperfetto. Ci vuole poco, per ratificare una scomparsa. «Enzo era un po' testardo, lo sai.»

«Senti, hai bisogno che passi da te? Magari posso darti un calmante?»

«No, grazie. Ma voi, piuttosto, come farete con lo studio? Se volete che vi dia una mano...»

Peter rifiutò. Non era il momento di pensare allo studio. In effetti, Sonia non sapeva nemmeno perché gliel'aveva chiesto. Forse tanto per dire qualcosa, o per non dover usare più quei verbi all'imperfetto. Non voleva nascondersi nel passato, non poteva disegnare la linea tratteggiata intorno agli oggetti-puntini nella casa vuota. Se non altro, il futuro le chiedeva gesti concreti. Stare accanto a Natalia, vestirsi, mangiare, pensare al funerale, ringraziare chi l'aiutava. Occuparsi di questioni pratiche.

Telefonò all'avvocato Bossi.

«Sonia, sono davvero... sono sconvolto. Pensare che l'ho incontrato proprio ieri!»

Sonia non disse niente.

«Hai bisogno di qualcosa? Vuoi che venga da te?»

«Magari più tardi, grazie.»

«Dovevo pranzare con lui nei prossimi giorni. Ha detto che aveva una questione urgente da sottopormi.»

Non ci saranno più questioni urgenti, pensò Sonia in quel momento. Le parole dell'avvocato non la colpirono più di tanto.

«Sei sicura che vuoi stare sola? Natalia non c'è?»

«Non c'è problema. Però potresti darmi una mano.»

Sonia non sapeva che cosa fare. I suoi genitori venivano dalla Svizzera francese, quando erano morti una prozia aveva sbrigato tutte le faccende pratiche. Adesso invece era sola. Che cosa si fa quando muore una persona? Bisogna dire qualcosa a qualcuno, bisogna fare un annuncio?

«Non preoccuparti, Sonia. Non pensare a queste cose, adesso.»

E allora a che cosa devo pensare?

«Se potessi darmi una mano, Corrado, io...»

«Ma certo!» esclamò l'avvocato Bossi. «Non devi neppure chiederlo!»

Nei giorni seguenti, Sonia scoprì che la macchina era efficiente. Gli impiegati delle pompe funebri assomigliavano ai maggiordomi dei romanzi inglesi. Sapevano quando parlare e quando tacere, non sbagliavano mai un gesto o un colpo di tosse. Sonia scivolò accanto ai dettagli più penosi: la collocazione del corpo, i vestiti, la forma della bara. Scelse i fiori per il funerale in chiesa, la musica per la cerimonia all'obitorio. Bob Dylan. *Knockin' on Heaven's Door*. Poi si occupò dell'abito suo e di quello di Natalia. Dell'annuncio sui tre quotidiani ticinesi. Il nostro caro Enzo. La moglie Sonia. La figlia Natalia.

Furono giorni faticosi. Le scosse di dolore si presentavano all'improvviso, mentre svolgeva le attività più banali. Spesso le capitava di voler condividere un pensiero con Enzo. Si riprometteva di farlo. Era come se una parte di lei, nonostante tutto, non volesse piegarsi all'assurdo. Perché la morte era una cosa assurda. Se ne rendeva conto sempre di più, man mano che si avvicinava il funerale.

Ogni tanto si rifugiava negli oggetti. Era un vizio pericoloso: il fatto di toccare le cose di Enzo perpetuava l'illusione della sua presenza. Ma non poteva fare a meno di aprire l'armadio dei suoi vestiti, di sedersi davanti alla sua scrivania. Riguardò le vecchie fotografie. Trovò le cartoline, le lettere che si erano scritti anni prima. E trovò anche, infilato tra le pagine di una rivista, un foglietto che le riportò alla mente le parole di Corrado Bossi. Erano soltanto due righe buttate giù in fretta.

URGENTE – ma quanto? Parlare con Corrado?
Raccontare a Sonia? Aspettare conferma!
Ricorda: chiamare domani mattina (cellulare)

Chiamare chi? Sonia se lo domandò, prima di appoggiare il foglietto sulla scrivania. Corrado, al telefono, aveva accennato a una questione urgente. C'era qualcosa che preoccupava Enzo? Sonia alzò gli occhi a guardare le fotografie appese davanti alla scrivania. Vacanze sugli sci, in Engadina. Enzo con il sacco da montagna, vicino alla croce sul Monte Basso, sopra Corvesco. Perché pensare agli affari in sospeso? Perché rimanere seduta lì? Enzo era morto e lei doveva occuparsi di Natalia. Doveva occuparsi della casa. Non c'era tempo per le cose lasciate in sospeso.

2

Il profumo dell'erba

Natalia voleva camminare. Percorse la Promenade des Bastions avanti e indietro. Tutto si muoveva. Le fronde degli ippocastani e delle querce, l'erba sui prati, i ragazzini intorno alle grandi scacchiere. La città di Ginevra sembrava in vacanza, come se avesse deciso di socchiudere gli occhi davanti al sole estivo. Natalia invece camminava con gli occhi spalancati, camminava ma restava immobile. La sera prima era di fretta e non aveva voluto parlare con suo padre. Ora suo padre non c'era più. Immobile, anche lui.

C'era un po' di vento. Nel cielo si perdevano stracci di nuvole. Natalia cercava di non soffermarsi troppo a lungo sulle sue sensazioni, sul suo stato d'animo. Come quando si mette la mano su una candela, togliendola appena prima di scottarsi. Ma il fuoco brucia, e prima o poi la mano si ferma per un secondo di troppo.

Arrivò davanti ai Bastions e si sedette sul prato.

Intorno a lei stavano ragazze e ragazzi, seduti a gambe incrociate o con la testa appoggiata a uno zaino. Qualcuno leggeva un giornale, altri giocavano a carte o ascoltavano musica con l'iPod. In fondo al prato, scolpite nei Bastions, quattro enormi figure di pietra. Natalia le guardò con antipatia. Quattro faccioni di pietra, lordati dagli uccelli e ignorati da tutti. Immobili, loro sì, a guardare per sempre fisso. Non vedevano i costumi colorati, gli occhiali da sole, i foulard.

Ma non li vedeva neanche Natalia. Provò ad ascoltare un po' di musica, si stancò e guardò l'ora sul cellulare. Decise di perdere un altro treno. Non era pronta, non ancora. Voleva pensare. Prima di vedere sua madre, la sua stanza, le strade di Lugano. Prima di tornare a casa. Sempre di più i pensieri si avvicinavano alla fiamma della candela: quando pensava di aver ritirato la mano in tempo, ecco il dolore della scottatura. Voltò le spalle ai quattro faccioni e uscì dal Parc des Bastions.

Sapeva che Barbara e Jenny si sarebbero incontrate verso le undici e mezzo in Place du Bourg de Four. Visto che non era lontano decise di passare a salutarle. Forse loro l'avrebbero convinta a tornare a casa.

Arrivò per prima. Si sedette a un tavolino all'aperto e ordinò un frappé. Intorno c'era sempre quell'aria di vacanza. Tutte le cose erano più leggere del solito. In fondo alla strada, più in basso, vedeva lo spruzzo d'acqua che saliva dalla superficie del lago. Sembrava fisso, fatto di vetro. Sulla fontana, alla sua sinistra, vasi pieni di fiori colorati. Come se fosse la festa del paese.

Barbara e Jenny si stupirono di vederla.

«Natalia! Ma non hai preso il treno?»

«Devo ancora fare la valigia.»

Barbara la fissò per qualche secondo.

«Non vuoi tornare in Ticino?»

Natalia alzò le spalle.

«Non lo so.»

«Devi tornare, lo sai.» Si sedettero accanto a lei. «Tua madre ha bisogno di te.»

Natalia annuì.

«Natalia.» Jenny le posò una mano sul braccio. «Barbara mi ha detto di tuo padre.»

Natalia annuì un'altra volta. Che cosa volevano che facesse?

«Hanno capito...» cominciò Jenny. «Voglio dire, sapete cos'è successo?»

«Si è fermato il cuore» spiegò Natalia. «Aveva dei problemi.»

«Ah.»

«Ma non erano così gravi, cioè, noi non pensavamo

che...» Natalia s'interruppe. Cambiò argomento. «Ma voi, invece? Che cosa fate oggi?»

«Oh, niente, io dovrei studiare» disse Jenny. «Ho ancora l'ultimo esame, anche se certe volte me ne dimentico.»

«Domani ti porto in biblioteca!» disse Barbara.

Natalia sorrise e le due ragazze, incoraggiate, cercarono d'intrattenerla con qualche pettegolezzo. Natalia faceva domande, posticipava il momento in cui avrebbe di nuovo guardato l'ora sul cellulare.

«Volete un altro frappé?»

Davanti a loro, sulla destra, c'era il Palais de Justice. Una bandiera svizzera al primo piano e un'insegna con la scritta POLICE. Ma non pareva una cosa seria. Parcheggiate davanti all'ingresso due automobiline, due Smart con le fiancate colorate e la solita scritta POLICE, come se le avessero messe lì per decorazione.

«Comunque, se Camilla si dava una mossa lui se ne sarebbe accorto.»

«Be', l'altra è stata più veloce.»

«Sì, perché se dipendeva da Paolo...»

Devo andare a casa, pensò Natalia. Devo fuggire dalla vacanza. I palazzi con le finestre spalancate, il fruscio della fontana, i camerieri che zigzagavano fra i tavolini. Tutto si muoveva. Natalia non poteva più aspettare. Doveva andare a casa, insieme a sua madre, accendere le luci nella casa vuota.

Tenere la mano sulla candela.

Aveva ancora bisogno di camminare. Non comunicò a sua madre l'orario d'arrivo del treno. Dalla stazione percorse via San Gottardo, a piedi, e poi svoltò a destra in via Praccio. Salendo nella parte alta di Massagno notò le macchie azzurre delle piscine, nei giardini, e gli ombrelloni aperti sulle terrazze.

Il sole allungava le ombre sui prati. Natalia stava sudando. Si concentrò nello sforzo, tirando dietro di sé la valigia e cercando con gli occhi il prossimo tornante.

Due o tre curve prima di arrivare a casa c'era un lotto di terreno libero. Natalia si fermò davanti alla siepe e salutò il giardiniere che aveva appena finito di tosare il prato. Vide la falciatrice, accanto al furgone, e un mucchio d'erba in un angolo. Il giardiniere stava prendendo dei sacchi dal furgone. Natalia inspirò il profumo dell'erba appena tagliata. Era un odore di estate, un odore che riempiva le narici e portava ricordi sfumati.

All'improvviso, Natalia pensò: mio padre non sentirà più questo odore.

Non sentirà mai più il profumo dell'erba appena falciata.

Fu una presa di coscienza istantanea. Il dolore le balzò addosso in un momento e non l'abbandonò più. Nelle ore successive prese diverse forme, diversi gradi di acutezza. Le succedeva di mettersi a piangere senza preavviso, o di chiudersi nel silenzio. Ma non era più confusa, non aveva più paura dei suoi sentimenti. Infatti l'indomani, durante i preparativi per il funerale, seppe essere all'altezza della situazione.

Sua madre la sorvegliava, Natalia se ne accorse. Ma non disse niente, non cercò di restare sola. Anzi, incoraggiò sua madre a cenare al ristorante, a telefonare ai cugini di Berna e ad accettare le visite dei colleghi di papà.

Quando si trattò di stringere mani, Natalia lo fece senza esitare. E subito trovò il tono per accettare le condoglianze, dopo il funerale. Sempre le stesse parole. Talvolta un abbraccio, un bacio sulla guancia. Molti piangevano. Natalia ricacciò le lacrime in gola più volte, non era il momento di crollare. In un paio di occasioni, senza volerlo, le capitò di sorridere. Quando la canzone non partiva, al crematorio, e quando poi si udirono le prime note di *Forever Young* invece di *Knockin' on Heaven's Door*. Quando il nonno le disse, prendendola in disparte:

« Tutta questa gente la voglio anche al mio funerale ».

Non c'era molto da sorridere, forse, ma Natalia sapeva

che suo padre sarebbe stato il primo a cercare il lato umoristico in una cerimonia funebre. Gli piaceva lo humour noir: lui e Natalia avevano guardato insieme tutti i film di Quentin Tarantino. Suo padre le aveva trasmesso anche la passione per la musica classica. Una volta erano andati a vedere *La Traviata* alla Scala, lei con l'abito lungo e lui con il completo scuro. Natalia ripensò a Violetta, a quel dolore che sembrava esagerato, patetico. Nei melodrammi si piange, ci si strappa le vesti, mentre nella realtà ti può capitare anche di sorridere. Però fa male lo stesso.

Nei giorni successivi, Natalia si sforzò di non lottare contro le vacanze. Era estate, non poteva passare le giornate in camera sua. Ma non aveva neppure voglia di andare al Lido o di uscire con le amiche. Finché una sera sua madre la sorprese:

«E se andassimo un weekend in montagna?»

Di solito era sempre papà che insisteva per passare qualche giorno nella casa di villeggiatura fra i monti. La mamma era una creatura marina, non amava gli orizzonti stretti.

«Sei sicura?»

«C'è da pulire il giardino e da fare ordine.»

Natalia la guardò un po' stupita. Non era sicura che rifugiarsi in montagna a strappare erbacce fosse la soluzione migliore, ma non aveva alternative da suggerire.

«Andiamo... tanto qui non ho niente da fare.»

Sonia si domandò se Natalia avesse un sospetto. Ma la ragazza le sembrava molto concentrata su se stessa. Quella sera, a letto, rilesse la lettera che aveva trovato nel comodino di Enzo.

Caro dottore,

non sono sicura di quello che faccio. Ma hai ragione quando dici che se non diciamo niente poi è sempre peggio. Ho trovato le fotografie di Vicky prima che l'hanno fatta tornare a casa. E ho anche i miei documenti, quelli veri non quel-

lì che mi hanno dato quando sono arrivata qui in Svizzera. E ho anche gli indirizzi delle ragazze che erano qui insieme a Vicky. Ti scrivo perché non mi fido del telefonino e del computer. Spero che l'indirizzo è quello giusto.

Kate

Sonia aveva trovato sulla lettera un appunto di Enzo: VERIFICARE NOMI RAGAZZE. Non capiva che cosa ci fosse dietro, ma era preoccupata. Enzo le stava nascondendo qualcosa? Sonia si domandò se fosse venuto a conoscenza di qualche atto illegale. Ma cosa, e come?

Le venne in mente di controllare lo studio della casa di villeggiatura, a Corvesco.

Almeno avrebbe passato un paio di giorni con Natalia. Lontane dalla confusione di Lugano, dalle visite di amici e colleghi, lontane da quelle giornate di giugno troppo lunghe. Forse, per una volta, il silenzio della montagna le sarebbe stato amico. Forse avrebbe scoperto che cosa stava cercando Enzo prima di morire.

3

Piccola cronaca

«La classe 1949 si riunisce per l'annuale cena estiva.» Bene, pensò Elia Contini, ma vogliamo i dettagli. «Ritrovo nel parcheggio antistante la scuola Arti e Mestieri di Bellinzona, muniti dell'occorrente per una breve camminata.»

Contini approvò con un cenno del capo, terminò di copiare l'annuncio e si alzò dalla sedia. Andò fino alla finestra, dove si affacciò a guardare piazza Indipendenza. La città era deserta. L'obelisco al centro svettava come l'ultimo segno di una civiltà scomparsa. Erano le undici di sera. I giovani a Bellinzona non stanno nelle piazze, si rifugiano nei cortili nascosti o nei bar di via Codeborgo. Contini era solo in redazione, senza molto altro da fare che restare all'erta e scrivere gli annunci della «Piccola cronaca».

Lavorava per il giornale da qualche mese. All'inizio l'avevano assunto come fotografo, poi era passato alla correzione delle bozze. Col tempo gli avevano affidato qualche pezzo di cronaca locale, gli annunci funebri, le notiziole di servizio. Da giovane Contini aveva cominciato e non terminato una formazione da fotografo e una da poliziotto, in seguito aveva collaborato con un paio di giornali. A un certo punto si era messo a fare l'investigatore privato e per un po' era riuscito a sbarcare il lunario. Poi, verso i quarant'anni, si era stancato del mestiere.

Alla fine eccolo lì, a compilare nella colonna di spalla l'annuncio della Società filatelica di Giubiasco, che indiceva la riunione di comitato, insieme ai numeri vincitori di una Lotteria Pro Restauri in Riviera, a una grigliata country in Val di Blenio e a mercatini, conferenze, sagre e fornitissime buvette. Un lavoro che non gli dispiaceva, tutto sommato.

Aveva tempo per sé, tempo per camminare nei boschi e per stare con Francesca.

Ecco, Francesca.

Quello era un tasto dolente. Ormai stavano insieme da qualche anno e lei cominciava a diventare impaziente. Voleva vivere insieme a lui, a Corvesco? Voleva che entrambi emigrassero? Voleva sposarsi, addirittura? Contini non osava nemmeno indagare. Lui era sempre stato da solo, in mezzo alle sue montagne: non gli piaceva l'idea di cambiare. Francesca comunque era sempre più nervosa. Contini, dal canto suo, evitava con cura l'argomento.

Si accese l'ultima sigaretta della giornata.

Gli piacevano quelle serate solitarie, quando gli toccava il turno di chiusura. La sede principale del giornale era a Lugano: lui stava nella redazione di Bellinzona e Valli e sentiva i suoi capi soltanto per telefono. Di solito la sera tardi non aveva un granché da fare, tranne quando c'era un incidente o la seduta di un Consiglio comunale. Quella sera per fortuna il telefono taceva, e Contini si fumò la sua sigaretta in pace.

La redazione era la stanza d'angolo di un vecchio palazzotto, invasa da strati di scartoffie che si perdevano negli anni. Comunicati stampa, pubblicazioni locali, lettere e vecchi articoli tracimavano dai confini dell'archivio e si sparpagliavano sulle scrivanie, sopra il frigorifero, sotto il ventilatore e perfino nell'armadietto del bagno. Contini si sentiva a suo agio nel disordine, mentre il suo caposervizio faceva periodici tentativi di arginare il caos.

Ma alle undici di sera il capo se n'era già andato a casa da tre ore. Contini aprì il frigorifero, prese una bottiglia di birra e spostò un fascio di bozze per far posto sulla scrivania. Poi allungò i piedi sul ripiano. Reggendo la birra con una mano, si mise a controllare le prove di stampa.

Gli annunci funebri non contenevano nemmeno un errore di battitura. Un buon lavoro. Puliti, precisi, ogni parola al suo posto. Rileggendoli, notò i ringraziamenti per quanti erano stati vicini a Sonia e Natalia Rocchi dopo la morte del loro caro Enzo. Il nome risvegliò qualcosa nella sua mente.

Accese il computer e andò a cercare nella posta ricevuta. Non l'indirizzo del lavoro ma quello privato. Di solito non cancellava nessuna mail. Fece passare rapidamente qualche messaggio e trovò quello che cercava.

> Egregio signor Contini,
> forse si ricorderà di me. Il mio nome è Enzo Rocchi e possiedo una casa a Corvesco. Mi trovo ora nella necessità di ricorrere a un investigatore privato, per un parere su una questione delicata. Ho pensato di rivolgermi a lei. È possibile incontrarci per parlarne a quattr'occhi?
> Ringraziandola, le porgo un cordiale saluto.
> Enzo Rocchi

Contini cercò la sua risposta. Era simile alle altre con cui aveva respinto proposte simili. Quando uno ha chiuso, ha chiuso.

> Egregio signor Rocchi,
> sono spiacente di non poterle essere d'aiuto. Ho abbandonato il lavoro d'investigazioni, ora sono impiegato in un giornale.
> Un cordiale saluto.
> Elia Contini

E adesso Enzo Rocchi era morto. Contini alzò gli occhi dalla pagina e si domandò se quella richiesta avesse a che fare con la sua morte. Probabilmente no. La gente muore per i più svariati motivi, ma quasi mai per ragioni misteriose. E, soprattutto, gli investigatori privati sono lontani dai misteri. Probabilmente Rocchi cercava qualcuno che pedinasse sua moglie e si era rivolto a Contini perché abitava a Corvesco.

Ma Contini aveva sempre badato a tenere il lavoro fuori di casa. Il suo vecchio ufficio d'investigatore stava a Paradiso, sulla riva del lago di Lugano, vicino al viavai della città. A Corvesco non c'era posto per le cose poco pulite.

Contini apprezzava la tranquillità del suo nuovo impiego. Quella sera di luglio, però, si domandò che cosa ci fosse dietro i nomi rassicuranti, in mezzo agli annunci inoffensivi. Afferrò una copia del giornale, spense la lampada e rimase seduto alla scrivania, illuminata debolmente dalla luce di un lampione.

Il giornale frusciava tra le sue mani. Contini intravedeva appena i titoli più grossi. Ma le notizie di taglio basso, i fototesti delle pagine interne? Pensò ai piccoli incendi, alle inaugurazioni, agli animali fuggiti e ai turisti dispersi... magari quei fatti non erano tanto innocui. Magari ogni cosa aveva la sua storia da raccontare. Il povero Enzo Rocchi che voleva pedinare sua moglie e il Club del Libro di Faido che si riuniva ogni primo martedì del mese.

Ogni cosa avrebbe potuto essere una storia. Nascondere un segreto.

Avrebbe potuto.

Perché Elia Contini non si occupava più di queste cose. Riaccese la lampada, vuotò la bottiglia di birra. Poi riprese in mano i fogli con le prove di stampa. Doveva ancora controllare che non ci fossero sbagli o imprecisioni nella « Posta dei lettori ».

4

Brutte notizie

Peter Mankell non si stupiva più di niente. Quando sei un medico, ti abitui in fretta alle stranezze. Ognuno reagisce alla morte in maniera diversa, di solito mai come ci si aspetta. Sonia Rocchi aveva bisogno di vedere le cose di suo marito, di toccare gli oggetti che gli erano appartenuti. Però Mankell non capiva la sua ossessione, la sua insistenza nel frugare tra le cose di Enzo.

«Secondo me ti sbagli» disse a Sonia. «Qui Enzo non avrebbe mai tenuto niente di riservato. Siamo in un posto di lavoro.»

«Forse hai ragione.»

Mankell era basso, con i capelli biondi lisciati all'indietro e un paio di occhiali senza montatura. In piedi di fianco a Sonia, mentre lei frugava nella scrivania, pareva un bambino cresciuto che spia il lavoro dei grandi. Si schiarì la voce.

«Senti, Sonia, non voglio intromettermi...»

«Tu credi che sia matta, vero?»

«No, io...»

«Enzo aveva qualcosa che lo rodeva. Aveva un problema.»

«Te ne aveva parlato?»

Sonia non rispose. Mankell capì che nemmeno lei era sicura. Aveva trovato lettere e biglietti, ma a quanto pareva Enzo non ne aveva parlato con nessuno. Aveva l'intenzione di farlo, certo... oppure erano soltanto questioni da poco, ingigantite dalla fantasia? Mankell aveva l'impressione di riuscire a leggere i pensieri di Sonia.

«Magari ti sto facendo perdere tempo» gli disse lei.

«Ma figurati. È solo che...»

« Che cosa sono questi? »

Mankell sbirciò i documenti che lei gli porgeva.

« Lettere di pazienti. Enzo le teneva tutte, stampava anche le e-mail. »

« Lettere di protesta? »

« Ma no... qualsiasi cosa. Richieste, anche ringraziamenti. »

« Posso tenerle? »

« Certo. Però... »

« Grazie. Hai una busta? »

Mankell gliela porse. Poi le volse le spalle e si affacciò alla finestra. Lo studio che aveva condiviso con Enzo occupava sei locali al quarto piano di un edificio nel centro di Lugano. Dall'ufficio si vedevano le automobili in corso Elvezia. In luglio non erano molte, ma ai semafori si formava sempre un po' di coda. Mankell aspettò che arrivasse il verde prima di girarsi. Aveva deciso di abbandonare l'argomento. Sonia si sarebbe soltanto intestardita.

« E Natalia come sta? »

« Ha degli sbalzi di umore. Certe volte si chiude in camera a piangere, poi magari la sera vuole uscire. »

« È giusto che faccia la sua vita. Siete state in montagna? »

« Ci torniamo ancora questo weekend. Così avrò tempo di leggermi tutte le scartoffie. »

« Certo. » Mankell sospirò. « Certo. Ne hai parlato con Natalia? »

« Non vorrei coinvolgerla... »

Coinvolgerla, pensò Mankell, ma coinvolgerla in che cosa? Sonia non sapeva di che stava parlando. La guardò inginocchiata di fianco alla scrivania di Enzo. Sembrava più giovane della sua età, coi capelli ricci che incorniciavano un viso esile, dai lineamenti sfumati intorno a due occhi grigi dal piglio deciso.

« Vuoi magari un caffè? » le chiese.

Lei non lo sentì, impegnata com'era a passare in rassegna la corrispondenza di Enzo. Mankell si schiarì la voce. Si tolse gli occhiali, li spolverò usando un lembo della camicia e ripeté la domanda.

*

Luciano Savi apprezzava quel momento di pace, prima che cominciasse il trambusto. Alle quattro del pomeriggio era solo nei locali del Tucano. Si era svegliato da un paio d'ore, aveva fatto una doccia e mangiato un panino. Era a torso nudo. Il suo locale era lì, ai suoi piedi, con l'acciaio degli sgabelli che mandava uno scintillio nell'ombra.

Scese la scaletta che separava la zona privé dal resto del locale e aggirò il bancone del bar con passo pesante. Sentiva addosso una certa stanchezza. Forse aveva messo su davvero qualche chilo di troppo. Scelse una bottiglia di Talisker e se ne versò una dose abbondante. Di solito non beveva prima delle cinque, perché l'alcol di pomeriggio gli faceva un effetto cattivo. Ma quel giorno aveva ricevuto brutte notizie, e allora tanto valeva affogarle subito.

Avevano tentato di portarglielo via, il Tucano. Più di una volta. Ma Savi non era tipo da lasciarsi camminare sulla testa da nessuno. Per arrivare dov'era arrivato aveva dovuto fare compromessi e rendersi amiche le persone giuste. Lungo la strada però si era creato anche qualche nemico, e se il dottor Rocchi avesse parlato con le persone sbagliate...

Meglio non pensarci.

Quando a Rocchi si era bruciato il cuore, Savi aveva tirato un sospiro di sollievo. Adesso però ci si metteva pure la moglie a frugare nella spazzatura. Ma perché ce l'avevano con lui? Perché dava fastidio, ecco perché. Perché era uno fuori dal coro, uno che si era fatto con le sue mani.

Vuotò in un sorso il bicchiere. Poi si asciugò il sudore dalla fronte. Faceva caldo. Andò ad avviare l'impianto di aria condizionata, poi passò in bagno e si regolò la barba. Aveva un'acconciatura elaborata: baffi, un'ombra di pizzo e le basette che tagliavano le guance in diagonale.

Indossò una maglietta con il logo del Tucano. Spalancò la porta d'ingresso e strinse gli occhi per il sole. Prima o poi avrebbe dovuto risolvere di persona anche il problema della moglie del dottore. Perché tutti parlano e parlano, ma per fare le cose giuste devi fartele da te. Come quando il municipio di Arbedo-Castione aveva protestato per il Tucano. Rumori molesti, figuriamoci, neanche sparassero con i cannoni. E proteste per le donne, per la droga, per le risse. Ma Savi era il primo a intervenire in caso di pestaggi, il primo a riportare la calma.

Le sue riflessioni furono interrotte da una delle ragazze, che si affacciò dal balcone al primo piano. Savi alzò lo sguardo, proteggendosi gli occhi con la mano. La ragazza sbadigliò.

«Che c'è?» le disse.

«Niente» fece lei, colta di sorpresa. «Io... buongiorno, come sta?»

«Senti...» cominciò Savi. Poi decise di lasciar perdere. «Vai a cambiarti, va'.»

Voleva dirle di non sbadigliare così in pubblico, che sembrava una foca.

Ma a che sarebbe servito?

Il senso del decoro andava smarrendosi. Savi rientrò nell'oscurità accogliente del Tucano e chiuse la porta dietro di sé.

5

Una notte al Tucano

Il Ceneri è alto appena 554 metri. Ma per il Ticino è una montagna importante: sta lì a dividere il Cantone in Sopra e Sottoceneri, due entità geografiche ufficiose ma ben presenti nell'animo delle persone. Infatti a Corvesco, un piccolo paese del Sopraceneri, i villeggianti luganesi vengono tollerati, non certo accolti a braccia aperte.

I Rocchi però erano quasi un'eccezione. Il padre di Enzo aveva lavorato nella zona, per un periodo, e così la gente del posto si era abituata a loro. Avevano una casa in uno spiazzo erboso lungo la strada che dal fondovalle porta al nucleo del villaggio. Era un edificio moderno, con grandi vetrate, pareti di legno e un terrazzo lastricato di granito. Non aveva certo l'aspetto di una rustica baita di montagna. Sulla sinistra passava la via principale, sulla destra c'era un bosco di faggi e noccioli.

In quei giorni Natalia se ne stava a prendere il sole su una sdraio. Aveva trovato in soffitta una cassa di vecchi libri gialli, risalenti perlopiù agli anni Settanta, e li stava leggendo tutti uno dopo l'altro. Era come una temporanea interruzione di corrente che le riposava i pensieri. Non pensava a suo padre, non s'immaginava il passato e il futuro. Anche la morte, nei libri gialli, era un elegante gioco di società.

«Natalia, ti disturbo?»

Alzò gli occhi a guardare sua madre. Sopra un paio di calzoncini bianchi indossava una camicia a quadri che era appartenuta a papà. Aveva l'espressione un po' tesa, e in mano teneva un fascio di fogli. Si sedette ai piedi della sdraio.

«Senti, penso che dovremmo parlare di quella storia delle ragazze.»

Natalia sbuffò.

«Lo so che tu non sei d'accordo, ma papà avrebbe voluto che...»

«Cosa ne sai di quello che avrebbe voluto?»

«Senti quello che ha scritto dietro la foto di questo Savi. Secondo lui...»

«Non voglio sentire.»

«... si tratta di una specie di traffico. Dice: 'Quante ragazze sono arrivate? E dove sono le fotografie?' Stava cercando le prove, capisci?»

«Lascia perdere.»

«E insiste sull'aspetto medico. 'Quante visite l'anno scorso?' E poi: 'Entità delle ferite (verificare)'. Dev'essere che una ragazza per caso è arrivata nel suo studio. Oppure...»

«Mamma, mi stai ascoltando?»

«Come? Se lui era venuto a sapere...»

«Mamma!»

«Sì, scusami.»

Natalia guardò sua madre negli occhi.

«Tu vuoi ricordare papà in un modo e io in un altro. Ma non capisci? Io non riesco a guardare le sue cose, a pensare a quello che stava cercando, a... a mettere le sue camicie!»

Sonia abbassò lo sguardo, poi lo rialzò come se avesse notato la camicia soltanto in quel momento. Fece per dire qualcosa, ma rinunciò. Natalia aveva ragione. Non aveva nemmeno diciassette anni, non poteva trattarla come un'adulta.

«Lo sai che mi piace stare qui in montagna» stava dicendo Natalia. «Lo sai che anch'io penso a papà. Ma perché non mi chiedi di fare una passeggiata, allora, perché non andiamo da Pepito a bere qualcosa? Vuoi frugare nelle cose di papà...»

«Va bene.»

«... nelle cose di papà ancora per quanto tempo?»

Sonia si alzò. Non era colpa di Natalia. Lei non poteva capire.

«Hai ragione. Voglio chiarire una cosa, e poi mi occuperò di te.»

«Non è che devi occuparti.»

«Voglio dire, faremo delle cose insieme. Ma prima voglio incontrare questo Savi. Sai, forse Corrado ha ragione. Non gli ho spiegato i dettagli, però ho accennato alla cosa e lui dice di lasciar perdere. È un avvocato, se ne intenderà, ma dai documenti risulta...»

«Mamma...»

«Ho capito, ho capito. Comunque prenderò appuntamento con Savi e...»

Sonia s'interruppe, avendo notato una luce bellicosa negli occhi di sua figlia. Le diede una pacca sulla gamba, si girò e tornò in casa. Sulla soglia, si voltò a guardare Natalia. Il corpo abbronzato, magro, con i capelli neri e ricci sparsi intorno al capo. Le gambe lunghe. Diventerà una bella donna, pensò. La faccia un po' quadrata e gli occhi azzurri le ricordavano Enzo. Era cocciuta come lui, con quell'espressione tesa quando si concentrava o quando si spazientiva. Lasciamola crescere, pensò accostando la porta finestra.

All'interno faceva più fresco. Sonia aveva sparso le lettere, gli appunti e i documenti raccolti da suo marito sul tavolo di cucina. A quanto pareva, se non aveva prove a sufficienza per una denuncia, Enzo aveva quanto meno il necessario per suscitare un bel polverone.

Schweizerische Eidgenossenschaft
Confédération Suisse
Confederazione Svizzera
Confederatiun svizra

A 7 Domanda di permesso di dimora per artisti di varietà, ballerine, disc jockey stranieri

(che non sono sottoposti a contingentamento; spiegazioni vedi retro)

Il datore di lavoro conferma che l'artista che viene alloggiato per il suo tramite dispone di una stanza salubre, riscaldabile, con luce del giorno diretta e che le installazioni igieniche sono conformi alle esigenze in uso (acqua corrente calda e fredda, bagno o doccia). Egli s'impegna a garantire contrattualmente suddetti diritti all'artista.

Cognome e nome dell'artista: *VALINSKI VICTORIA*

Firma del datore di lavoro: *Luciano Savi*

Sul retro del documento ufficiale c'era un appunto di Enzo.

« I risultati delle inchieste mediche quanto all'idoneità o all'inidoneità del lavoro notturno devono essere conservati per almeno cinque anni »
Chiedere a Corrado!!
Legge? → art 73 cpv. 1 lett. i e cpv. 2 OLL 1 // Prassi?
Verificare versamenti su conto Savi – impossibile – ricatto?
richiesta aiuto?

Nello stesso fascicolo, c'era poi un altro documento.

Sezione dei permessi e dell'immigrazione, Bellinzona

Domanda di «domicilio» (C) o per un permesso senza attività lucrativa, soggiorno temporaneo, motivi di cura, studio, in attesa di riprendere l'attività, vivere presso......, affiliazione/adozione, ecc. per i tipi di permesso qui di seguito menzionati (B) (Ci) (F) (L) (N)

Straniero/a (generalità)

Cognome e nome: *VALINSKI VICTORIA*
Scopo e motivi del soggiorno:
SOGGIORNO TEMPORANEO / STUDIO

Non bisognava essere particolarmente acuti per capire che c'era qualcosa che non andava. Quella Victoria Valinski veniva ingaggiata prima come «artista» e poi chiedeva un permesso trimestrale per «ragioni di studio». In una mappa di plastica c'era un foglio di quaderno con una lista di nomi, insieme a fotografie sfocate di una ragazza in cattive condizioni e di una stanza male illuminata.

C'erano poi documenti, a nome di varie ragazze, con accenni a un «soggiorno linguistico» in cui la studentessa s'impegnava ad «annunciare il suo arrivo in Svizzera al Cantone in cui risiederà, entro otto giorni dalla data d'ingresso». Fermati con graffette c'erano certificati di competenze linguistiche, di famiglia o di tutela, di salute. In una busta, due richieste per un «lavoro temporaneo».

Sonia non riusciva a fare tutti i collegamenti, però cominciava a capire che intorno al locale gestito da Luciano Savi c'era qualcosa che non andava. Un traffico di ragazze? Cure sanitarie insufficienti? Sfruttamento di minorenni? Sonia cercò di non far galoppare la fantasia. Magari Enzo aveva notato una semplice svista nell'iter giuridico. Da nessuna parte c'erano parole di accusa, però si capiva che lo stesso Enzo avrebbe voluto parlare con le persone interessate.

Enzo non ci è riuscito, pensò Sonia. Allora dovrò farlo io.

Molti nomi citati nei documenti li conosceva. Qualcuno la sorprese: erano persone lontane dalla frequentazione di night-club. Doveva stare molto attenta a non gettare fango su chi non c'entrava niente.

Aprì il frigorifero e si versò un bicchiere di tè freddo. Poi prese un blocco per appunti e passò di nuovo in rassegna tutta la documentazione raccolta da suo marito. Forse facendo un po' di ordine avrebbe scoperto che cosa accadeva al Tucano e, soprattutto, chi era davvero coinvolto.

In un angolo c'era un juke-box.

Non funzionava, naturalmente. Ma era un pezzo autentico, un Wurlitzer Model 800 Bubble Lite che un vecchio cliente aveva ceduto a Savi, quando ancora il Tucano non si era trasferito a Castione. Prima stava a Melano, nel Sottoceneri, ma poi Savi aveva dovuto cambiare a causa di un litigio con la società che gli aveva affittato il terreno e lo stabile.

Il juke-box l'aveva seguito nel trasloco e ora se ne stava lì tutto lucido e cromato, con un faretto che lo illuminava dal basso. Al centro del locale c'era uno spiazzo rotondo dove alcune coppie stavano ballando. Vicino al bancone del bar c'era un piccolo palco con un sipario tirato. Intorno, protette da una ringhiera, piccole isole sopraelevate con sedie e tavolini. La più alta era la « zona VIP », vicino al privé dove stava lo stesso Savi.

« È permesso? »

Una ragazza dalla pelle scura aveva scostato la tenda del privé. Savi la guardò e corrugò le sopracciglia.

« Kate » le disse. « Siediti. Volevo parlarti. »

La ragazza era inguainata in un body aderente che le strizzava il seno. Tacchi a spillo, una borsetta grande appena quel che basta per contenere un rossetto e un cellulare. Nascosti sotto palpebre pesanti guizzavano due occhi neri, guardinghi. La ragazza si muoveva con lentezza, senza voltare il capo più del necessario.

« C'è qualcosa che non va? »

Savi stava scrivendo un messaggio sul cellulare. Parlò senza guardare la ragazza.

« Tu conosci un certo Enzo Rocchi? »

« Enzo come? »

« Quando l'hai conosciuto? »

« Io... »

« Kate. »

« Io ho visto tanta gente, sai, non ricordo bene chi... »

« Kate, tu hai conosciuto questo medico, questo Rocchi. Non so che cosa ti è passato per la testa. Che cosa gli hai raccontato? »

« Ma è vero, signor Savi, ti ho detto che non ricordo. Com'è fatto questo uomo? »

Savi accantonò il cellulare e si alzò. Posò le mani sulle spalle di Kate, costringendola ad alzare il capo per guardarlo. Intorno a loro, dietro le tendine del privé, giungevano i suoni del Tucano. Musica d'ambiente diffusa dagli altoparlanti, tintinnio di bicchieri, lo scoppio di una risata.

« Senti, non so chi ti ha messo in testa idee strane. Io ti ho sempre trattata bene, non è vero? »

« Non so che cosa... »

« Rispondi! Ti ho trattata bene oppure no? »

« Sì. »

« Ma adesso la pacchia è finita. Adesso te ne torni a casa. »

« Ma perché? Ma cosa... »

« Zitta. »

Savi si chinò fino a sfiorare con le labbra il volto di Kate. Le diede un bacio sulla guancia.

« Zitta » ripeté. « Non c'è bisogno di dire niente. Questa cosa me la sbrigo da solo. »

Prese Kate per un gomito, la fece alzare e l'accompagnò fuori dal privé. La ragazza attraversò la sala, apparendo e scomparendo tra le luci soffuse. Sembrava un po' disorientata. Percorse la scaletta che portava sul palco e s'infilò nel varco del sipario.

Savi rimase qualche secondo a contemplare il suo locale.

Il Tucano by night. Un posto dove ci si poteva ancora divertire con un certo stile. Non lasciavano entrare chiunque. Non accettavano cani e porci. Avevano una reputazione da mantenere. Per passare una notte al Tucano bisognava essere gente in gamba, gente che non ha paura di spendere per avere il meglio. Il Tucano by night. Una botta di vita.

Ma c'erano gli invidiosi. C'erano i meschini che sputavano fango su Savi, soltanto perché era uno che aveva lavorato duro e aveva realizzato i suoi sogni. Savi rientrò nel privé, si servì un bicchiere di champagne. Non aveva paura delle chiacchiere di una donna.

Il giorno dopo sarebbe andato a casa di quella Rocchi e le avrebbe spiegato dove poteva mettersi la documentazione di quel rompiballe di suo marito. Con le buone o con le cattive. La moglie del dottore voleva incontrarlo, voleva discutere: oltre che fregarlo, voleva pure fargli la morale, per poi parlarne con le amiche alla riunione del Tennis Club. Ma Savi non si sarebbe prestato a quel gioco. Savi era il padrone del Tucano.

Il Tucano by night. Un posto per chi non ha paura.

6

Perché non dici niente?

Pollo. Salsiccia. Aglio e cipolla, un po' di zafferano. Gamberetti. La prima volta, avevano racimolato gli ingredienti per caso, frugando nella dispensa. Poi era diventata una tradizione. La «paella d'emergenza» era diventata il modo per segnare le tappe della loro relazione. E anche, quando capitava, per sottolineare le crisi.

«Domani lavori?» domandò Francesca.

«Sì.»

«È il primo d'agosto.»

«Poi sono libero dopodomani.»

La casa di Contini era un edificio solido, con le mura spesse intonacate di bianco e le gelosie verdi. Davanti alla casa c'era un portico e da lì, più in basso, si vedevano le luci di Corvesco.

«E tu» domandò Contini, «che cosa fai domani sera?»

«Oh, non lo so. Penso che starò a Locarno.»

Ogni tanto si udivano dei botti, all'improvviso. Era la vigilia della Festa nazionale, e qualcuno cominciava ad agitarsi in anticipo. Il giorno dopo, in una radura appena fuori dal paese, avrebbero acceso un grande falò.

«Domani faranno i fuochi d'artificio» disse Contini. «Speriamo che non mi spaventino le volpi.»

«Speriamo.»

«L'altro giorno sono riuscito a fotografarne una mentre faceva il bagno. Sapevi che quella vecchia storia delle pulci è vera?»

«Pulci?»

«È da un pezzo che cerco di capire questa cosa. La favola dice che la volpe si libera delle pulci entrando in acqua con un pezzo di muschio o un ramo o un po' d'erba secca nella bocca... »

Contini aveva l'abitudine, fin da quando era ragazzo, di osservare le volpi nei boschi intorno a casa. Le fotografava, poi sceglieva le immagini migliori e le raccoglieva in volumi dalla copertina rigida, sulla quale scriveva: FOTOGRAFIE DI VOLPI. Spiegò a Francesca che la volpe entra in acqua con un po' di muschio in bocca, e lo fa lentamente, poco a poco, così che le pulci si rifugino tutte sulla testa. Poi la volpe s'immerge ancora, e le pulci fuggono sul pezzo di muschio. A quel punto apre la bocca e si tuffa di colpo, nuotando sotto l'acqua. Le pulci restano sul pezzo di muschio.

« Sono riuscito a vedere la scena. In tanti anni è la prima volta. »

Francesca si versò un po' di vino.

« Vuoi vedere le fotografie? »

« Magari più tardi. »

Francesca bevve il vino. Per un po' mangiarono in silenzio.

Contini non era un brillante conversatore, ma questo non era mai stato un problema. Francesca era più giovane, aveva studiato lettere all'università e ora faceva supplenze in un liceo. Le piacevano i libri, le mostre, i viaggi. Però le piaceva anche starsene a Corvesco, a bere una birra sotto il portico.

« È una bella serata, non è vero? » disse Contini.

« Mah. »

Silenzio. A quel punto Contini dovette chiedere:

« C'è qualcosa che non va? »

« Secondo te? »

Capelli scuri, lunghi, occhi bruni e volto abbronzato, Francesca si distingueva appena nella penombra sotto il portico. Avevano acceso qualche candela, le luci in casa erano tutte spente. Contini cercò di scrutarla negli occhi, ma non parlò. Lei gli domandò:

« Perché non dici niente? »

« Non so cosa dire. C'è qualcosa che non va? »

« Me l'hai già chiesto. »

« Lo so. »

Silenzio.

«C'è che non possiamo più continuare così, ecco che cosa c'è.»

«Continuare così come?»

«Tu prima facevi il detective. Vabbè, io studiavo, stavo a Milano. Già quella era una situazione assurda. Ma adesso hai un lavoro, io faccio le mie supplenze, siamo entrambi in Ticino. Dobbiamo continuare a vederci così, nei ritagli di tempo? Non hai voglia di qualcosa... non so, di un progetto più serio?»

«Non mi piacciono i progetti.»

«Non ti piacciono i progetti?»

Si udì un gemito. Un nastro giallo traversò il cielo, più in basso, e scoppiò in un pulviscolo di scintille. Contini scosse il capo.

«Perché poi li sprecano il giorno prima...»

«Vuoi cambiare discorso?»

«No, è che lo trovo assurdo.»

«Cosa?»

«Il primo d'agosto è domani. Se uno si compra un razzo, perché non lo conserva per...»

Contini vide l'espressione di Francesca e s'interruppe.

«Questo non è un gioco» disse lei. «Io voglio sapere se tu hai delle idee su di noi e su quello che potremo fare in futuro e su come, insomma, su come possiamo affrontare la nostra relazione.»

Contini non disse niente.

«Allora?»

«Una relazione mica si affronta.»

«Cosa vuoi dire?»

«Non stiamo bene così? Siamo qui insieme, mangiamo la nostra paella e ci beviamo un Merlot. Che cosa ti manca?»

Francesca si alzò.

«Tu pensi davvero questo?»

Contini si strinse nelle spalle.

«Bene.» Francesca appoggiò il tovagliolo sul tavolo. «Allora ti lascio riflettere.»

« Dove vai? »

« A casa. Quando avrai le idee più chiare, puoi sempre telefonarmi. »

« Ma senti, non abbiamo ancora finito di... »

« Ti saluto. »

« ... mangiare. Perché vuoi andartene? »

« Te l'ho appena spiegato. »

Francesca gli voltò le spalle, scese gli scalini del portico e si diresse verso lo spiazzo dove aveva parcheggiato l'automobile, a qualche decina di metri. Contini la guardò allontanarsi, senza dire più niente, ancora seduto dietro la sua « paella d'emergenza ».

Rimase a lungo in silenzio. Dopo un po', si accese una sigaretta. Finì di bere il vino. Ogni tanto qualcuno faceva scoppiare un petardo. Il gatto grigio arrivò di corsa dal sentiero e si rifugiò in un angolo. Che c'è, gatto, non ti piace il primo d'agosto? Il gatto muoveva la coda. Non so, Contini, più che altro apprezzo la pace. E tu?

Io cosa? Io che cosa sto cercando, pensò Contini, che cosa voglio?

Domanda troppo complessa, per il momento. E poi i gatti non amano le domande. Contini si chinò a dare un buffetto alla bestiola, poi si alzò e rientrò in casa. Qualche minuto dopo, ne uscì con abiti scuri e una macchina fotografica. S'inoltrò nel bosco.

Percorse qualche metro fra gli arbusti e i noccioli, poi sbucò sul sentiero e se ne allontanò di nuovo per inerpicarsi su un pendio. Traversò una macchia di faggi e scese verso il Tresalti. Sapeva che di là dal torrente c'erano grandi cespugli di more e lamponi. Spesso accadeva che una delle volpi si spingesse fin lì per mangiare frutta. Forse per le more era un po' presto, ma i lamponi erano già belli grossi.

Si nascose sul bordo del Tresalti. Trovò una posizione comoda, accese la macchina fotografica. Alla luce della luna, il bosco era un fondale nero, sul quale si muovevano ghirigori di rami e foglie mosse dal vento. Contini abituò gli occhi all'oscurità e si preparò ad aspettare.

7

Come una bambina

Perché la Svizzera è una nazione?

Ogni tanto Natalia se lo domandava. Gli svizzeri non parlano la stessa lingua, non hanno la stessa religione e nemmeno la stessa cultura, non mangiano le stesse cose, non si vestono allo stesso modo. Perché hanno deciso di stare insieme?

Ci sono ragioni storiche, Natalia lo sapeva. Ma se incontrava uno svizzero tedesco, faticava a comprendere ciò che le diceva. È mai possibile che due compatrioti non possano comunicare? Del resto, la stessa Natalia era un esempio perfetto del mistero elvetico: era fiera del suo paese e non lo avrebbe cambiato con nessun altro, anche se aveva rinunciato a capire lo schwitzerdütsch. In fondo, gli svizzeri hanno almeno il privilegio di poter andare all'estero restando in patria.

Natalia, ogni primo d'agosto, metteva alla finestra la bandiera rossa con la croce bianca. Di solito lo faceva insieme a suo padre, quando erano in vacanza a Corvesco. Perciò anche quel mattino si era sentita obbligata a rinnovare la tradizione. Forse non era diversa da sua madre. Avevano entrambe il bisogno di tenere in vita papà, con gli oggetti e con i gesti.

« Vieni a vedere il falò? »

« Ti ho detto che sto aspettando gente... »

« Non avrai chiamato davvero quel barista! »

« Natalia, lascia stare. Vai tu che poi ti raggiungo. »

Natalia strinse le labbra. Erano nello studio di papà. La ragazza stava sulla soglia, vestita con un paio di jeans, una camicia e una felpa sulle spalle, insieme a una borsetta nera.

Sua madre sedeva alla scrivania. Stava bevendo una tazza di tè, con una cartelletta di appunti aperta davanti a sé.

«Ma sono le nove di sera!»

«E allora?»

«Almeno la sera non potresti lasciar perdere?»

«Tuo padre ha lasciato in sospeso una cosa e io voglio finirla.»

«Mamma, è assurdo! Non sei una bambina, perché vuoi giocare?»

«Non è un gioco. E ti prego di avere un po' di rispetto!»

«Be', io vado. Ciao!»

Natalia uscì sbattendo la porta. Sonia scosse la testa e bevve un sorso di tè. È un'età difficile, pensò. E naturalmente Natalia era ancora scioccata per la morte di suo padre, lo sarebbe rimasta a lungo. Sonia si chiese se non stesse commettendo un errore, se non dovesse seguirla più da vicino. Ma sentiva che ciò che stava facendo era importante.

Aveva chiesto consiglio a Corrado, pur senza dargli i nomi e le circostanze, e lui aveva minimizzato: Enzo probabilmente stava raccogliendo materiale per una consulenza sulla situazione sanitaria dei locali pubblici. Ma Sonia era scettica. Aveva fatto un paio di telefonate, suscitando qualche allarme. Per essere più sicura, aveva preferito non chiamare da casa. Un giorno era passata a prendere le cose di Enzo dallo studio e dall'ufficio di Mankell aveva fissato un appuntamento con un paio dei personaggi coinvolti.

Stava esagerando? Forse era tutta immaginazione. Si era chiesta se andare alla polizia, ma non voleva fare una figuraccia. E poi Savi era stato gentile, le aveva detto di aver collaborato con Enzo per assicurare diritti sanitari alle ragazze che ingaggiava come ballerine. Aveva promesso di spiegarle tutto ed era perfino disposto a passare da Corvesco.

Forse, però, Natalia non aveva tutti i torti.

Forse Sonia non voleva concludere la sua ricerca: si era affezionata al mistero lasciatole in eredità da Enzo. Spesso, leggendo appunti o lettere di suo marito, aveva la sensazione che lui fosse nella stanza di là, e che in pochi secondi avrebbe potuto raggiungerla.

Scacciò quei pensieri e si affacciò alla finestra.

La luna era velata da una nuvola, ma l'aria della notte era calda. Sonia respirò a pieni polmoni e sentì l'odore umido del sottobosco. Lo studio di Enzo era all'angolo della casa: aveva una finestra a pochi metri dal bosco e una portafinestra che dava sul terrazzo.

Sonia rimase per qualche secondo a guardare nel buio. Pensò a sua figlia, la immaginò mentre guardava il falò del primo d'agosto, gli occhi sgranati come una bambina.

Luciano Savi pensava di essere un brav'uomo. Non in senso negativo, come quando si dice di un poveraccio: in fondo è un brav'uomo. Savi era un uomo d'onore, che se faceva un debito restituiva tutto fino all'ultimo centesimo. Credeva nel lavoro e nella famiglia. Lui e sua moglie non avevano avuto figli, non ci erano mai riusciti. Lui aveva sempre sperato che le cose potessero cambiare, finché lei si era ammalata.

La fine di Rosalba era stata un'ingiustizia.

Perché una donna così vitale era dovuta morire in quel modo orrendo?

Dopo aver spento il motore, rimase per qualche secondo ancora seduto nell'automobile. Quando pensava a sua moglie, non riusciva più a combinare niente. La cosa che più lo faceva arrabbiare era il fatto di non potersi arrabbiare con nessuno. Alla fine aveva capito che i medici non avrebbero potuto fare niente per lei. Alla fine l'aveva vista morire.

Scese dall'automobile e si guardò intorno. Si era fermato un po' prima. Secondo le spiegazioni della Rocchi la casa era un paio di curve più in su lungo la strada. Ma Savi preferiva non dare troppo nell'occhio.

Lui sapeva che cosa voleva dire la morte di una persona cara.

Ma per la moglie del dottore non era così. Lei trovava il tempo di fare la detective, e si divertiva a fare telefonate con la voce grave, come se lo accusasse di chissà quale crimine. Per fortuna Savi aveva imparato da tempo come si tratta con quel tipo di persone.

Con calma, finché non oltrepassano un certo limite.

Altrimenti bisogna essere duri. Non lasciare che alzino la cresta.

Sonia Rocchi non ne aveva parlato con nessuno, gli aveva detto. Meglio così. In fondo, sarebbe stato più facile convincere lei che suo marito. Savi era stufo di essere coinvolto in quelle beghe. Lui non faceva del male a nessuno, voleva soltanto lavorare in pace.

La strada saliva verso Corvesco con qualche chilometro di tornanti, in mezzo al bosco. Alla curva dove stavano i Rocchi gli alberi s'interrompevano per lasciare spazio a una radura. Qualche centinaio di metri più in alto c'era il paese.

Savi uscì dalla strada e tagliò per i prati, dirigendosi verso una villetta illuminata. Era l'unico edificio nella radura, tranne un paio di stalle un po' più in là, perciò era sicuro di non sbagliarsi. Imboccò il sentierino che conduceva all'ingresso principale. Si ravviò i capelli, controllò che la cravatta con il logo del Tucano fosse ben diritta. La moglie del dottore avrebbe trovato pane per i suoi denti.

8

Primo d'agosto

Al centro bruciava il falò. Intorno correvano i ragazzini. Un uomo con la divisa da pompiere, stancamente, ripeteva che con il fuoco non si scherza. Ai bordi della radura c'erano tavoli di legno mentre in fondo, sotto un piccolo gazebo, si potevano comprare fontanelle di fiamme, lanterne con la croce svizzera e il distintivo della Festa nazionale.

Natalia si tenne ai margini. Il comune di Corvesco, con la collaborazione del grotto Pepito, aveva offerto una maccheronata a tutta la popolazione. Qualcuno stava ancora finendo di mangiare. Nell'aria c'era un odore di legna bruciata e pasta scotta. Natalia salutò Giocondo, il proprietario del Pepito. Lui le sfiorò il braccio e disse:

«Mi dispiace».

Natalia annuì. Vicino a lei, un gruppo di bambini stava disputandosi una scatola di fiammiferi con effetti speciali, quelli che si chiamano «bengala». Alla fine il più grande ne accese uno davanti agli altri. La fiamma era rossa, e quando il bambino muoveva il braccio disegnava delle scie nell'aria.

«Oh, Natalia, che bello che sei venuta!» La signora Gervasio era una villeggiante di Lugano. «Al funerale quasi non sono riuscita a parlarti.»

Quasi, appunto. Natalia si preparò a un secondo assalto.

«La mamma non c'è? E come state, avete bisogno di aiuto? Lo sai che potrei passare da voi, se avete bisogno della spesa o di altro. È importante darsi una mano, in questi momenti...»

Le parole della signora Gervasio si confusero l'una con l'altra nella testa di Natalia, perdendosi in un mormorio indistinto. Dopo un po', riuscì a interromperla:

«Grazie, signora Gervasio. Adesso vado a vedere il falò più da vicino».

Dall'altra parte del falò, un paio di uomini stavano preparando i fuochi d'artificio. Tra qualche minuto sarebbe cominciato lo spettacolo. Gli uomini tenevano distanti i ragazzini e infilavano i razzi nel collo di una bottiglia. Avevano la faccia seria, come se stessero armando i cannoni di una nave prima della battaglia.

Natalia si confuse nell'ombra, dietro i ragazzini.

Le piaceva star lì a guardare, senza che nessuno le rivolgesse la parola. Nel cielo già si accendevano lampi colorati, grappoli di scintille. Erano razzi sparati dai paesi vicini, oppure da qualcuno che stava festeggiando il primo d'agosto per conto suo, a Corvesco, nel prato davanti a casa.

Natalia cercò sulla montagna le macchie di luce dei villaggi. Quasi dappertutto c'era il tremolio di un falò. Pensò a sua madre, sola nello studio e persa nelle carte, seduta lì a rimuginare su un'osservazione o un numero di telefono buttati giù sopra una busta, chissà quando e chissà perché. Non riusciva a capire perché dovesse comportarsi in quel modo. Anche lei era distrutta, però cercava di reagire: andava a guardare il falò, salutava la signora Gervasio.

Non è giusto, decise Natalia.

Se io sono venuta qui a Corvesco è perché me l'ha chiesto lei. Altro che misteri e appuntamenti segreti. Stasera mi farà il piacere di comportarsi come dico io. Prese dalla borsetta il cellulare, ma notò che era scarico. Allora decise di tornare a casa per ricaricarlo e per smuovere sua madre. Voltò le spalle al falò e attraversò la radura. Le sarasette e i petardi scoppiavano intorno a lei, sovrastando il fruscio delle fontanelle di fuoco. Dalle colline venivano i gemiti e i botti dei razzi.

«Lei deve capire, dottoressa, ci sono cose che non la riguardano.»

«Non mi riguardano? E perché? Mio marito mi ha lasciato...»

«Me se le ho detto che con suo marito eravamo d'accordo.»

«Ah sì? E allora perché qui ho dei certificati sanitari per una certa Victoria Valinski, guardi qui, che dicono due cose diverse? Prima risulta completamente sana, poi è inabile al lavoro e poi, anche se non c'è stata un'altra visita, è ritenuta idonea al lavoro notturno. Mi spieghi...»

«La prego, dottoressa! Io...»

«E perché mi chiama dottoressa?»

Luciano Savi cominciava a diventare scuro in volto.

«Guardi, io capisco quello che lei prova.»

«A me basta una spiegazione. Non voglio metterla in difficoltà, per questo le ho concesso un incontro. Però voglio sapere.»

Per tentare di calmarsi, Savi prese un pacchetto di Camel dalla tasca dei calzoni. Fece un gesto interrogativo.

La donna si girò a prendere un posacenere di cristallo e lo appoggiò sul ripiano della scrivania.

«Allora, c'è una spiegazione?»

«Calma.» Savi scuoteva il capo. «Cerchiamo di stare calmi.»

«Io sono calma. Però capisce che avrei potuto portare tutto al mio avvocato o alla polizia, avrei potuto...»

«Calma, ho detto!»

«Non mi parli in quel tono. Se non ha spiegazioni da darmi, allora...»

«Ma vuole stare calma o no?»

Savi soffiava nervosamente il fumo, muovendosi sulla sedia. Stavano l'una di fronte all'altro, davanti alla scrivania. I documenti di Enzo erano sparsi sul ripiano alla loro destra.

«Bene.» Sonia si alzò. «Mi sembra di capire che non abbiamo più niente da dirci.»

Savi serrò la mascella. Si sentiva gonfio di rancore. Non capiva il perché di quell'attacco ingiustificato, e nemmeno perché lui fosse solo a reggere il colpo. Non era colpa sua, in fondo, lui dava lavoro alle ballerine, in cambio chiedeva soltanto la loro disponibilità, ed era normale che cercasse di evitare le grane burocratiche. Non era certo lui a maltrattare le ragazze, anzi, lui subiva la situazione e scuciva soldi.

«Che cosa vorrebbe fare?» le domandò. «Che cosa se ne farà di quelle scartoffie?»

«Le porterò a qualcuno che...»

«No!»

In quel momento suonò il campanello.

«Dev'essere mia figlia» disse Sonia. «Se mi vuole scusare.»

Si chinò sul ripiano della scrivania e radunò i documenti nella cartelletta. Lui nel frattempo parlava, cercava di spiegarsi, ma Sonia non lo ascoltava nemmeno. Chiuse la cartelletta, guardò Savi e disse:

«Le auguro una buona serata».

«Ma aspetti!» Savi imprecò. «Aspetti, non può fare così!»

«Senta, cerchi di moderare il linguaggio. Ormai ho capito che lei è soltanto un imbroglione che ha fatto il passo...»

«Si metta a sedere. Cazzo, mettiti seduta!»

«... più lungo della gamba. La prego di andarsene.»

«Ma io ho il diritto di spiegarmi, lei non può rovinarmi così!»

«Se ne vada.»

«Io sono uno che lavora!» Savi imprecò di nuovo. «Non sono un criminale, lo vuol capire?»

«Ne riparleremo, d'accordo? Ora ne ho abbastanza.»

Sonia prese la cartelletta e fece per dirigersi verso la porta, ma Savi le si parò davanti. Le afferrò le spalle.

«Calma! Ho detto di stare calma!»

Alla moglie del dottore non andava bene che lui si gestisse i suoi affari. Voleva dargli una lezioncina, voleva giocare alla vedova di guerra. Savi non fece in tempo a pensare. Non poteva andarsene finché lei non gli avesse lasciato spiegare, finché non avesse gettato nell'immondizia quei documenti.

«Non mi tocchi, vada via!»

«Zitta!»

Savi bestemmiò. Abbassò una mano per prendere la cartelletta con i documenti. Lei si ritrasse e Savi la seguì nel movimento, facendola incespicare contro una sedia.

« Ehi! » esclamò lei. « Ma cosa... »

« Dammi quei fogli » fece Savi. « Dammi subito quei... »

« Se ne vada! »

La donna fece un tentativo per divincolarsi, ma Savi l'afferrò di nuovo e la spostò di lato, addosso alla scrivania. Lei allungò una mano per tenerlo lontano. Lui la strattonò, la mandò a sbattere contro l'orlo del ripiano. La donna cadde all'indietro e trascinò con sé la cartelletta, le penne, il posacenere, i fermacarte, le tazze. Savi allora prese la donna per le spalle, spingendola contro la scrivania. Poi la spinse un'altra volta, e un'altra volta ancora.

« Adesso stai calma » ripeteva, « adesso stai calma... »

Natalia trovò la porta chiusa. Sbuffò. Non capiva perché sua madre si ostinasse a sbarrare l'ingresso quando c'erano le finestre spalancate. E poi, a Corvesco, che cosa c'era da temere? I ladri mica si arrampicavano fin lassù!

Girò intorno alla casa, per salire dal giardino sul terrazzo. Si domandò se fosse normale sentirsi tanto più vecchia della sua età. Perché aveva quel bisogno di interpretare i bisogni degli altri, di organizzare le cose? E perché sua madre le pareva svampita?

Quando fu ai piedi della scalinata che portava al terrazzo, udì la voce di sua madre. Le sembrò alterata. Poi una voce maschile:

« Aspetti, non può fare così! »

Natalia s'irrigidì. Esitò, la mano ferma contro il muro di pietra. Rimase in ascolto. Stavano litigando, ne era sicura. L'uomo gridava e sua madre gli ordinava di andarsene. Natalia fece una smorfia. Non aveva voglia di vederlo, non voleva parlare con uno sconosciuto su di giri. Meglio entrare dal retro e aspettare che se ne andasse.

Girò di nuovo intorno alla casa ed entrò dalla portafinestra della cucina. Aveva ancora la borsetta a tracolla. Prese il cellulare e lo attaccò al caricatore, che infilò nella presa accanto alla porta. Poi sbirciò in corridoio, per verificare che l'uomo se ne stesse andando. La casa era buia, ma filtrava una luce sotto la porta dello studio.

«Lei deve ascoltarmi» l'uomo gridava. «Che lo voglia o no, lei deve ascoltarmi!»

Natalia lo udì bestemmiare, sentì un rumore di sedie smosse. Cominciò a preoccuparsi. E se quel tipo fosse una specie di pazzoide? Se volesse fare del male a sua madre? Percorse il corridoio in punta di piedi, arrivò fino alla porta dello studio e abbassò lentamente la maniglia.

Aprì soltanto uno spiraglio. Si avvicinò e sbirciò con cautela all'interno.

9

La luna storta

Savi sentì un rumore alle sue spalle. Lasciò andare la moglie del dottore, la vide cadere davanti a lui. Fece per voltarsi, ma poi notò la faccia della donna. Gli occhi sbarrati, la bocca contratta in una smorfia. Immobile. Si chinò, la scosse per le spalle.

« Avanti! » esclamò. « Avanti, si tiri su, forza... »

Ma la donna restò immobile.

Oh merda, pensò Savi. Merda, merda, merda. Che cosa ho fatto.

Un rumore, ancora.

Si voltò di scatto e la ragazza era lì. Lo fissava. Le labbra si muovevano, ma non diceva niente.

« Chi sei? » disse Savi. « È stato un incidente... »

Si alzò, cominciò a camminare verso la ragazza. Lei camminò all'indietro, picchiò la schiena contro lo stipite della porta.

« Tranquilla » diceva Savi. « Tranquilla, non è successo niente. »

La ragazza ora muoveva gli occhi: da lui alla donna distesa davanti alla scrivania, poi dalla donna a lui. Senza interruzione, come se il meccanismo dello sguardo si fosse inceppato.

« Ora ti spiego... »

Savi le si avvicinò, allargando le braccia con i palmi delle mani rivolti verso di lei. La ragazza ebbe un sussulto. Savi era a due passi. Si avvicinò ancora. La ragazza si girò, di colpo, e corse fuori dalla porta.

« Merda » disse Savi.

La seguì. Incespicò nel corridoio buio. La ragazza era

davanti a lui. In fondo al corridoio, svoltò ed entrò in un locale. Qualche secondo dopo entrò anche Savi. Si rese conto di essere in cucina e fece per cercare l'interruttore della luce. Ma poi intravide la ragazza che usciva da una portafinestra e si metteva a correre.

Anche lui uscì dalla portafinestra. Guardò nella direzione in cui era scomparsa la ragazza. Sentì il vento che frusciava nei cespugli. Era buio. La luna, mezzo coperta dalle nuvole, era una figura storta, come un disegno riuscito male.

Intorno alla casa rimbombavano i fuochi d'artificio.

Natalia fugge. Natalia non vuole morire.

L'uomo aveva i baffi, aveva gli occhi scuri.

Natalia l'ha visto bene, ha visto che si gettava contro sua madre. Si gettava contro di lei e sua madre cadeva e Natalia sentiva il suono della testa contro la scrivania. Lo sentiva a lungo. Un suono lento, come qualcosa che si spacca e crolla. Un suono che non finisce di risuonare. Natalia ascoltava. Natalia lo ascolta ancora.

È rimasta lì ferma, senza muoversi. Non credeva che fosse una cosa vera, credeva che fosse una discussione. Invece l'uomo prende sua madre e la sbatte contro la scrivania. Lei cade e lui ancora la sbatte contro.

Natalia non riesce a muoversi. Quando si muove, lui si volta e la guarda.

Natalia si ferma.

Quando l'uomo le si avvicina, Natalia fugge. Corre in corridoio, lo sente dietro di sé. Natalia non vuole morire. Natalia corre in cucina, esce dalla portafinestra, corre nei cespugli intorno alla casa.

Natalia pensa a sua madre.

L'ha uccisa?

Natalia deve sapere, deve andare da sua madre.

Natalia cammina fra i cespugli fino all'altezza del terrazzo. Poi corre fuori, attraversa il prato e sale di corsa sul terrazzo. Nella notte esplodono i fuochi d'artificio, Natalia ha il fiato corto, sente il cuore che le salta nel petto. Si avvicina alla portafinestra.

Natalia cerca di trattenere il fiato. Entra, adagio, muove qualche passo per guardare dietro la scrivania. Si tiene nascosta nell'ombra.

Poi sente un rumore.

Lui è lì.

Natalia lo vede, chino su sua madre. È tornato davanti alla scrivania.

Lui non l'ha vista e Natalia si volta per scappare. Ma vede una gamba, la gamba di sua madre che sporge dalla scrivania. Vede l'uomo, lo rivede che uccide sua madre, che la colpisce con violenza, gli scoppi dei razzi nel buio dietro di lei, il sangue dietro la testa di sua madre. Natalia non può abbandonarla, non può...

All'improvviso l'uomo alza la testa, come se avesse sentito un rumore o se gli fosse venuto in mente un pensiero. Natalia non osa respirare. L'uomo si alza e va fino alla porta. Guarda in corridoio. Natalia vede che è nervoso. Forse la sta cercando. Quando l'uomo esce dalla stanza, Natalia si avvicina a sua madre.

È immobile.

Natalia si china. Sua madre non respira. Sua madre è morta. Natalia le afferra il polso, poi lo lascia ricadere. È morta. Resta lì a guardarla. Non sa cosa fare.

Poi sente un rumore. Dal corridoio.

L'uomo sta tornando, Natalia non può farsi trovare lì, non può lottare contro di lui. Deve scappare. Ma quando alza gli occhi e lo vede, per un secondo non riesce a muoversi. Neanche l'uomo si muove. Natalia vuole parlare, ma non può. L'uomo si avvicina.

«Ehi!» dice. «Ehi, fermati!»

Natalia ha in mano la cartelletta con i documenti. Afferra il posacenere, lo brandisce contro l'uomo. Vorrebbe dirgli di fermarsi, di andare via. Ma non può parlare.

«Vieni qui» dice l'uomo. «Che cosa fai?»

Natalia si volta e fugge, corre giù dal terrazzo senza voltarsi indietro, corre nei cespugli e si graffia e continua a correre.

L'uomo è dietro di lei.

Natalia lo sente che corre nel bosco.

Non sa più dove sta andando, non sa più dov'è. Pensa soltanto a fuggire. L'uomo ha il respiro pesante. Tra i rami arriva un po' di luce. In alto, sopra il bosco, c'è la luna. Natalia scivola, cade. Si rialza. Corre più forte che può. Natalia sente i rami che si spezzano e i colpi dei razzi nel buio. Dietro di lei sente i passi dell'uomo.

SECONDA PARTE

Fuga

1

La ragazza nel bosco

Natalia correva. Non pensava alla strada. Girava intorno agli alberi, cercava di passare in mezzo ai cespugli. Il terreno ogni tanto era in salita, ogni tanto in discesa. Ma soprattutto in salita. A un certo punto, si trovò a correre giù per una scarpata. Si aggrappò a un ramo e si fermò. Rimase in ascolto.

Un ramo spezzato, il battito dei passi sul terreno.

L'uomo la stava ancora seguendo. Natalia riprese a correre. In fondo alla scarpata passava un ruscello. Natalia lo attraversò, tentando di camminare sulle pietre. Ma presto scivolò, sentì il freddo e l'acqua nelle scarpe. Riprese a correre nell'acqua. Dall'altra parte del torrente, c'erano alcuni massi sulla riva. Natalia appoggiò la mano contro uno dei massi e si accorse che nell'altra mano aveva degli oggetti. Che cos'era quella cartella nera, quei fogli che rischiavano di scivolare fuori, che cos'era quel posacenere? Perché li stringeva nella mano, a tal punto che dovette farsi forza per aprire le dita?

Natalia non lo sapeva.

Si arrampicò sopra uno dei massi, sentì la pietra ruvida che le graffiò la pelle. In cima c'era una piccola cavità, protetta da una roccia di traverso. Natalia mise la cartella con i fogli nella cavità e davanti il posacenere, a chiudere il varco.

Era importante che quei fogli rimanessero lì, ben nascosti. Era importante perché erano tutto ciò che Natalia possedeva, tutto ciò che doveva proteggere.

Natalia non sapeva come fare, quando si accorse di avere ancora la felpa intorno alle spalle e la borsetta. Prese dalla borsetta la matita del trucco e fece un segno nero sulla roccia: una piccola croce. Poi alzò la testa di scatto. Oltre il suono del torrente, le pareva di sentire un rumore di rami calpestati, il respiro di un uomo.

La stava ancora cercando. Era lì vicino, stava frugando fra i cespugli. Presto l'avrebbe scoperta. Natalia non poteva rimanere ferma, doveva correre, allontanarsi da lui finché non avrebbe più saputo ritrovarla.

Saltò giù dal masso, bagnandosi un'altra volta i piedi. Riprese a correre nella direzione opposta a quella da cui proveniva, e da cui veniva l'uomo che la stava inseguendo. Risalì una scarpata, poi si trovò invischiata in un cespuglio di rovi. Si districò strappandosi i jeans, attraversò una radura fitta di ortiche, si trovò di nuovo in discesa.

Era sudata, i capelli arruffati davanti agli occhi. Il bosco era buio, ma non si rendeva conto di essere in un bosco, non sentiva più i tonfi dei fuochi d'artificio. Le sembrava che l'unico suono fosse il suo respiro, sempre più forte, amplificato nel silenzio della notte.

Sbatté addosso al tronco di un albero, rimase ferma nell'oscurità. Chiuse gli occhi, li riaprì e girò intorno all'albero. Sempre di corsa, sempre in discesa. A un certo punto appoggiò malamente il piede destro, perse l'equilibrio. Per qualche passo barcollò, poi si riprese.

In quel momento sentì il terreno mancarle sotto i piedi. Il vuoto sotto di lei. Inspirò una boccata d'aria per lo spavento, con lo stesso movimento che precede uno sbadiglio. Fece appena in tempo a rendersi conto che stava cadendo, quando atterrò fra i rami di un cespuglio, rotolò per terra e picchiò la testa contro una roccia.

Si portò una mano alla tempia. Sentì che usciva del sangue.

Rimase lì per qualche minuto, in attesa che il respiro si calmasse. Di colpo nel bosco era sceso un gran silenzio.

L'uomo che la inseguiva non c'era più.

Natalia ce l'aveva fatta.

Aveva corso più forte di lui e l'aveva lasciato indietro. Ma sentiva un gran male alla testa, aveva i piedi bagnati e i polmoni che le bruciavano. Era ancora sdraiata per terra. Si rialzò adagio, spazzolandosi i vestiti, togliendosi i rami che le si erano impigliati fra i capelli. Il buio intorno le faceva girare la testa.

Avrebbe voluto dire qualcosa, chiedere aiuto, ma non riusciva. Natalia non sapeva più dov'era, non ricordava com'era finita in mezzo a quell'oscurità. Era come se quella lunga corsa le avesse tolto ogni pensiero. Ma una cosa almeno la sapeva. Era sola, ed era in pericolo.

2

L'assassino

Luciano Savi dormiva in una stanzetta al primo piano. Era proprio sopra la sala principale del Tucano. Quando Rosalba era ancora viva, abitavano in una villetta a nord di Bellinzona, ma dopo lui non ne aveva più voluto sapere. Impegnarsi nel lavoro lo aiutava a restare lucido, e allora tanto valeva starsene lì, vicino al suo locale.

Ma quella prima notte, benché il Tucano fosse chiuso, Savi non riuscì a dormire. Il primo d'agosto aveva dato una serata di libertà al personale, per prepararsi all'incontro con la moglie del dottore. Ma l'incontro era andato male, Savi era tornato a notte fonda e si era versato subito due bicchieri di whiskey. Le braccia, il collo, il volto erano lucidi per il sudore. Nel viaggio in macchina, Savi non aveva pensato alla strada.

Pensava soltanto: che cosa ho fatto. Imprecava e si rivolgeva tutti gli insulti che gli venivano in mente. Che cosa ho fatto, si ripeteva tra un epiteto e l'altro, ma che cosa ho fatto, cosa mi è saltato in mente...

Aveva pensato anche: speriamo che non mi fermi la polizia.

Non aveva bevuto, non aveva con sé niente d'illegale. Però aveva ucciso una donna, l'aveva ammazzata con le sue mani, e sapeva che non sarebbe riuscito a nasconderlo. Avrebbe dovuto abituarsi alla paura, a quella sensazione di essere sul filo del rasoio. Non avrebbe mai più potuto guardare un poliziotto, in giro per le strade, senza trattenere il respiro.

A casa, dopo aver ingurgitato i due whiskey, aveva fatto una doccia. Era rimasto a lungo sotto il getto di acqua bollente. Eppure, appena uscito, aveva l'impressione di sentire freddo. Aveva provato ad accendere la televisione, girando fra i vari canali, ma c'erano soltanto vecchi film incomprensibili e ragazze nude.

Andò a letto, portandosi dietro la bottiglia. Dovette coprirsi con un doppio strato di coperte, e dormì con una maglia a maniche lunghe. Chissà perché aveva tanto freddo. Chissà come avrebbe fatto il giorno dopo. E quello dopo ancora.

I giornali avrebbero sicuramente dato la notizia della morte di quella donna. I giornali? Ne avrebbero parlato anche la televisione e la radio, sarebbero venuti a saperlo tutti. Avrebbero sospettato di lui? Questa era la domanda. Savi giacque sveglio a lungo, esaminando con la mente tutti i collegamenti fra lui e la moglie del dottore.

Primo, il dottore aveva indagato su di lui e sul Tucano, tanto che sua moglie aveva visto i documenti e l'aveva chiamato. Ma i documenti non bastavano a incolparlo dell'omicidio.

Secondo. La moglie del dottore aveva telefonato a Savi e lui era andato a Corvesco. Però non l'aveva visto nessuno, sia all'andata sia al ritorno; e lei gli aveva detto di averlo chiamato da fuori casa, quindi non avrebbero nemmeno avuto i tabulati.

Terzo, la ragazza.

E da qui non si scappava.

La ragazza l'aveva visto uccidere la moglie del dottore. Savi non sapeva nemmeno chi era, anche se pensava che fosse la figlia. In ogni caso, l'aveva guardato bene in faccia e si sarebbe ricordata di lui. Per questo Savi l'aveva inseguita, finché la ragazza era scomparsa nel buio.

La ragazza, la ragazza. Savi si rigirava nelle coperte, sudando come se avesse la febbre. La ragazza avrebbe testimoniato contro di lui e la polizia sarebbe andata al Tucano e l'avrebbe preso.

Non sapeva che cosa fare. Scappare? Era un'idea stupida, l'avrebbero trovato subito. Andare a costituirsi? Aveva già perso tutto, non poteva farsi portare via anche il suo lavoro, anni di lotta e di fatica. Però magari avrebbero capito che lui non voleva uccidere la donna, era stato soltanto uno scatto di rabbia. C'erano delle pene ridotte? Ma Savi non voleva una pena ridotta. Voleva poter continuare a vivere la sua vita.

Decise di aspettare. L'indomani avrebbe letto i giornali con calma, avrebbe trovato un'idea. Magari poteva chiamare un avvocato. No, meglio di no. Gli avvocati portano guai. In fondo era la sua parola contro quella della ragazza.

Ce la puoi fare, pensò Savi. Coraggio.

Poi pensò a Rosalba, che era morta senza un lamento. Pensò a quanto aveva sofferto. Stappò la bottiglia, bevve un paio di sorsi senza uscire dal letto. Pensò alla moglie del dottore, pensò ai suoi tentativi per difendersi. Che cosa ho fatto, che cosa ho fatto. La moglie del dottore non meritava di morire così. Era stata colpa sua, d'accordo, ma nessuno merita di morire così. E nemmeno Savi meritava di finire in prigione. Lui aveva il suo lavoro. Doveva restare libero. Doveva farlo per rispetto di se stesso, e per amore di Rosalba.

De Marchi era ingrugnito. Non riusciva a togliersi dalla testa l'idea che il procuratore l'avesse fatto apposta. Del resto, Arno Bazzi era chiamato il Procuratore Piovra per qualcosa. In un modo o nell'altro riusciva sempre a lavorare ai casi che voleva lui con i poliziotti che sceglieva lui.

Omicidio a Corvesco. Chi mandiamo su? Guarda un po' chi abita a Corvesco... Elia Contini, quel tipo mezzo matto che faceva il detective. Ti ricordi quando ha avuto da dire con il commissario De Marchi, qualche anno fa, per quella storia di omicidi a Malvaglia? E prima ancora, la questione della famiglia Ruggeri?

De Marchi era abbonato a Contini. Ben piazzato, gli occhi infossati e la nuca rasata, il commissario aveva fama di essere un duro. La persona ideale per tenere a bada i detective privati. E i giornalisti.

Perché non c'è mai fine al peggio: adesso Contini faceva il giornalista.

E guarda caso, Contini era proprio lì davanti al cancello di casa Rocchi. Aveva un'assurda camicia di lino bianco e un cappello di paglia, come se fosse in vacanza.

« Commissario, sa che cercavo proprio lei? »

De Marchi tagliò corto:

« Qui non si può entrare ».

« Ma lei sta entrando. »

« Non ho niente da dire. »

« Ma lei sta parlando. »

De Marchi si era già incamminato verso l'ingresso. Si fermò e disse:

« Contini, non mi faccia innervosire... »

« Ma lei è già nervoso. »

Il commissario voleva liberarsi di lui, ma allo stesso tempo preferiva non attirare troppi curiosi. Contini abitava a Corvesco, forse poteva essergli utile. De Marchi tornò indietro, ripassando sotto il nastro giallo che delimitava la zona. Squadrò Contini e gli disse:

« Mi faccia un favore, lei che abita qui. Cerchi di non mettere in giro pettegolezzi: c'è stato un incidente, e vorremmo evitare che ne parli tutto il Cantone ».

« Un incidente o un delitto? »

« Contini... »

« Guardi, io non lo chiedo per me, a me non interessa. Ma quelli del giornale mi hanno mandato qui a ficcare il naso. In avanscoperta, prima che arrivi un vero giornalista. »

« Ne vogliono mandare un altro? »

« Commissario, da quando lei si sposta per un incidente? »

Era inutile. De Marchi fece un gesto a un agente che stazionava poco più in là, per raccomandargli di tenere d'occhio l'ex investigatore. Poi si avviò verso l'ingresso.

Nell'atrio lo aspettavano due tecnici della Scientifica e Paolo Pessina, il medico legale.

« Allora? » fece De Marchi.

« Non c'è tanto da dire » rispose Pessina. « Qualcuno l'ha picchiata e lei è morta. »

« E questa è la scienza! » disse un tecnico. De Marchi lo fulminò con lo sguardo.

« Ci sono parecchi traumi chiusi » specificò Pessina « ma anche due lacerazioni sulla tempia, con una soluzione di continuità della pelle. »

De Marchi annuì. Qualche botta e due ferite.

« Con che cosa l'ha colpita? »

« Sulla scrivania ci sono tracce di sangue » disse uno dei tecnici. « A prima vista, la forma dello spigolo corrisponde a quella delle ferite. »

« E quindi? »

« Direi che qualcuno l'ha sbattuta contro la scrivania. » disse il tecnico.

« E più di una volta » aggiunse Pessina. « Ci sono parecchie lesioni di primo grado e un paio di ematomi di secondo grado. Probabilmente anche una rottura del setto nasale. »

Erano arrivati alla porta dello studio, davanti alla quale c'era un agente.

« Il corpo l'avete già portato via? » gli domandò De Marchi.

« Non ancora. »

« Cerchiamo di farlo con discrezione. Voglio evitare i curiosi. »

I fotografi e i tecnici avevano già fatto il loro lavoro. Il medico legale aveva preso nota della posizione del corpo e aveva fatto i suoi primi rilievi. Adesso la stanza era a disposizione del commissario. Ma lui non sapeva che farci.

Entrò nello studio e si guardò intorno ancora una volta.

I primi indizi raccontavano la storia di un'aggressione a scopo di rapina. Forse qualcuno aveva sentito della morte di Rocchi, sapeva di trovare la signora da sola in casa. Ma di solito a Corvesco non succedevano queste cose. Un'aggressione a scopo di rapina... e perché uccidere la donna? In quel modo, poi. De Marchi aveva la sensazione che dietro ci fosse un'altra storia.

La stanza però non raccontava niente. Un grande studio, con librerie alle pareti, un caminetto e un mappamondo che sembrava antico. Alle pareti vecchie fotografie di Corvesco e stampe del lago di Lugano.

Tutto pulito, tutto ordinato. Tranne il cadavere davanti alla scrivania.

Il commissario si aggirò nella stanza, con le mani in tasca. Il suo fiuto gli diceva che era incappato in un brutto affare. Un tentativo di furto finito male, suggeriva la sua esperienza. Ma De Marchi ne dubitava. Anche perché c'era un altro problema da risolvere: dov'era la figlia?

Da qualche ora la polizia stava cercando di rintracciare Natalia Rocchi, ma di lei non c'era nessuna traccia.

3

Il mondo selvaggio

Natalia seguiva il corso del ruscello. A un certo punto camminò lungo un sentiero che passava nel sottobosco, in mezzo alle felci e alle ortiche. Si trovò davanti una specie di muraglione.

In mezzo c'era un buco da cui usciva l'acqua. Intorno, pareti di roccia. Ai piedi della cascata l'acqua faceva una pozza di colore verde scuro. Il rumore della cascata cancellava tutti gli altri suoni. Natalia sentì sulla faccia le gocce portate dal vento. Il sentiero s'inerpicava a destra del muraglione. Natalia lo seguì.

In cima, il muraglione era largo un paio di metri. Natalia lo percorse per tutta la sua lunghezza, una decina di metri, finché arrivò contro la parete di roccia. Poi tornò indietro. Dall'altra parte del muraglione, due o tre metri più in basso, il ruscello si era scavato una via fra le pietre. C'era una scaletta di ferro, sulla destra, che portava dal muraglione al ruscello. Natalia sfiorò con la mano la scaletta. Aveva uno sguardo assente, come se fosse distratta da pensieri che la portavano lontano da lì. Infine si decise a scendere dalla scaletta.

Davanti a lei, si apriva il mondo selvaggio.

Natalia vedeva le cose come se le guardasse per la prima volta. Si sentiva come se stesse penetrando in una terra segreta, come se di là dal muraglione non ci fossero più le cose normali, le case, le persone. Sui lati del ruscello gli alberi erano fitti, in mezzo l'acqua formava pozze immobili sotto il sole del mattino. Qualche centinaio di metri più in alto il ruscello faceva una curva, scompariva nel bosco e nelle rocce. Natalia sapeva che seguendolo sarebbe uscita dallo spazio e dal tempo.

Si muoveva piano, cercava di mettere i piedi sui sassi. Non sapeva che cosa le fosse accaduto, ricordava di avere camminato durante la notte. Il buio non finiva mai. Poi si era accoccolata sul terreno, per riposarsi due minuti, poi ricordava di aver sentito freddo, molto freddo e umido. I piedi bagnati, goccioline d'acqua sui capelli e sui vestiti. Allora aveva camminato ancora, mentre il sole cominciava a scaldarla.

In certi punti sul torrente si piegavano alberi sradicati, che bloccavano il passaggio. Natalia si sforzava di aggirarli. In altri posti i rami scendevano verso l'acqua, tanto da creare una barriera verde. Natalia si arrampicava sui massi o faceva una deviazione nel sottobosco, pieno di arbusti e buchi e sassi che spuntavano dal terreno.

Quel mattino, prima di seguire il ruscello, si era tolta le scarpe e le aveva fatte asciugare al sole. Poi aveva bevuto dell'acqua, aveva mangiato una barretta di cereali che aveva trovato nella borsa. Da lontano aveva visto una strada, un'automobile. Aveva sentito una voce che salutava qualcuno. Ma si era tenuta nascosta.

Ai bordi del ruscello le pareti diventavano più scoscese. Il cielo era diventato piccolo, un pezzo di azzurro ritagliato fra le rocce. Natalia s'impigliò in una ragnatela e si passò una mano sul volto, schifata. Non c'era nessun movimento, tranne l'acqua e i moscerini che volavano sull'acqua. Il suono del torrente le riempiva le orecchie, soprattutto in quei punti dove scorreva in un letto di pietra.

Natalia si fermò. Il ruscello aveva scavato una pozza nella roccia scura. L'acqua formava una cascata, e nella pozza c'era un albero di traverso. Le pareti intorno alla cascata erano bagnate e molto ripide, quasi verticali. Natalia non poteva proseguire. Il sole non arrivava fin lì. Il ruscello aveva un colore più scuro, in certi punti quasi nero. Natalia si sedette sul bordo. Non sapeva più dove andare. Aveva paura.

*

Nel mezzo del cammin di nostra vita, mi ritrovai per una selva oscura, che la diritta via era smarrita. Ormai Contini conosceva a memoria quei versi. *Ahi, quanto a dir qual era è cosa dura, esta selva selvaggia e aspra e forte, che nel pensier rinova la paura.* Del resto, leggeva soltanto quel libro. Quando era bambino, suo padre gli recitava a memoria interi brani della *Commedia*. E Contini aveva poi continuato a ripetere Dante per conto suo.

Anche in ufficio, nei momenti morti, gli capitava di leggere qualche riga. Ma quello non era un momento morto. Gianni Schiavo, il caposervizio, stava parlando con il caporedattore, al telefono da Lugano. Contini chiuse il libro e tornò a occuparsi del suo lavoro. Stava riordinando l'archivio con i numeri arretrati dei tre quotidiani e dei maggiori settimanali ticinesi. Prima di allora, non si era mai reso conto che nella Svizzera italiana si stampassero tanti giornali.

«Certo che ho mandato Contini.» Schiavo guardò verso di lui, alzando le sopracciglia. «Ma che cosa poteva fare?»

Una pausa. Schiavo guardò ancora Contini e fece una smorfia. Era un uomo corpulento, con le guance sempre rosee e gli occhi vivaci. Alla fine borbottò:

«Va bene, gli dico di starci attento».

Pausa.

«Ma a parte le chiacchiere, abbiamo già raccolto un bel po' di roba. Primo, abbiamo la foto della vittima, poi sappiamo che è stato un omicidio e che la polizia non ha nessuna idea di dove sia la figlia.»

Pausa.

«Boh, è scomparsa. No, non credo che sia stata lei, però non sanno il perché. Forse è implicata in qualche modo.»

A Contini venne in mente il messaggio di Enzo Rocchi. Poco prima di morire aveva chiesto il suo aiuto per una faccenda confidenziale. Poi aveva avuto un infarto. Poi sua moglie era stata aggredita e uccisa; e sua figlia, la stessa notte, era scomparsa. Era una coincidenza? Certo. La vita era piena di coincidenze. Ma Contini credeva che nemmeno le coincidenze succedessero per caso.

Comunque lui era un semplice... che cos'era? Mezzo fotografo e mezzo giornalista. Uno che andava bene al massimo per la cronaca locale. Non toccava a lui occuparsi del delitto.

«Va bene, va bene» stava dicendo Schiavo al telefono. «Oggi provo a telefonare in polizia. Okay, ci vediamo, ciao.»

Finita la telefonata guardò Contini e disse:

«Non gli va mai bene niente».

Contini si strinse nelle spalle.

«A me sembra che per essere quattro gatti abbiamo fatto un bel lavoro» riprese Schiavo. «Ho mandato Gino a interrogare i parenti, ma praticamente non ce ne sono. Il padre è morto e la figlia è scomparsa.»

«Non ha un cellulare?» fece Contini.

«Mah! Forse l'ha spento o l'ha lasciato a casa.»

«Strano. Se avessero ucciso anche lei?»

«E il corpo? Hanno cercato nei boschi intorno a casa, ma niente. No, secondo me ha tagliato la corda. Hai detto che c'era una macchina, no?»

Contini aveva interrogato qualche persona, a Corvesco, sfruttando il fatto che conosceva tutti. Gli avevano detto che in serata, da casa Rocchi, era partita un'automobile. Poteva essere l'assassino, ma non sarebbe stato un po' rischioso parcheggiare proprio lì? Forse, pensava Gianni Schiavo, qualcuno aveva portato via Natalia Rocchi.

«Non so se c'entra qualcosa o no con il delitto» disse il caposervizio mentre si faceva un caffè alla macchinetta. «Però che una diciassettenne si faccia venire a prendere in macchina non è poi così strano.»

«È strano che non porti con sé il cellulare.»

«Hai ragione. Magari l'hanno trascinata via con la forza.»

«E perché?»

Schiavo scosse il capo. Era inutile fare ipotesi. Chiamò i

due giornalisti che lavoravano nella stanza di là. Di solito la riunione principale era alle dieci del mattino, per organizzare le varie conferenze stampa e per impostare le pagine. Ma quel giorno sarebbero rimasti pronti a stravolgere l'apertura fino all'ultimo, aspettando qualche rivelazione.

«È colpa di Contini» disse Gino, un ragazzo appena laureato. «Noi andiamo a pigliarci un detective e guarda qui: un misterioso omicidio!»

«E siamo solo all'inizio» aggiunse Giorgia, l'altra giornalista. «Adesso ci manca una bella sparatoria, poi una rapina in banca...»

«Ragazzi» fece Schiavo. «Cerchiamo di essere seri. A Lugano mi hanno detto che ci danno la prima. Quindi dovremo fare un bel lavoro.»

Contini venne rispedito a Corvesco, con la macchina fotografica. Avrebbe dovuto procurare qualche immagine della Casa Del Delitto, insieme a una veduta del Paese Tranquillo Dove Non Era Mai Successo Niente e magari uno scatto della Polizia Che Sta Esaminando I Luoghi. In più, avrebbe potuto ficcare il naso qua e là, raccogliendo magari qualche indiscrezione. Gino avrebbe scritto un articoletto su Enzo Rocchi e poi si sarebbe occupato delle notizie che non c'entravano con l'omicidio. Giorgia avrebbe preparato una rassegna degli ultimi delitti nel Canton Ticino. Schiavo invece avrebbe parlato con la polizia e avrebbe scritto il pezzo principale.

Mentre tornava a Corvesco, Contini frugò nel cruscotto alla ricerca di un'audiocassetta. La sua era una delle ultime automobili senza cd: non per romantica nostalgia ma per semplice pigrizia. Del resto era sempre per pigrizia, forse, che ascoltava le stesse vecchie canzoni francesi.

Trovò una raccolta di Jacques Brel, e fu uno sbaglio. Infatti bastarono poche note e si ritrovò con il pensiero di Francesca. Da due giorni non la sentiva. Lei non si era fatta viva e lui l'aveva chiamata una volta, a casa, ma Francesca non aveva risposto. Non sapeva se volutamente, non sapeva che cosa si aspettasse da lui. Non poteva certo scusarsi per una colpa che non aveva commesso. Francesca lo sapeva com'era fatto, si conoscevano ormai da qualche anno. Finora non aveva mai cercato di cambiarlo.

Arrivato a Corvesco, si diresse subito verso casa Rocchi. La polizia aveva sistemato un cordone di sicurezza intorno all'edificio. Nel prato erano parcheggiate due macchine e Contini riconobbe, vicino all'ingresso, la figura di Emilio De Marchi. Il commissario era uno che amava indugiare sui luoghi del delitto.

Contini scattò molte fotografie a tutto quanto, poi notò due poliziotti che stavano uscendo dal bosco. Si avvicinò e chiese loro:

« Posso esservi utile? »

« Mi scusi? » fece uno dei poliziotti.

« Mi chiamo Contini, abito qui. »

« E che ci fa con una macchina fotografica? »

« Sono un fotografo. »

« È meglio che stia lontano. »

« Ma io conosco... »

« Andiamo, via. »

« ... bene questi boschi, e potrei esservi d'aiuto. Se dovessi nascondere un corpo... »

I due si fecero sospettosi.

« Che corpo? »

« Cosa ne sa di corpi? »

« Be', non ne so niente. »

Ma che cosa gli saltava in mente di dire certe cose?

« Lei ha parlato di un corpo » disse un poliziotto. « Forse dovremmo chiamare il commissario. »

« Lascia stare » fece l'altro. « Lo conosco. È una specie di detective. »

« Un cosa? »

« Un investigatore privato. »

« Sarà. Comunque, ripeto, qui non c'è niente da vedere! Si allontani! »

Contini si allontanò. Ma non era soddisfatto. La casa dei Rocchi, come la sua, era un po' fuori dal paese, circondata dai boschi. E Contini sapeva bene che i boschi raccontano più cose di quanto sembra.

Certo bisogna starci attenti.

Aspettò un'oretta e poi, quando i poliziotti se ne andarono, provò a entrare fra gli alberi. Quando si cerca qualcosa o qualcuno in un bosco, c'è un solo metodo. Tenere gli occhi aperti e stare attenti alle incongruenze: spesso c'è qualcosa che non è al posto giusto, un segnale di passaggio umano.

Fece dei giri larghi, rimanendo in vista della strada. Forse qualcuno si era nascosto lì, in attesa d'intrufolarsi in casa Rocchi. Poi raggiunse il sentiero che portava alla parte alta di Corvesco. Ma era passata troppa gente, era difficile trovare tracce utili. Allora tornò più vicino alla casa e scese lungo un piccolo dirupo che portava più in basso, verso la valle.

Contini sapeva che gli uomini della polizia erano addestrati per questo tipo di ricerca. Ma era convinto che, nel caso di Natalia, per la polizia la pista del bosco fosse una formalità: la ragazza non aveva nessun motivo di allontanarsi tra i cespugli. Contini stesso non ci credeva, era più favorevole all'ipotesi di una fuga in automobile.

In fondo al dirupo scorreva il Tresalti.

Contini decise di risalirne un pezzo prima di tornare all'automobile e poi a Bellinzona, per consegnare le fotografie. Fu allora che notò qualcosa sulla riva. Qualcosa di bianco, sulle prime pensò che si trattasse di un fazzoletto. Si avvicinò e raccolse un pezzo di carta. Su un lato, c'era una scritta a computer mezzo dilavata dall'acqua.

```
 UMERI TE    ONO UTILI
-----
KATE (T    NO) - 079 80      14
(CHIAM             NFERMA)
  MERO ''TUCANO'': 091          55
NUMERO LUCIANO     I:               4
         FICIO PERMESSI:           8 21
```

Contini se lo rigirò fra le mani.

Metà delle parole era cancellata, e il resto non sembrava interessante. Il Tucano, se ricordava bene, era il nome di un night-club: al giornale avevano scritto un pezzo sulle polemiche legate ai rumori molesti. Il foglietto sembrava il resto di un promemoria, e Contini si domandò come fosse finito sulla riva del Tresalti. Con ogni probabilità non aveva niente a che fare con il delitto né con Natalia. In ogni caso lo piegò e lo mise nel portafogli.

Poi si guardò intorno. Era in mezzo al bosco, con i suoi abiti da lavoro e la macchina fotografica al collo. Senza nessuna ragione per essere lì, se non la mania di giocare al detective. Eppure aveva rinunciato a quel mestiere, era stufo di organizzare divorzi, spiare ragazzi viziati e frugare nel marcio. E allora che cosa stava facendo? Se davvero nel bosco c'era un cadavere, non voleva essere lui a scoprirlo.

Risalì il dirupo e tornò fuori dal bosco. Sul prato non c'era più nessuno. Senza nemmeno voltarsi a guardare casa Rocchi, Contini si diresse alla sua automobile e tornò a Bellinzona.

Ancora una volta, Jacques Brel gli fece del male.

4

Fame

Natalia si era allontanata dal ruscello ed era tornata verso le prime case del paese. Alla fine del bosco c'era un prato in discesa, poi passava una strada. Dopo la strada c'erano le case. Natalia arrivò che era l'ora di pranzo. Sentì un odore di fumo e di carne cotta al fuoco.

Aveva fame. Seguì l'odore fino a una casa appena sotto la strada. La casa era circondata da un giardino, e in mezzo al giardino c'era un piccolo forno in sasso per cucinare alla griglia. Di fianco, sotto due ombrelloni, era apparecchiata una tavola di legno. Natalia vide un uomo accanto al fuoco, altri due uomini e una donna che lo guardavano con in mano un bicchiere. Dalla porta della casa uscì una donna con un vassoio.

Natalia non poteva entrare e chiedere un po' di cibo. Loro avrebbero potuto farle del male, o rivelare il suo nascondiglio a chi voleva farle del male. Pensò di girare intorno alla casa, per trovare un altro ingresso.

Nel giardino, sul retro, vide un gatto nero che prendeva il sole. Voleva dirgli qualche cosa, ma non le vennero in mente le parole. Gli passò di fianco e andò a sbirciare dalle finestre. Dentro c'erano un letto e una parete bianca, con un armadio di legno massiccio di fronte al letto. La finestra era socchiusa, ma le gelosie erano bloccate. Natalia riuscì a infilare una mano e a sganciarle. Poi allargò il varco della finestra e si arrampicò sul davanzale.

Entrò nella camera da letto. C'era un odore di lenzuola appena lavate, di vestiti nuovi. Natalia aprì la porta adagio e si trovò in un corridoio, dal quale udiva le voci che venivano da fuori. Percorse il corridoio. In fondo c'era un salotto con una portafinestra spalancata sul giardino. Da lì veniva l'odore del cibo arrostito sulla griglia. Natalia sentì una delle donne che rideva. Poi sentì la voce bassa di un uomo, ma non poté capire quello che stava dicendo.

Il salotto aveva una serie di poltroncine azzurre, una libreria con un televisore e, sulla sinistra, un tavolo da pranzo. Dietro il tavolo c'era la cucina.

Natalia entrò in cucina. Si guardò intorno rapidamente. Accanto al frigorifero c'erano tre costine ancora crude e due buste di *cervelat*. Prese i *cervelat*. Poi aprì il frigorifero. Prese un cartone di latte, due yogurt, un pezzo di formaggio e una busta di prosciutto sotto vuoto. Aprì a casaccio gli armadi della cucina finché trovò un sacchetto di plastica per mettere il cibo. In una credenza trovò una pagnotta, biscotti e due tavolette di cioccolato. Prese anche un coltello e un cucchiaio per gli yogurt.

Poi sentì di nuovo la risata della donna, ma stavolta era più vicina. Balzò fuori, stringendo il sacchetto con il cibo. Corse lungo il corridoio e si rifugiò nella camera da letto. Rimase per qualche secondo con il viso appoggiato alla porta, ansimando. Non successe niente. La donna non si era accorta che mancava del cibo.

Natalia uscì dalla finestra e traversò il giardino di corsa. Vide che il gatto nero non si era mosso. Poi attraversò la strada e tornò nel bosco.

Camminò a lungo in salita. Adesso che aveva del cibo si sentiva più sicura. Vide alcuni posti che le sembravano buoni, ma non era quello che stava cercando. Arrivò in una radura al centro della quale c'era una roccia piatta. Lì vicino, Natalia ne sentiva il rumore, scorreva un riale. Non sapeva se fosse quello lungo il quale si era avventurata il mattino. Sapeva di essere molto più in alto. Perciò forse poteva bere l'acqua del riale senza problemi. In ogni caso non aveva scelta.

Si sedette sulla pietra piatta e aprì il sacchetto. Mangiò i due *cervelat*, lo yogurt, un po' di cioccolato e metà pagnotta. Il resto lo tenne per dopo. Poi andò al ruscello e bevve un po' d'acqua, prendendola con le mani da una cascatella. Le sembrava limpida, e aveva un buon sapore.

Dopo aver mangiato, si addormentò sulla roccia. Il sole era piacevole, non troppo caldo. Quando si svegliò, le parve che non si fosse mosso, come se il tempo non fosse passato. Natalia non aveva un orologio, perciò non riuscì a capire per quanto tempo avesse dormito.

Prese la borsetta e ne rovesciò il contenuto sulla roccia. Per il futuro avrebbe dovuto accontentarsi di ciò che aveva. Non poteva rubare troppo nelle case, non era sicuro.

Nella borsetta c'era:

un astuccio con il necessario per truccarsi gli occhi

un rossetto

un pettine

uno specchietto

fazzoletti di carta

un portafogli con cinquantadue franchi

un portatessere con l'abbonamento del treno e il bancomat

una pallina antistress

due tappi per le orecchie

una busta con cinque assorbenti

occhiali da sole

un'agenda

due penne biro e una chiavetta USB per il computer.

Niente che fosse utile in mezzo a un bosco. Tranne gli occhiali, e anche forse i fazzoletti o gli assorbenti. Ma niente che potesse aiutarla a trovare del cibo, niente per riscaldarla quando sarebbe venuto il freddo e il buio.

Natalia voleva rimanere al sicuro finché avesse capito quello che le era successo. Sapeva che aveva rischiato di morire, ma non sapeva più perché né da quale parte dovesse aspettarsi il pericolo. Di certo non era ancora in salvo. Qualcuno la stava cercando, e di chi poteva fidarsi? Aveva una sensazione d'isolamento: era sperduta in una terra ostile, abitata da un popolo di cui non conosceva niente, né la lingua né le usanze.

L'idea di scendere in mezzo al paese e di parlare con qualcuno la riempiva di terrore. Meglio restare nel bosco, protetta dalla barriera degli alberi, e aspettare che tutto si chiarisse.

Riempì di nuovo la borsetta e prese il sacchetto con il cibo, nel quale aveva messo anche il barattolo vuoto dello yogurt, la carta del cioccolato e le confezioni dei *cervelat*: meglio non lasciare tracce. Si alzò, si massaggiò le gambe intorpidite. Poi s'incamminò per il bosco. Doveva trovare un riparo per la notte.

5

E tu chi sei?

Il primo ricordo di Luciano Savi era un campo di ortiche.

Lui e suo fratello lo attraversavano correndo, felici perché con i calzoni lunghi le ortiche non potevano far loro del male. Correvano con le braccia alzate, per evitare ogni contatto fra le ortiche e la pelle. Savi non aveva mai dimenticato quel momento. Ricordava che le ortiche gli arrivavano fino alla vita. Ortiche giganti. E lui e suo fratello si sentivano al sicuro.

Non c'è cosa migliore che sentirsi al sicuro.

All'inizio, Savi non aveva capito perché nessuno fosse andato a cercarlo. Poi aveva ascoltato il notiziario alla radio: davano pochi dettagli, però aveva scoperto perché non erano venuti da lui. La ragazza era scomparsa.

Qualcuno diceva che l'avevano rapita, altri che era andata via di casa con un amico. Ma Savi sapeva la verità: la ragazza era scappata nei boschi perché lui voleva ucciderla.

Non era uscito per tutta la mattinata. Nessuno l'aveva cercato, aveva l'abitudine di alzarsi tardi. Ma per non dare nell'occhio doveva comportarsi in maniera normale. Avrebbe voluto rimanersene in casa anche il pomeriggio, ma aveva un appuntamento a Lugano con Ferdi, il tipo che manteneva i contatti con quelli nell'Est.

Non sarebbe stato un pranzo piacevole, perché Savi avrebbe dovuto dare a Ferdi una brutta notizia. Per un po' bisognava passare l'acqua bassa, come si dice in gergo. Niente più ragazze con i documenti falsi, niente trucchi con l'età e con i certificati medici. Prima o poi l'avrebbero ritrovata, quella ragazza, e lei avrebbe parlato. Allora Savi sarebbe stato in difficoltà, ma voleva almeno poter dimostrare che al Tucano era tutto in regola. In fondo, si ripeteva, era la sua parola contro quella della ragazza. Non aveva lasciato tracce, nello studio, non aveva toccato niente. E se anche fosse, poteva sempre dire di avere avuto un colloquio con la moglie del dottore e di averla lasciata viva e vegeta. La sua parola contro quella della ragazza.

Si fece una lunga doccia, poi scelse uno dei suoi abiti migliori. Un completo di lino color azzurro, camicia bianca, calze e cravatta blu scuro. Si fece la barba, disegnando accuratamente il confine delle basette e del pizzo. Aveva pensato di tagliarseli, per rendersi meno riconoscibile, ma sarebbe stata un'azione sospetta.

L'appuntamento era in piazza della Riforma, a Lugano. Savi seguì l'autostrada fino a Lugano Nord. Parcheggiò alla stazione e scese in centro con la funicolare. Gli piaceva camminare nei vicoli, guardare le vetrine e la gente seduta ai ristoranti. Sapeva di essere elegante, di essere una persona degna di fiducia. Non poteva rovinare tutto per uno stupido errore.

Certo, al Tucano non era proprio tutto legale. Ma Savi partiva dal principio che al giorno d'oggi, se si vuole tirare avanti nonostante la crisi, non bisogna andare troppo per il sottile. In fondo lui a quelle ragazze faceva più bene che male.

«Le ragazze non saranno contente» disse infatti Ferdi quando gli comunicò le sue intenzioni.

«Credimi» replicò Savi. «È meglio così.»

Ferdi era un tipo inquietante. Aveva contatti con alcune organizzazioni ben strutturate, che rifornivano i paesi occidentali di «artiste». Savi non le voleva né troppo giovani né troppo vecchie: in genere le sue ballerine avevano dai diciassette ai venticinque anni.

«Troverai altri posti per loro» disse a Ferdi mentre si versava un bicchiere di vino bianco.

Ferdi lo guardò con le palpebre mezzo abbassate. Era un gesto che faceva spesso. Aveva una faccia grigiastra e un corpo tonico, muscoloso. Ma nei movimenti era sempre lento, come se fosse mezzo addormentato.

« Lo so, Luciano. Ma mi piacerebbe conoscere questi tuoi 'problemi'. »

« Oh, niente di che. Questioni burocratiche. »

« Sicuro? »

« Sicuro. »

Savi non voleva dire niente a Ferdi. Lui conosceva troppa gente troppo pericolosa, e preferiva che non si facessero venire strane idee. Dopotutto, un caso di omicidio avrebbe potuto incuriosire i poliziotti anche sul traffico di ragazze. E sarebbe stata colpa di Savi.

« Come vuoi. Ma ricordati che noi non siamo una specie di ristorante à la carte. La prossima volta potresti non avere più la prima scelta. »

« Certo, mi sembra giusto, lo trovo giusto. »

« E poi anche noi abbiamo le nostre questioni burocratiche. Devo dire che questo rifiuto all'ultimo momento non ci fa comodo. »

« Me ne rendo conto. »

« Specie calcolando che hai anche rimandato indietro quasi tutte le ragazze che avevi preso per tre mesi. Ma che razza di estate conti di fare? »

« Oh, sarà un'estate tranquilla, magari farò un po' di vacanza. »

« Vacanza? »

« Un po' di vacanza, sì. »

« Vacanza » ripeté Ferdi con le palpebre semichiuse. « Vacanza... Chissà perché, detta da te, questa parola mi sembra strana. »

Savi si rendeva conto che se fosse trapelato qualcosa, se la polizia avesse sospettato un legame fra l'omicidio e le ragazze, Ferdi si sarebbe dileguato. Lo avrebbe lasciato in pasto alla polizia e per Savi sarebbe stato irraggiungibile. Non aveva il suo numero di telefono, non conosceva neanche il suo vero nome. S'incontravano soltanto in mezzo alla gente, a pranzo o per un aperitivo.

«Perché non mangiamo qualcosa?» fece Savi, sperando che dimenticasse il suo accenno alle vacanze.

Erano seduti a un angolo della piazza, nella veranda di un ristorante. Ferdi ordinò un'insalata e un'acqua minerale. Savi una pizza alle acciughe e un mezzo litro di birra. Mentre aspettavano il pranzo, guardò la piazza piena di sole e di turisti. C'erano anche mamme con il passeggino e gruppi di ragazzi che ciondolavano negli angoli. Ragazzi che non avevano niente da fare.

«Comunque abbiamo sempre fatto buoni affari noi due, non è vero?»

«Certo.» Ferdi annuì rimestando l'insalata. «Sempre buoni affari.»

Savi non poteva mollare. Il Tucano e il suo lavoro erano tutto ciò che aveva. Da solo, alla sua età, che cos'avrebbe fatto?

«E continueremo ancora» esclamò. «Ho soltanto bisogno di un'estate per rimettermi in sesto.»

«Una vacanza, giusto?»

Savi annuì e tentò un sorriso. Poi abbassò lo sguardo sulla pizza.

In quel momento, masticando un'acciuga, gli venne un'idea. In fondo lui era l'unico a sapere che la ragazza era fuggita nel bosco, la polizia chissà dove la stava cercando. Perciò lui era in vantaggio. E se avesse sfruttato il vantaggio? Se l'avesse trovata prima lui?

Giovanni uscì dal sentiero e scese un pendio, camminando di traverso per non scivolare. Sapeva che in fondo al pendio il Tresalti faceva una curva, formando una bella pozza. Giovanni rimase nascosto fra gli alberi, dove trovò uno spiazzo per preparare la canna da pesca.

Era una canna telescopica. Per pescare nel Tresalti, in mezzo ai rami e su per le rocce, bastavano tre quarti della lunghezza massima. Giovanni fece scorrere il filo, poi ne prese l'estremità e vi annodò una lenza con un amo. Girò intorno a un chiodo per una decina di volte un pezzo di filo di piombo, prima d'infilarlo poco sopra l'amo. Cavò da una tasca del giubbotto la scatola con i vermi, ne scelse uno e lo infilzò. Infine si avvicinò alla pozza. Gli piaceva guardare con calma, prima di cominciare.

L'acqua era trasparente. Giovanni rimase nascosto dietro un masso e fece dondolare l'esca sull'acqua, mirando verso il lato della pozza più vicino a lui. L'amo cadde poco dopo gli spruzzi, dove finiva la spuma bianca e l'acqua scorreva ancora, ma un po' meno veloce. Era il punto giusto. Giovanni svolse un po' di filo con la mano, lasciando scorrere l'esca. Con la coda dell'occhio, aveva individuato la zona in cui depositare le trote, un pezzo di sabbia sulla destra. Ma non abboccavano.

Provò di nuovo e la seconda volta l'amo s'impigliò.

Giovanni uscì dal suo nascondiglio. Per staccare l'amo dai ciottoli dovette immergere il braccio fino quasi alla spalla. L'acqua era fredda, ma meno di quanto si aspettasse. A quel punto, le trote si erano rifugiate nei loro buchi.

Il bosco intorno a lui era come un sipario. Dietro l'intrico dei noccioli s'intuiva il bianco di una cascata, più in alto. Il pubblico era tagliato fuori, non vedeva lo spettacolo. C'erano soltanto Giovanni, il ruscello e le trote. Nei momenti migliori, lui non ci pensava nemmeno. A volte fingeva che il mondo non esistesse, ma spesso gli veniva naturale, era una cosa ovvia.

Provò in un'altra pozza, accanto a un tronco sommerso. Gettò l'esca dove l'acqua era più scura, e la lasciò affondare. Sentì uno strattone, aspettò una frazione di secondo e tirò. La trota volò attraverso l'aria e atterrò fra i sassi. Giovanni appoggiò la canna, si avvicinò alla trota e la prese in mano. La misurò: era lunga venticinque centimetri. Aveva la pelle scura, le macchie rosse sul dorso erano brillanti. Afferrò la mascella e la tirò di colpo, uccidendo la trota.

Risalì il Tresalti fino alla cascata, poi si sedette sopra un sasso a riposare. Era contento di aver camminato fin lì, lungo il ruscello che sapeva quasi a memoria. L'ultimo temporale aveva creato nuove pozze. Mentre guardava la cascata, sentì un frullo d'ali. Un merlo d'acqua si sollevò in fretta e volò nei rami di un sambuco.

Aveva preso altre due trote, che aveva messo in un sacco insieme a qualche ramo di felce. Le tirò fuori e tagliò le pinne. Poi le aprì sullo stomaco, togliendo le interiora e gettandole nell'acqua. Si lavò le mani, se le strofinò con un po' di ghiaia. Infine alzò lo sguardo e la vide.

Da quelle parti, di solito, non passava nessuno. Era un luogo lontano dai sentieri, non era buono neanche per i funghi.

Eppure quella era una ragazza.

Non aveva l'aria di una che fosse a suo agio. Giovanni valutò che avesse all'incirca la sua stessa età. Indossava abiti che non erano adatti per girare nei boschi. Aveva perfino una borsetta. Giovanni si sentì a disagio, la ragazza lo fissava con due occhi che bruciavano. Si alzò, strofinandosi le mani sui calzoni. Disse:

« E tu chi sei? »

6

La famiglia Canova

Etuchisei.

Natalia sentiva le parole senza capire. Poi però le riconobbe.

E tu chi sei.

Era una domanda.

E tu chi sei?

Natalia non rispose. Guardò il ragazzo con il giubbotto e si domandò se dovesse scappare. Ma il ragazzo le sorrise e disse:

« Ti hanno tagliato la lingua? »

Natalia stava decidendo che cosa fare quando il ragazzo mosse un passo verso di lei. Presa dal panico, si voltò per fuggire. Ma lui disse:

« Aspetta, dove scappi? »

Faceva sempre domande, quel ragazzo. Natalia si voltò e lo guardò. Il ragazzo sorrideva. Le tendeva una mano.

« Giovanni. »

Voleva dire che lui si chiamava Giovanni. Natalia guardò la mano tesa e scosse il capo. Il ragazzo annuì, ritirando la mano.

« Lo so, le mani odorano di pesce. »

Natalia lo guardò, come aspettandosi qualcosa. Lui disse:

« Che ci fai da queste parti? »

Un'altra domanda.

« Stai bene? »

Natalia lo fissava senza dire niente.

« Se ti sei persa forse posso aiutarti. »

Natalia si era persa? No, quella non era una domanda. Poteva aiutarla?

«Okay. Se vuoi giocare a fare la misteriosa, a me... ehi!»

Il ragazzo tacque di colpo. Anche lui cominciò a fissarla con gli occhi spalancati. Per qualche secondo rimasero immobili. Lei più in alto, in piedi nel bosco, lui sulla riva del ruscello. Poi il ragazzo disse:

«Forse ho capito chi sei».

L'avvocato Corrado Bossi era un uomo gentile. Ogni suo gesto era avvolto dalla discrezione, come se chiedesse scusa per l'invadenza. Aveva due occhi pazienti, una voce pacata. Un riporto gli attraversava la sommità della testa, come un tocco d'ironia. Ma Bossi era un buon avvocato, nonostante il suo aspetto inoffensivo; anzi, di solito utilizzava proprio la sua faccia mite per ottenere ciò che voleva.

«Lei lo sapeva che non posso dirle niente» disse al commissario De Marchi. «Perché è venuto lo stesso?»

De Marchi aspettò qualche secondo prima di rispondere.

«Per la ragazza.»

«Per Natalia?»

«Lei magari mi dirà che la morte di Enzo e Sonia Rocchi...»

«Enzo è morto d'infarto.»

«E subito dopo qualcuno ha ucciso sua moglie. Magari le loro questioni legali non c'entrano...»

«Appunto.»

«Però la nostra priorità è ritrovare Natalia Rocchi.»

«Me ne rendo conto. E se potessi, vi aiuterei.»

«È proprio sicuro di non sapere niente?»

«Be', soltanto questioni di affari. Case, eredità. Niente d'importante.»

«Niente di anomalo? Niente che si colleghi a Natalia?»

Bossi aveva lo studio in via Balestra, a Lugano. Dalla finestra dietro la sua scrivania si vedeva, dall'altra parte della strada, la torre di un autosilo. La via era trafficata: a Bossi non dava fastidio, tanto che teneva la finestra aperta. Ma dopo l'ultima domanda di De Marchi, si alzò e la chiuse. Intrecciò le mani davanti a sé, le guardò prima di parlare.

« Forse qualcosa c'è. »

De Marchi aspettò un paio di secondi. Poi lo incoraggiò: « Mi dica ».

« Qualche giorno prima di morire Enzo aveva detto che voleva vedermi a pranzo. Poi, dopo che è morto, sua moglie mi ha telefonato. »

Bossi fece un'altra pausa. De Marchi capì che ogni tre o quattro frasi aveva bisogno di essere stimolato.

« E cosa le ha detto? »

« Ha trovato dei documenti fra le cose di suo marito. A quanto pare stava svolgendo una specie d'inchiesta. Non ha voluto dirmi di che si trattasse, prima di coinvolgermi voleva fare un controllo. »

« Un controllo? E come? »

« Non lo so. » Bossi scosse il capo. « Sinceramente, non penso che sia qualcosa di grave. Ogni tanto qualche associazione o ente anche statale si rivolgeva a Enzo per un'inchiesta. Da quello che ho capito, ma Sonia me ne ha soltanto accennato, aveva a che fare con i locali notturni. »

De Marchi lo guardò come se avesse parlato in una lingua straniera.

« Non so niente di più, commissario. »

« Locali notturni? »

« Esatto. »

« Ma cosa c'entrano i locali notturni? »

Bossi allargò le braccia.

« Immagino che Enzo facesse una ricerca sulla situazione sanitaria nei night-club. Forse il suo socio, il dottor Mankell, potrà aiutarla. »

« Non può essere qualcosa che ha a che fare con Natalia? »

« Lo ignoro. Ma non credo, la ragazza fa soltanto la terza liceo. »

« A proposito, dove pensa che sia finita? »

L'avvocato inarcò le sopracciglia.

« Lo chiede a me? Non ne ho idea. »

«E quando la troveremo? Che cosa ne sarà di lei?»

«Eh...» Bossi strinse le labbra. «È una brutta cosa. Natalia è ancora minorenne e non ha parenti stretti in grado di occuparsi di lei. Dovrò parlarne con l'Ufficio tutorio, bisognerà trovare una soluzione. Ma la cosa più importante, caro commissario, è scoprire dove sia finita.»

Il commissario annuì.

«Certo. Sperando che...»

«Non lo dica.» Bossi mosse le mani davanti a sé. «Non lo dica nemmeno per ipotesi. Dobbiamo essere fiduciosi!»

Il ragazzo parlava e parlava.

Alla fine Natalia era fuggita. Una parte di lei avrebbe voluto restare con lui, chiedergli aiuto. Ma non riusciva a spiegarsi. E lui aveva cominciato a dirle cose difficili, che Natalia non capiva. Lei si era spaventata. Il ragazzo allora aveva cambiato il suo modo di parlare. Si era avvicinato ma non troppo. Si era reso conto che Natalia aveva paura di quelle parole, e ne aveva scelte altre.

Aveva parlato di sé. Le aveva detto ancora che il suo nome era Giovanni. Poi le aveva detto di avere diciassette anni, e lei aveva pensato che sembrava più vecchio. Stava facendo un apprendistato come tipografo, gli piacevano i lavori precisi, aveva detto, e poi le aveva raccontato che era il terzo anno che con i suoi genitori e fratelli veniva in vacanza a Corvesco. Strano che non si erano mai incontrati, aveva detto.

Mentre il ragazzo parlava, Natalia si era incamminata nel bosco. Temeva che stando lì più a lungo non sarebbe più stata capace di andarsene. Ma lui la seguiva. E nel frattempo parlava, l'aiutava a camminare nel bosco e parlava. A un certo punto le toccò un braccio, per impedirle di cadere. Natalia non protestò. Ma decise di fuggire.

Ascoltò ancora per un po' i discorsi del ragazzo. Quando raggiunsero il sentiero, s'incamminò dietro a lui. Finché, in un punto dove il bosco era fitto, si gettò tra i cespugli.

«Ehi!» disse il ragazzo. «Ehi!»

Natalia si trovò a correre in salita, mentre il ragazzo la chiamava più in basso. In mano aveva il sacchetto con il cibo, e la borsetta le sbatteva sulla schiena. Dopo un paio di minuti, ansante, trovò la traccia di un altro sentiero. Visto che il ragazzo non si vedeva, provò a seguire il sentiero.

Dopo un po' c'era una fontana di legno. Lì vicino il bosco si apriva in una radura e c'era una chiesa piccolissima. Natalia proseguì e cominciò a vedere frammenti di muri fra gli alberi.

Dapprima non capì, ma poi si ricordò del vecchio paese di Valnedo. Quando era bambina, a Corvesco, le avevano raccontato la storia del villaggio fantasma. Due o trecento anni prima il paese era abitato; ma poi tutti se n'erano andati, non si sapeva perché. La gente aveva abbandonato le case, i sentieri fra i campi, le stalle e anche un mulino. Il bosco era cresciuto tutto intorno e ora Valnedo non c'era più, c'erano soltanto le rovine in mezzo alla montagna.

Natalia rabbrividì. Notò una croce incisa sopra la porta di una casa diroccata. Girò intorno a un muro soffocato dai cespugli e vide poco più in là un rudere più massiccio degli altri. In mezzo cresceva un albero, tanto che la chioma pareva il soffitto della casa.

Natalia capì che Valnedo era il posto giusto per lei.

Si sarebbe nascosta fra i resti delle case, in maniera da poter avvistare chiunque si fosse avvicinato. Tornò indietro alla fontana, si rinfrescò e guardò verso la chiesa. Si avvicinò. Provò a smuovere il portone, ma era chiuso; sul retro però c'era un'altra porta, meno massiccia. Natalia abbassò la maniglia e la porta si aprì strascicando sul pavimento.

All'interno la chiesa era fresca e silenziosa. Natalia si fece il segno della croce. Si avvicinò al crocifisso dietro l'altare e pensò di dire una preghiera. Non sapeva come chiedere aiuto, non riusciva a spiegare nemmeno a se stessa perché fosse finita lì, nella penombra della chiesa. Però si ricordava le preghiere. Disse un Padre nostro e un'Ave Maria.

Notò che sul fondo, a destra dell'altare, si apriva una

stanzetta. All'interno c'erano tappeti, tendaggi, vecchi dipinti, i paramenti per il sacerdote e alcune panche di legno.
Natalia aveva trovato un rifugio per la notte.

CORVESCO - La polizia sta cercando la figlia della vittima

NATALIA ROCCHI: FUGA O RAPIMENTO?

Sono passate più di ventiquattr'ore dalla scomparsa di Natalia Rocchi, la 17enne studentessa liceale sparita dopo la morte della madre Sonia (vedi l'articolo sopra). Secondo il procuratore Arno Bazzi, da noi raggiunto al telefono, la ragazza è stata vista per l'ultima volta la notte del delitto, vicino al falò della Festa nazionale ai margini di Corvesco. La misteriosa scomparsa ha a che fare con l'omicidio? « Non ci sono elementi che fanno propendere per questa ipotesi » dichiara Bazzi, « ma stiamo valutando ogni possibilità. » La giovane Natalia è andata via da casa senza preavviso, senza cellulare né abiti di ricambio. A quanto riferiscono fonti vicine alla polizia, ancora non è chiaro se la ragazza sia coinvolta o meno nel delitto. Nel paese di Corvesco c'è chi parla di un rapimento, ma la polizia non conferma nessun indizio in tal senso.

Qualche settimana fa è deceduto, per un infarto, il padre 55enne di Natalia, il noto medico luganese Enzo Rocchi. Secondo un collega di Rocchi, « Natalia potrebbe aver subito un forte choc, dopo la morte di entrambi i genitori in poco tempo ». Il commissario Emilio De Marchi riferisce che la Polizia cantonale ha contattato tutti i conoscenti e gli amici di Natalia. « Invitiamo chiunque l'avesse vista » raccomanda De Marchi « a farci pervenire al più presto informazioni al numero 0848/25.55.55. » Natalia è alta 1,70 m, ha i capelli neri ricci fino alle spalle, occhi azzurri e, al momento della scomparsa, indossava jeans celesti e maglietta bianca.

(G.S.)

Giovanni posò il giornale e guardò suo padre. Ernesto Canova stava riverniciando le listelle di legno sulla facciata della casa. Giovanni era uscito per aiutarlo, poi l'occhio gli era caduto sul giornale appoggiato di fianco al secchio di lacca.

« E allora? » disse Ernesto. « Sei uscito per pitturare o per leggere? »

« Scusami » rispose Giovanni. « Ho visto una cosa. »

I suoi fratelli, Pietro e Viola, di undici e sette anni, stavano giocando a volano sull'altro lato della casa. Giovanni sentiva le loro grida. Stavano litigando su chi avesse lanciato il volano fra gli alberi.

« Ma che cos'hai? A cosa pensi? »

« Niente. »

Sua madre stava cucinando le trote, Giovanni ne sentiva l'odore dalla finestra. Le preparava secondo una vecchia ricetta di famiglia. All'interno metteva qualche foglia di erba iva e un po' di genepì; poi le infarinava, le salava e le friggeva lentamente nel burro.

« Allora, mi passi quel pennello? Voglio finire prima di pranzo! »

Suo padre si stava spazientendo. Giovanni lo guardò dal basso. Arrampicato sulla scaletta, in calzoncini e canottiera, con un cappellino di carta in testa, suo padre aveva l'aspetto di un vero pittore. Ernesto Canova era una specie di camaleonte: assumeva sempre l'aspetto giusto per le cose che faceva.

« Papà » disse Giovanni, « che cosa pensi di quella storia dell'omicidio? »

« Oh, ne abbiamo già parlato, mi sembra! »

« Tu non li conoscevi, questi Rocchi? »

« Mah, di vista, più che altro. Non davano mica tanta confidenza. »

« E la figlia scomparsa... Natalia? »

« Povera ragazza. È una tragedia. Passami lo straccio, per piacere. »

Giovanni porse a suo padre uno straccio pulito e prese da

lui quello intriso di vernice. Poi portò il secchiello con la lacca ai piedi della scaletta, perché suo padre potesse intingervi il pennello. Stava dando la seconda mano. Giovanni aveva già pitturato la parete un paio di ore prima. Alzò lo sguardo a valutare il lavoro.

Sapeva che, se non avesse preso una decisione, non avrebbe potuto gustare le trote con le patate arrosto.

« Senti, papà, tu credi che abbiano tentato di uccidere anche la figlia? »

« Ma cosa dici? »

« Non so, è scappata. »

« Magari l'hanno portata via. Parlare di questa cosa mi fa diventare nervoso, guarda qui, ho pitturato storto. »

« E se fosse uno choc? »

« Che choc? »

« La figlia dei Rocchi. Magari non l'hanno rapita, magari si aggira qui nei boschi in stato di choc. Metti che non sa neanche più lei che cosa è successo e che cosa fare. Ha perso i genitori. Anche sul giornale dicono... »

« Giovanni. »

« Eh? »

« Come te le inventi queste cose? »

« Ma... »

« Questa è una tragedia. Non parlarne come se fosse un telefilm. »

« Ma io dico davvero. »

« Ah sì? È fuggita in stato di choc, secondo te. E com'è allora che questa ragazza che gira per i boschi da due giorni non l'ha vista nessuno? »

« Qualcuno l'ha vista. »

« Cosa? »

« Forse io l'ho vista. »

7

Gente di famiglia

Elia Contini sapeva che per molti lui era un matto di paese. Un solitario che se ne stava in una grande casa, che aveva fatto il detective privato, come nei film, e che fotografava le volpi nel bosco. Non soltanto, ma si divertiva pure a costruire barchette e a gettarle nel Tresalti.

Forse non avevano tutti i torti. Forse la sua implacabile routine era un modo per non lasciare nessun lato scoperto.

Quel giorno, con sua sorpresa, nel bacino di raccolta non c'era nemmeno una zattera. Ne aveva gettate dieci il primo d'agosto, ma il Tresalti se le era portate via. Magari qualcuna sarebbe giunta con la prossima pioggia. Contini si tolse il cappello di paglia per asciugarsi il sudore. Decise di concedersi una birra fresca. Scese oltre casa sua e attraversò il nucleo del paese fino al grotto Pepito.

Sul fianco della montagna c'era una parete di roccia, e dentro quella roccia Pepito Bottecchi, più di cent'anni prima, aveva scavato una serie di stanze e di cantine, sempre scure e fresche. Seduti ai tavoli di sasso, sotto l'ombra di querce e castagni, si poteva chiedere vino rosso, salumi o formaggi. Giocondo Bottecchi, il nipote del fondatore, accolse Contini con una faccia cupa.

«Lo so» disse Contini, «è una brutta storia.»

«Tu raccogli roba per il giornale?»

«Loro mi pagano lo stipendio.»

A Corvesco i giornalisti e le chiacchiere non erano apprezzati. Contini andava d'accordo con la gente del posto, ma da quando lavorava al giornale alcuni lo guardavano con sospetto, come se fosse un forestiero. Giocondo era un tipo schietto.

«Non andrai a raccontare i fatti nostri?»

«Giocondo, tu mi conosci.»

«Allora perché quel tipo vuole parlarti?»

Contini guardò nella direzione indicata da Giocondo e vide un uomo dal volto abbronzato, sui cinquant'anni, con la barba e i capelli brizzolati.

«Che cosa vuole?»

«Si chiama Canova» disse Giocondo. «Chiedilo a lui.»

Erano le due del pomeriggio. Contini si fece portare una birra fresca e Canova un nocino.

«Mi scusi, signor Contini, so che non fa più l'investigatore.»

«No.»

«Ma, se permette, vorrei sottoporle un dubbio.» Canova parlava in fretta. «Pensavo di andare alla polizia, ma mio figlio non vuole, dice che la ragazza se la prenderebbe con lui. Del resto, non sono sicuro che abbia visto bene, non vorrei fare una figuraccia. La ragazza...»

«Un momento» lo interruppe Contini. «Di quale ragazza sta parlando?»

«Natalia Rocchi. Ha in mente la figlia di...»

«Ho in mente. E che cosa c'entra suo figlio?»

«Ecco, lui ha visto la ragazza, ieri pomeriggio. Stava pescando e l'ha vista, dice che le ha parlato. Ma lei non rispondeva. Secondo Giovanni era in stato di choc. Dice che è scappata, come se avesse paura. Io non ne so niente di queste cose, non è il mio mestiere... mi occupo di contabilità, capisce, però penso che se Giovanni... come dice?»

«Perché non mi racconta tutto con calma?» ripeté Contini.

Giovanni Canova aveva chiesto alla ragazza se fosse lei quella dell'omicidio, ma quasi per scherzo. All'inizio aveva pensato che non rispondesse per fare la sostenuta. Ma gli era rimasto il dubbio. Quando il giorno dopo aveva visto la fotografia sul giornale, l'aveva riconosciuta e aveva raccontato tutto a suo padre. Insieme, l'avevano cercata nei boschi, ma senza successo.

« E lei non è sicuro? » chiese Contini alla fine del racconto.

« Sa come sono i ragazzi. E perché la ragazza non si fa trovare? Non vorrei chiamare la polizia per niente. Mi hanno detto che lei conosce bene i boschi, forse può darci una mano a verificare... insomma, a vedere se davvero questa povera ragazza è nascosta qui intorno. »

Contini pensò all'e-mail che gli aveva scritto Enzo Rocchi, qualche settimana prima di morire. Pensò al commissario De Marchi che entrava nella casa dov'era morta Sonia Rocchi. Poi gli tornò in mente quel foglietto che aveva trovato sulla riva del Tresalti, insieme alle chiacchiere che aveva raccolto per il giornale.

Era come se Natalia, in qualche modo, lo stesse aspettando.

Francesca Besson, seduta su una panchina in riva al lago, leggeva l'ultimo romanzo di Anne Tyler.

Anche lei avrebbe potuto trovare un posto fra i personaggi: la studentessa che si mette con un detective e cerca di fargli cambiare vita. Come aveva fatto ad arrivare a quel punto? Nel libro, Liam Pennywell a sessant'anni tentava di tagliare i legami con la sua vecchia vita, ma intorno a lui tornavano ex mogli, figlie, confusione. Francesca invece partiva dal punto opposto: non aveva più i genitori, non aveva sorelle o fratelli né altri parenti.

Aveva incontrato Contini e non voleva perderlo.

Sul lungolago passò un gruppo di turiste, con cappelli larghi a proteggere la pelle biancastra. Camminarono fino all'imbarcadero, chiocciando fra di loro e scattando fotografie. Francesca le seguì con lo sguardo, poi chiuse gli occhi davanti al sole. Le piaceva leggere vicino al lago. Bastava poco per lasciarsi ipnotizzare dallo sciabordio dell'acqua, dalle voci dei passanti, fino a sciogliersi dai legami con la pesantezza del mondo. Niente scadenze, niente litigi o promesse. Anche lei era in fuga, come i personaggi di Anne Tyler.

Infilò il segnalibro tra le pagine e appoggiò il volume sulla panchina. In una borsa accanto a sé aveva il giornale, una mela e una bottiglia d'acqua. Bevve un sorso, osservando due ragazzi in pattini a rotelle che sfrecciarono davanti a lei. Aveva sempre vissuto a Locarno, vicino alla stazione, e le piaceva pensare che le vie che davano sul lago fossero il suo cortile di casa. Anche i turisti le parevano gente di famiglia.

Diede un'occhiata ai titoli del giornale. Ancora quella storia di Corvesco. E ancora le toccò pensare a Contini: lo conosceva bene, e sospettava che non sarebbe stato capace di rimanersene buono. Lui ripeteva sempre che amava la tranquillità, ma Francesca era pronta a scommettere che sarebbe andato in giro a fare domande su quella povera donna ammazzata. Visto che era successo a Corvesco, si sarebbe sentito in dovere di ficcare il naso.

Contini si sentiva sempre in dovere di fare le cose, ma chissà perché fingeva di non avere sentimenti. O forse non si rendeva conto di averne. Invece Francesca era convinta che dentro di lui ci fosse davvero curiosità, tenerezza, affezione.

Forse c'era spazio anche per l'amore.

Forse.

Ma stavolta Francesca non gli avrebbe fatto sconti. O era disposto a fare sul serio o tanto valeva chiudere subito. Avrebbe sofferto, lo sapeva, ma lei non era il personaggio di un romanzo, non aveva una famiglia dalla quale fuggire. Per Francesca era il momento di costruire.

Ripiegò il giornale e si augurò che Contini non si facesse coinvolgere nelle indagini per l'omicidio.

Ci mancava soltanto che finisse nei guai.

8

Sola al mondo

C'era un uomo nei boschi. Contini lo aveva intravisto poco sopra casa sua. Gli era già capitato di incontrare cercatori di funghi o escursionisti smarriti, ma stavolta la figura scura fra gli olmi e i noccioli gli sembrava più circospetta, più inquietante.

Fece un giro largo, senza cercare di nascondersi. Più in alto c'era un ponticello che traversava il Tresalti, e dall'altra parte c'era una cappella con un affresco che resisteva al passare del tempo. Contini traversò il ponte, passò dietro la cappella e si fermò ad aspettare.

Qualche minuto dopo, un'ombra si disegnò sul ponte. Contini si accese una sigaretta, si portò la mano alla tesa del cappello e uscì dal suo riparo proprio mentre passava l'uomo.

«Buongiorno.»

L'uomo si fermò di colpo.

«Oh... buongiorno! Non l'avevo vista.»

«Mi spiace.»

«Non sono pratico di questi boschi.»

L'uomo aveva un abbigliamento più adatto alla città, con scarpe di pelle, maglietta aderente e calzoni leggeri. Aveva un elaborato disegno di basette, pizzo e baffi. Contini allungò una mano per salutarlo.

«Molto lieto. Contini.»

L'uomo gli strinse le mano ma non disse il suo nome.

«Come mai da queste parti?» gli domandò allora Contini.

«Oh, niente. Sono un po' stressato, sa com'è, allora prendo su e vado a fare due passi in montagna.»

«Se va per questo sentiero, arriva al vecchio paese di Valnedo.»

«Ah, grazie!»

«Di niente. Io invece torno da questa parte.»

Contini superò l'uomo e traversò di nuovo il Tresalti.

«Dai sette ai quindici anni sono fanciulli, dai sedici ai diciotto adolescenti, dai diciotto ai venticinque giovani adulti» disse il commissario De Marchi. «Anch'io conosco la legge.»

«Ne siamo sicuri» annuì l'avvocato Bossi. «Ma la legge è diversa a seconda che l'adolescente sia accusato o soltanto testimone di un delitto.»

«Certo» fece De Marchi. «È così per tutti, no?»

Nell'ufficio di Bossi c'era una terza persona, che per il momento si limitava ad ascoltare. Brenno Bonetti era un uomo concreto, che non parlava mai se non per dire qualcosa di documentato o documentabile. Era il presidente della Commissione tutoria regionale numero cinque, con sede a Massagno. Anni prima era stato anche magistrato dei minorenni, e aveva conosciuto molti adolescenti difficili. Casi molto differenti l'uno dall'altro, per le dinamiche e per le situazioni famigliari, ma perlomeno l'adolescente era una persona reperibile. Ora invece quei due parlavano del coinvolgimento di Natalia nell'omicidio della madre, delle misure da prendere per proteggerla e interrogarla. Ma Natalia non c'era.

Anche volendo, pensò Bonetti, come fai a interrogarla?

«Secondo me stiamo affrettando i tempi» disse al poliziotto e all'avvocato.

Loro si voltarono a guardarlo con una certa insofferenza. L'avvocato, sempre gentile, domandò:

«In che senso, signor Bonetti?»

«Nel senso che la ragazza non c'è.»

«Grazie dell'informazione» fece De Marchi, che cominciava a innervosirsi.

Dopo anni di lavoro come giudice, Bonetti era in pensione, ma dirigeva ancora la Commissione tutoria. Era un uomo robusto, con le spalle larghe e la fronte ampia. Indossava un paio di occhiali dalla montatura quadrata: erano fuori moda già da qualche anno, ma conferivano al suo sguardo uno scintillio che incuteva timore.

« Signor commissario » disse guardandolo negli occhi. « Le ricordo che il mio compito è di provvedere una sistemazione alla ragazza, che è orfana di entrambi i genitori, nonché di garantire che i suoi diritti... »

« Va bene. » De Marchi alzò i palmi delle mani. « Non si arrabbi. »

« Magari » intervenne con voce pacata l'avvocato Bossi « qualcuno di voi signori gradisce una tazza di tè? »

« Avvocato... » cominciò De Marchi.

« O un caffè? Una bibita fresca? »

Bonetti e De Marchi si arresero all'insistenza. Il poliziotto prese un caffè, mentre Bonetti scelse un succo di mela dal frigobar dell'ufficio. Poi ricominciarono a discutere i dettagli della situazione legale di Natalia. Il commissario sembrava sicuro che l'avrebbero ritrovata presto; e Bonetti aveva l'impressione che la considerasse coinvolta nel delitto. Versò il succo di mela in un bicchiere. Poi squadrò gli altri due e disse:

« In ogni caso, con lei bisognerà essere molto delicati ».

« Certo » fece Bossi. « Molto delicati. »

« Natalia » proseguì Bonetti « ha appena diciassette anni, capite. Appena diciassette. Ed è già sola al mondo. »

Un momento di silenzio. Poi Bonetti parlò di nuovo.

« Riguardo al delitto, ho un'informazione che forse la potrà interessare, commissario. Le avrei telefonato, ma dal momento che siamo qui... »

Il commissario si accigliò.

« Un'informazione? »

« Oh, niente di che... io conoscevo abbastanza bene Enzo Rocchi, siamo dello stesso partito, sa com'è, e ci è capitato di frequentarci. Era da un po' che non ci sentivamo, ma un paio di settimane fa aveva telefonato alla mia segretaria, voleva che ci vedessimo a pranzo. Poi abbiamo dovuto rinviare e alla fine... »

Bonetti terminò con un sospiro. De Marchi chiese:

« E perché voleva incontrarla? »

« Probabilmente non c'entra con il delitto » rispose Bonetti. « Ma non si sa mai. Rocchi desiderava chiedermi informazioni sui locali notturni. »

I due uomini diventarono molto attenti.

« Locali notturni? » fece De Marchi.

« In particolare, viste le mie competenze, voleva sapere quanto è diffusa la frequentazione dei night-club da parte dei minorenni, specialmente dei minorenni problematici. »

« Ma perché? Non ha detto perché? »

« Penso che fosse un problema di lavoro, avendo parlato con la segretaria non ha detto niente di più, mi dispiace. Non so se questa informazione vi può essere utile. »

A giudicare dalla faccia del commissario, non lo sapeva nemmeno lui.

9

Una ragazza di città

Contini voleva incontrare Natalia. A questo punto, pensò mentre camminava sul ponte, non posso più starmene fuori da questa storia. Chissà, magari se avesse accettato di rispondere alla richiesta di Enzo Rocchi le cose sarebbero andate diversamente. O forse no. E poi, uno mica poteva sentirsi in colpa perché non voleva fare l'investigatore.

Dopo aver parlato con Ernesto e Giovanni Canova, Contini aveva immaginato dove potesse rifugiarsi Natalia. Per una ragazza di città, poco abituata alla vita all'aria aperta, non era facile passare due notti all'addiaccio. Vista la zona in cui si era dileguata, un buon rifugio avrebbe potuto essere la chiesetta di San Rocco, vicino ai ruderi di Valnedo. Nella zona c'erano anche un gabinetto e uno spiazzo per gli escursionisti. E soprattutto, dalla posizione della chiesetta si poteva tenere d'occhio il sentiero.

Perciò Contini non stava camminando lungo il sentiero. Lo aveva indicato all'uomo con la maglietta aderente, contando sul fatto che avrebbe preso un'altra via. Cioè, se era davvero un escursionista avrebbe potuto anche passare da Valnedo. Ma se era interessato a Contini, come sembrava, avrebbe cercato di tornare indietro per seguirlo.

Contini però non era tipo da farsi pedinare in mezzo a un bosco.

Non sapeva nemmeno lui perché usasse tanta cautela. Forse stava tornando l'istinto dell'investigatore. Inoltre tutto ciò che era legato a Natalia gli pareva ancora poco chiaro, come se i fatti raccontassero una storia distorta, come se da qualche parte una specie di gioco di prestigio avesse occultato la verità.

Valnedo. Ogni volta che passava di lì, Contini chiudeva gli occhi e immaginava le voci. Soltanto trecento anni prima al posto di quel pendio smangiato dal bosco c'era un pianoro, illuminato dal sole, c'erano fontane, bambini che piangevano e galline che si rifugiavano fra una casa e l'altra. Il battito di un martello su un pezzo di ferro, l'odore della minestra, una donna che spazzava il cortile. Contini chiudeva gli occhi e cercava di richiamare in vita il villaggio scomparso.

Ma i muri stavano scomparendo, inghiottiti dalla terra. I rampicanti sgretolavano le pietre. Contini ogni volta entrava nei resti di una casa, e rimaneva in silenzio. Le radici dei faggi sfondavano le pareti, i rami dei noccioli s'infilavano dalle finestre. Sembrava di sentire l'avanzata del bosco, il suono degli alberi che si riprendevano il territorio.

Contini aspettò qualche minuto, per verificare di essere solo. Poi s'inerpicò per la china e fece un largo giro intorno alla chiesetta. L'avevano restaurata qualche anno prima, e una volta all'anno, per la festa di San Rocco, facevano una messa e un pranzo.

Contini si avvicinò adagio, restando fra i cespugli. Poi balzò vicino alla parete, avanzò fino alla porta della sacrestia e provò ad abbassare la maniglia. La porta strisciò sul pavimento e Contini s'infilò all'interno. C'era un odore di chiuso, misto a un ricordo d'incenso e di candele. Contini rimase fermo qualche secondo, per abituarsi all'oscurità. Poi avanzò di un passo. Sentì un rumore venire dall'altra parte della sacrestia, passi di corsa lungo la navata della chiesa.

La ragazza stava tentando di aprire dall'interno il portone principale. Contini si avvicinò, alzando le mani in segno di saluto. Disse:

«Ehi!»

La ragazza si voltò verso di lui, ma non rispose.

«Tranquilla» fece Contini, «va tutto bene.»

Lo sguardo della ragazza diventò più calmo, tanto che permise a Contini di avvicinarsi. Lui evitò di fare gesti bruschi. Tese una mano verso di lei e disse:

«Natalia Rocchi, suppongo».

TERZA PARTE

Silenzio

1

Un muro di ghiaccio

«Bisogna tener conto della volontà della ragazza» disse Bonetti.

«Ma se non riesce a comunicare» ribatté De Marchi.

«Non riesce a parlare» puntualizzò Bonetti. «È diverso.»

Erano a Corvesco, in una stanza sul retro di casa Canova. Il giudice Bonetti e De Marchi sedevano su due seggiole da giardino, mentre Contini stava in piedi in un angolo, guardando fuori dalla finestra. C'era tensione nell'aria e anche paura, quella paura che arriva di fronte a ciò che non si può spiegare.

De Marchi cambiò bersaglio e si rivolse a Contini: «E lei non ci ha detto niente».

«Vi ho chiamati.»

«Quando la ragazza era già qui. Tre ore dopo.»

Natalia l'aveva seguito. Lui le aveva detto: vuoi venire con me? Natalia non aveva risposto, ma aveva camminato dietro a lui giù per il bosco fino alla casa dei Canova. Contini aveva preferito portarla lì, dove c'era chi si potesse occupare di lei. Marta Canova, la madre, le aveva fatto fare una doccia calda, le aveva dato un ricambio di vestiti e l'aveva sfamata. All'arrivo della polizia, Natalia aveva fatto capire che non voleva muoversi. Quando De Marchi le aveva proposto di tornare a casa sua, a Lugano, Natalia aveva scosso il capo a destra e a sinistra, con un lampo di spavento negli occhi.

Ora erano tutti lì a immaginare che cosa le fosse accaduto. Perché Natalia non parlava.

Nemmeno una parola.

Quando voleva qualcosa riusciva a farsi comprendere,

però non diceva niente, e sembrava incapace anche di scrivere. Inoltre, c'erano alcune frasi e parole che non capiva. Il dottor Mankell, il collega di suo padre, la stava visitando in una stanza al piano superiore.

« Intendiamoci » diceva De Marchi, « io capisco la delicatezza della situazione. Ma questa ragazza è implicata in un omicidio, e io devo rendere conto ai miei superiori. Senza contare che la stampa... »

Il commissario s'interruppe.

« A proposito di stampa » si rivolse ancora a Contini, « lei ha intenzione di raccontare tutto al giornale? »

Contini scosse il capo.

« Le abbiamo concesso di rimanere perché la ragazza ci teneva, e secondo il signor Bonetti qui presente bisogna evitarle altri choc. Ma sia chiaro che se anche una sola parola... »

« Non dirò niente. »

« Sarà meglio. Ora, Bonetti, vediamo come procedere. Prima di tutto, chi si occuperà di Natalia? Chi ne ha la tutela legale e dove starà nei prossimi tempi? Noi abbiamo bisogno di sapere dove reperirla. »

De Marchi faceva il burbero, ma Bonetti era un buon osservatore di uomini e aveva notato il suo pallore, il nervosismo con cui si passava le mani sulla nuca. Il commissario era rimasto colpito, come tutti, da quella ragazza silenziosa.

« Io penso che per i prossimi giorni, se i signori Canova sono d'accordo, potrebbe rimanere qui. »

« Qui? Ma non è regolare! »

« Non ci sono regole, in questi casi. Nei prossimi giorni ci riuniremo con la Commissione tutoria, sentiremo parenti e amici, decideremo come procedere. La ragazza non ha nessun parente stretto, all'apparenza, nessuno in grado d'intervenire subito. »

« E quindi? »

« Fra un anno sarà maggiorenne, dovremo assicurarle una tutela legale per questo periodo. Naturalmente faremo in modo che possa venire curata, e quanto a interrogarla... be', come fareste?»

Il commissario non replicò. Anche lui si rendeva conto che l'inchiesta avrebbe dovuto prescindere dai normali interrogatori. A parte il fatto che non spiccicava parola, la ragazza sembrava incapace di riferirsi alla notte dell'omicidio, non capiva nemmeno se qualcuno gliene parlava.

«La situazione non è allegra» disse Mankell entrando dalla porta in quel momento.

Tutti si voltarono verso di lui. Il dottore aveva la fronte sudata e non sembrava per niente a suo agio.

«Che cosa intende dire?» gli domandò Bonetti.

«Non so se posso parlare davanti a tutti» fece Mankell. «La paziente è in condizioni particolari.»

Bonetti aveva assunto il controllo della situazione. Gli occhiali squadrati lampeggiarono, e il giudice disse:

«Questo è il signor Contini, l'uomo che ha ritrovato Natalia. Visto che la ragazza gli ha chiesto a suo modo di rimanere, è giusto che sappia. Il commissario De Marchi, invece, lo conosce già».

«Sì.» Mankell accennò un sorriso. «E mi dispiace di non essere riuscito ad aiutarla.»

Il giorno prima il commissario era passato dal suo studio per chiedergli se sapesse qualcosa dell'interesse di Rocchi per i locali notturni. Un'altra pista che non portava da nessuna parte.

«Si figuri» fece De Marchi. «Allora?»

«Be', sembra quello che i medici definiscono un disturbo da stress postraumatico. Con qualche complicazione che può essere dovuta a motivi fisici, perché la ragazza dev'essere caduta, ha una brutta contusione alla tempia sinistra.»

«Di che disturbo si tratta?» domandò Bonetti.

«Diciamo che è lo sviluppo di un particolare quadro psicopatologico dopo un evento scatenante di grande impatto emotivo. Succede per esempio a chi sopravvive a un brutto incidente.»

«E quali sono i sintomi?» chiese De Marchi.

«Dipende. A volte la ripetuta esperienza di rivivere l'evento, ma non mi sembra il caso. Natalia invece sembra aver rimosso quanto è accaduto. Inoltre si nota una condizione di ipervigilanza, uno stato di allarme nei confronti delle stimolazioni esterne e un distacco emotivo dall'ambiente.»

Contini si era staccato dalla finestra, avvicinandosi al medico. Anche De Marchi e Bonetti si erano alzati. Tutti e tre, intorno a Mankell, parevano allievi che pendono dalle labbra di un maestro. Ma il dottore non aveva certezze da offrire, benché avesse studiato l'argomento e apparisse visibilmente fiero della sua competenza.

«Il caso di Natalia è complicato da una forma di afasia e da una parziale amnesia. Potrebbe rivivere l'esperienza traumatica sotto forma di incubo, e nei prossimi tempi rischia di essere soggetta a sbalzi d'umore.»

«Non sarebbe meglio allora ospedalizzarla?» fece De Marchi.

«È importante assecondarla» spiegò Mankell. «Cercare di costruirle intorno un ambiente famigliare, con persone di cui abbia fiducia. Nello stesso tempo si potrebbe cominciare un intervento psicoterapeutico focalizzato sulla rielaborazione dell'esperienza traumatica.»

«Ma se non ricorda niente!» ribatté Bonetti.

«Sì.» Mankell sospirò e andò a sedersi su una delle seggiole. «Questo è un problema. Il disturbo ha avuto un esordio acuto, ma il decorso può essere sia acuto sia cronico.»

«Cioè?» lo incalzò Bonetti. «Riacquisterà la memoria? E la parola?»

«Non lo so.» Mankell si aggiustò gli occhiali. «Non lo so.»

«E lei che cosa può fare?»

«Ci sarebbe qualche farmaco, tipo la paroxetina o la sertralina, ma per il momento è meglio aspettare. Se davvero ha subito uno choc, se davvero a questo si è accompagnato un trauma fisico nella parte sinistra del cervello... be', insomma, il quadro clinico è complesso.»

«Questo è sicuro» commentò De Marchi. «Il fatto che non parli è normale?»

«No, è un sintomo anomalo. Certo, è possibile che sia una conseguènza della rimozione. Ma l'afasia di solito è dovuta a disturbi circolatori cerebrali. Certo, se l'emisfero sinistro del cervello ha subito dei danni... insomma, bisognerà fare una TAC per verificare.»

«Ci sono cure per l'afasia?» domandò Bonetti.

«Dipende.» Mankell appariva esausto. «Normalmente, in un caso del genere, si cerca di usare la logopedia.»

«Cioè?»

«Cioè bisogna che Natalia impari di nuovo come si fa a parlare.»

«Ma è possibile?»

«Diciamo che la ragazza, per via dello choc o di un trauma fisico, ha chiuso i contatti con il mondo. Non del tutto, ma in buona parte. È come se si fosse rinchiusa dietro un muro di ghiaccio. Con il tempo e la temperatura giusta, il ghiaccio si può sciogliere... ma qualcuno deve trovare il modo di scaldarlo, capite?»

Per qualche secondo rimasero tutti in silenzio. Come se avessero voluto provare le condizioni di Natalia. Poi Contini domandò:

«Posso vedere la ragazza?»

«Sta dormendo» disse Mankell.

«Le darò soltanto un'occhiata.»

Mankell guardò verso De Marchi e poi verso Bonetti, che annuì. Allora il medico fece cenno a Contini di seguirlo. Salirono al piano superiore, percorsero un breve corridoio e Mankell aprì una porta di uno spiraglio.

Natalia era a letto. Dormiva, con la bocca chiusa e la faccia rivolta al soffitto. Il suo respiro sembrava tranquillo.

Contini la osservò per qualche secondo.

Natalia sentì chiudersi la porta. Sollevò lentamente una palpebra. La stanza era piena di pace. L'uomo che l'aveva osservata si chiamava Contini. Natalia lo conosceva: ricordava la sua faccia spigolosa, i suoi modi calmi. L'aveva visto ogni tanto a Corvesco. Sapeva che era un po' stravagante. Non faceva il detective o qualcosa del genere?

Peter Mankell l'aveva visitata. Le aveva detto: tutto si risolverà, vedrai. Natalia aveva notato però che era nervoso. All'inizio le aveva fatto qualche domanda, e Natalia si era sforzata di rispondere. Dentro di lei le risposte c'erano. Ma le parole volavano via al momento di prendere corpo. Era una sensazione d'impotenza. Come quando hai un nome sulla punta della lingua ma non ti viene in mente. Per Natalia tutto era così.

Era sempre sulla punta della lingua.

Si girò sul fianco. Guardò la parete bianca, con un armadio di legno e un disegno ad acquarello, fatto da un bambino. Le pareva di aver vissuto per anni lontana dalla civiltà, di aver camminato nei boschi per mesi e mesi, senza mai incontrare un altro essere umano. Forse aveva parlato con gli alberi, con le rocce, aveva speso tutte le sue parole per gridare dove non c'era nessuno.

Dio mio, ma cosa mi è successo? Natalia aveva qualcosa al centro dei suoi pensieri, qualcosa che non riusciva a definire ma da cui stava lontana. Non voleva pensarci. Però prima o poi ci tornava sempre.

tutto era cominciato quando
il bosco si era chiuso intorno a lei perché era rimasta
dopo la corsa, dopo la fuga che
lui voleva farle del male, voleva uccidere lei dopo

Perché, si ripeteva Natalia con il sudore che le imperlava la fronte, perché non riesco a tornare indietro?

Sapeva che da qualche parte c'era un pericolo che l'aspettava. Forse era per quel motivo che aveva dormito nei boschi, aveva cercato di evitare ogni contatto. Come dopo la fine del mondo. Si era ritrovata sola con pochi oggetti scampati alla catastrofe. A lei toccava ricostruire la vita.

Ma poi qualcuno l'aveva raggiunta. Aveva visto Giovanni, accoccolato sulla riva del fiume accanto alle trote. Giovanni le aveva parlato. All'inizio lei non sapeva se fosse amico o nemico. Dopo tanta solitudine, non aveva capito subito che cosa le dicesse, che cosa cercasse da lei. Allora era fuggita, aveva trovato il suo rifugio e mangiato il cibo che aveva portato con sé. Finché era arrivato Contini.

Aveva sbagliato a seguirlo? Natalia non lo sapeva. Sapeva di dover restare all'erta, il pericolo sarebbe potuto arrivare da ogni parte. Quando se ne rendeva conto, le cadeva addosso un velo nero e pensava: non ce la farò mai. Tutto le sembrava profondamente ingiusto.

Ma bastava cambiare posizione nel letto. Allungare le gambe, fissare gli occhi su un cappello di paglia, appeso a un gancio accanto alla porta. Quella casa era un posto sicuro. Quelle persone avrebbero tenuto lontano i suoi nemici. Natalia non era ancora sconfitta. Aveva l'intenzione di lottare. E finalmente avrebbe trovato le parole che cercava.

CORVESCO - La figlia di Sonia Rocchi era dispersa nei boschi

NATALIA HA PERSO LA MEMORIA

di Gianni Schiavo

È stato il nostro collaboratore Elia Contini, ex detective privato e residente a Corvesco, a trovare Natalia Rocchi. La 17enne si nascondeva nella chiesetta di San Rocco, in mezzo al bosco, vicino ai resti dell'antico villaggio di Valnedo. Dalla notte del primo d'agosto, quando sua madre è stata uccisa, Natalia vagava nelle montagne sopra Corvesco. La polizia comunica che era «in stato confusionale» e che «non serba alcuna memoria di quanto avvenuto». Secondo il dottor Peter Mankell, che ha in cura la ragazza, Natalia «ha bisogno di riposo e tranquillità, per ritrovare la capacità di esprimersi». Perciò le autorità hanno deciso di non trasferire Natalia, ma di lasciare che trascorra qualche giorno ospite di una famiglia di villeggianti, a Corvesco.

Molti gli interrogativi su questa vicenda. Secondo fonti della procura, Natalia avrebbe assistito all'omicidio della madre. La ragazza potrebbe essere l'unica testimone di quanto avvenuto quella notte. Ricordiamo che Sonia Rocchi è stata picchiata ed è morta a causa di una ferita alla tempia, causata probabilmente dal forte impatto contro lo spigolo di una scrivania. Perché tanta violenza, perché tanto accanimento? L'inchiesta, affidata al procuratore Arno Bazzi, non è ancora riuscita a chiarire i motivi dell'aggressione. Potrebbero essere stati dei ladri, penetrati nottetempo nella dimora e colti sul fatto. Oppure si tratta di un omicidio premeditato? Ci sono pochi elementi per rispondere.

A quanto sembra, finora la polizia non è riuscita a interrogare Natalia Rocchi. La ragazza, oltre allo choc appena subito, ha perso da poche settimane anche il padre, il noto medico luganese Enzo Rocchi, morto a causa di un arresto cardiaco. Abbiamo raggiunto al telefono Brenno Bonetti, già magistrato e ora presidente della Commissione incaricata di nominare un tutore per Natalia. Bonetti non ha voluto rilasciare dichiarazioni, limitandosi ad asserire che «Natalia deve essere lasciata in pace».

Nel frattempo l'inchiesta prosegue. Dopo una terapia per rimettersi dallo choc e dalle conseguenze psicofisiche dei giorni trascorsi nei boschi, Natalia potrebbe fornire un aiuto decisivo agli inquirenti. È importante che si possa far luce al più presto su questo omicidio, che sarà tristemente ricordato per la sua inspiegabile brutalità.

Luciano Savi posò il giornale e lo allontanò da sé. «Inspiegabile brutalità.» Ma che cosa ne sapevano loro? In realtà uno si trova ad agire costretto dagli eventi, non si può costruire qualcosa senza sporcarsi le mani. La vita non è un gioco di società. E Savi alla sua vita ci teneva. Perciò non voleva commettere altri errori.

Andare a Corvesco era stato un grosso sbaglio.

Come poteva sperare di battere sul tempo la polizia, senza conoscere il territorio? Sapeva che la ragazza era dispersa nei boschi, ma non aveva idea di quanto i boschi fossero impraticabili. Alla fine si era fatto vedere proprio da quel Contini, che per fortuna non si era insospettito. Ora però non poteva concedersi un solo altro errore. Doveva riflettere attentamente prima di agire, e agire prima che la ragazza ritrovasse la memoria.

Savi se ne stava nel suo ufficio, un bugigattolo di fianco alla sala principale del Tucano. Da lì, attraverso una finestrella, poteva sorvegliare che cosa accadeva nel locale. Ma alle due del pomeriggio il Tucano era chiuso, le ragazze dormivano e Savi poteva pensare con calma.

Gli dispiaceva per Natalia. Ma la vera colpevole era sua madre. Se la moglie del dottore non avesse insistito nel tormentarlo, senza rispetto per il suo dolore e per il suo lavoro, non sarebbe successo niente. Savi non si considerava responsabile, anche se non poteva impedirsi di sentire un legame con la ragazza. Lui aveva ucciso una persona, l'aveva fatto con le sue mani, e la ragazza era lì a guardare.

Entrambi avrebbero preferito che non fosse accaduto. Ma era accaduto. E ora Savi doveva evitare che a causa di quell'incidente succedessero altri guai. Doveva restare libero.

Spostò tutte le carte e i fermacarte dal ripiano della scrivania. Lo lasciò completamente sgombro, poi incrociò le braccia e appoggiò la testa sopra le braccia. Si sentiva esausto. Forse si era messo in una cosa troppo grande per lui. Un conto era mandare avanti il Tucano, alleandosi con le persone giuste per evitare le trappole della legge e della burocrazia. Un'altra cosa era sfuggire a un'inchiesta per omicidio. Ma non era giusto. Savi non aveva chiesto molto alla vita, e però anche quel poco che aveva gli era stato portato via.

Non poteva lasciarsi andare. Per la memoria di Rosalba, per la sua reputazione doveva resistere. Prese dal cassetto della scrivania una bottiglia di Four Roses e se ne versò un bicchiere abbondante. Era whiskey di scarsa qualità, ed era pomeriggio. Ma Savi non poteva andare in guerra disarmato. Aveva bisogno di farsi coraggio.

Doveva trovare il modo di capire in che condizioni era Natalia Rocchi. E poi doveva verificare i suoi margini di miglioramento. Forse la memoria non le sarebbe mai più tornata.

Speriamo, pensò Savi, speriamo.

Non ce l'aveva con Natalia, e non voleva farle del male.

2

La prima parola

L'immagine di Mattia, sullo schermo, aveva i contorni sfumati. Sembrava che la distanza lo rendesse più vago, anche se in realtà era colpa del computer.

Giovanni non amava i collegamenti via skype. Gli piaceva il lato tecnico, il fatto di poter parlare a una persona che stava in Canada vedendola in faccia, come se fosse seduta in camera sua. Ma per qualche ragione, non gli veniva in mente che cosa dire. Mattia era un suo vecchio amico, insieme si erano fatti un sacco di risate, e ogni anno lavoravano entrambi come monitori in una colonia estiva di vacanze.

Eppure, ora che Mattia era a Toronto per un corso d'inglese, Giovanni aveva l'impressione di trovarsi davanti a uno sconosciuto.

«Che ore sono lì da te?»

«Ho appena fatto colazione.» Mattia guardò l'orologio. «Sono le otto e un quarto. Non sono ancora del tutto sveglio.»

Giovanni sorrise. Disse:

«Qui sono le due e un quarto, ma ho un po' di sonno anch'io...»

«È l'abbiocco del dopo pranzo!»

Provarono a ridere, ma il suono uscì dai computer troppo forte, come un'interferenza. Mattia domandò:

«Sei ancora a Corvesco?»

«Sì.»

Silenzio.

«Hanno trovato la ragazza» disse Giovanni. «Adesso è qui da noi.»

«Che ragazza?»

«Quella che si era persa nel bosco. Ti ho detto che l'avevo vista, no? Poi quel tipo, Contini, lui l'ha trovata e adesso la stanno interrogando.»

«Ma dai! E cosa ci fa lì a casa tua?»

«Avevano bisogno di un posto tranquillo.»

«E lei c'entra qualcosa con l'omicidio?»

«Boh! Non penso.»

Giovanni avvertì una sensazione di fastidio. Non era colpa di Mattia, ma gli sembrava di fare torto a Natalia, parlandone in quel modo. Tentò di cambiare discorso.

«Tu cosa fai lì a Toronto la sera? Hai trovato qualcuno per uscire?»

Mattia non si lasciò fuorviare.

«Ma lei, questa ragazza, che tipo è? È carina?»

Giovanni si rese conto di non avere mai pensato a Natalia in questi termini. Forse anche lui la guardava nel modo sbagliato, come un personaggio che non appartiene al mondo reale. Invece era una persona della sua età, era una che faceva il liceo, che abitava a Lugano.

«Carina? Non saprei...»

«Ma che tipo è? Tu le hai parlato?»

Giovanni annuì.

«E cosa dice?»

«Non dice niente.»

«Come, niente? Perché è scappata nei boschi?»

Giovanni alzò le spalle.

«Quando lo saprò te lo racconto. E tu a che ora cominci il mattino?»

Prima di parlare, Natalia non mandò nessun segnale. Ogni tanto guardava i suoi interlocutori con occhi pensosi, come se volesse comunicare qualcosa. Ma poi distoglieva lo sguardo, quasi con vergogna.

Contini sapeva che la polizia tollerava a malapena la sua presenza. Anche i responsabili della Commissione tutoria lo accettavano soltanto perché Natalia sembrava più tranquilla accanto a lui. Allo stesso modo la calmava la presenza di Giovanni Canova, forse perché lui e Contini erano le prime due persone ad averla scoperta in mezzo ai boschi.

Nel tinello di casa Canova il commissario De Marchi aveva allestito una specie di ufficio. Contini notò il tavolino dell'Ikea trasformato in scrivania, quattro seggiole di stoffa davanti e uno sgabello dietro. Sul ripiano c'era la borsa di De Marchi, dalla quale fuoriusciva un fiume di carta: rapporti di polizia, referti medici, fotografie. Accanto, c'erano una penna stilografica, un posacenere e un pacchetto di sigari Brissago.

«Un bel posto» disse Contini. «Il suo ufficio estivo?»

«Le abbiamo concesso di restare, non di fare il pagliaccio.»

Brenno Bonetti, entrato insieme a Contini, tossicchiò e si fece avanti.

«Cerchiamo di stare calmi. Per il bene della ragazza.»

«Io sono sempre calmo» fece Contini. «Il commissario lo sa.»

De Marchi stringeva l'accendino nella mano destra, facendolo scattare a ripetizione e cercando di attingere alle sue riserve di pazienza.

In quel momento arrivò Natalia, insieme a Marta Canova e all'avvocato Bossi. La signora Canova era una donna robusta, dai capelli lunghi come quelli di una ragazzina. Salutò i presenti con un sorriso e disse:

«Se avete bisogno di me, sono di là in cucina».

Rimasero tutti lì in piedi davanti al commissario, che accendeva e spegneva il suo accendino. Poi De Marchi guardò Natalia e disse:

«Buongiorno, signorina Rocchi. Si metta pure a sedere».

Si sedettero anche Contini, Bonetti e Bossi, ognuno su una seggiola di tela. Contini pensò che sembravano un gruppo di campeggiatori intenti a sorvegliare la cottura delle salsicce.

«Mi rendo conto che ha qualche difficoltà a esprimersi» diceva il commissario a Natalia. «È necessario tuttavia che faccia uno sforzo, per aiutarci a scoprire chi ha ucciso sua madre.»

Natalia scosse il capo: non capiva.

«Lei può aiutarci» ripeté il commissario più lentamente «a scoprire chi ha ucciso sua madre.»

Natalia lo guardò.

«Chi. Ha ucciso. Sua madre.»

«Non capisce» disse Bonetti, «lo vede che non capisce?»

«Vorrei provare ancora» replicò De Marchi.

«Per quale motivo, mi perdoni?» intervenne l'avvocato Bossi. «Per caso sospetta di lei?»

De Marchi sbuffò, col pollice che vibrava sull'accendino.

«La ragazza è una testimone importante. Mi ascolti, Natalia...»

Natalia lo guardò, come se di tutti quei discorsi avesse compreso soltanto il suo nome.

«Natalia» ripeté il commissario, «capisce il verbo 'uccidere'?»

Natalia aggrottò le sopracciglia, concentrandosi.

«Uccidere» ripeté il commissario.

«Mi scusi...» fece l'avvocato Bossi.

«Sst» lo interruppe De Marchi. «Forse ha capito.»

Il volto della ragazza s'illuminò. Ma dopo un secondo apparve un'espressione di fastidio: aveva perso l'attimo. Natalia si voltò a guardare Contini, strinse le labbra. Lui capì che le veniva da piangere. Si avvicinò e le posò una mano sulla spalla, un po' goffamente.

«Madre» diceva intanto De Marchi. «La sua mamma. Mi capisce?»

Natalia alzò di scatto la testa. Contini allontanò la mano, domandò:

«Va tutto bene?»

Natalia annuì.

«Mamma?» ripeté De Marchi.

Natalia annuì un'altra volta, in fretta. Il commissario si fece attento, gettò l'accendino nel posacenere e si sporse in avanti, coi palmi delle mani sulla scrivania.

« Sua madre, sua mamma, capisce? »

Ma l'espressione della ragazza si fece sbarrata. Pareva che avesse visto un'immagine mostruosa, o che si fosse appena risvegliata da un incubo.

« Natalia? » fece il commissario.

« Cosa succede? » disse Bossi.

« Natalia » ripeté il commissario. « Natalia, sua madre... »

« Ehi! » fece Bonetti. « Aspetti un attimo, non vede che è... »

S'interruppe. Natalia lo stava fissando. Poi guardò ancora Contini, si voltò verso Bossi e tornò a scrutare De Marchi. Aveva un'espressione terrorizzata. Con un filo di voce, mormorò:

« Fumo ».

Nella stanza rimasero tutti in silenzio. Finché Natalia parlò di nuovo:

« Fumo negli occhi. Mia madre, ho... ho capito. Con il fumo ».

Fece una pausa e aggiunse:

« Io devo... scappare. L'uomo dei fogli, della madre ».

Pronunciava le parole con tono incerto. Ogni tanto faceva una brusca accelerazione, poi rallentava e abbassava la voce. Gli occhi del commissario non la perdevano di vista. Contini, di nuovo, le aveva appoggiato una mano sulla spalla. Bonetti era stato colto di sorpresa, mentre Bossi cercava di attirare l'attenzione:

« Signori, per favore! Cerchiamo di non stressare la ragazza, ci vorrebbe un medico, a questo punto, e... »

Venne interrotto da Natalia.

« Non riesco. »

« Come? » fece De Marchi.

« Non è il... perché non riesco? Io parlo del fumo! »

La ragazza si sporse in direzione di De Marchi, afferrò il posacenere sulla scrivania e lo sollevò. Ripeté:

« Non riesco ».

« Natalia » provò Contini, « che cosa vuoi dirci? C'è qualcosa che dobbiamo sapere? »

Per un attimo Natalia rimase immobile, poi appoggiò il posacenere e si girò verso Contini. Lui notò le sue guance arrossate, la fronte increspata per lo sforzo di farsi capire. Natalia mormorò:

«Ero lì. Ho visto l'uomo. L'ho visto e poi l'ho visto ancora. Mi ascolti?»

Contini annuì.

«Lei ha paura di lui. Io ho nascosto la cosa, c'era il becco... no, le ali.»

«Va tutto bene?» chiese De Marchi.

«Tutte quelle ragazze. Ragazze. È facile. Ragazze. Ma non riesco a... come si dice? Com'è? Le ali? Il becco?»

La voce di Natalia si spense. Ma Contini le si avvicinò e provò a dirle:

«Il becco?»

Natalia scosse il capo.

«Le ali?»

Di nuovo fece segno di no. Contini proseguì.

«Le piume? Un uccello? Vuoi parlare di un uccello?»

«Uccello...» fece Natalia.

«Passero? Rondine? Aquila? Volare? Volo? Aria?»

A ogni parola Natalia rifletteva per qualche secondo, poi tornava a scuotere il capo. De Marchi, che assisteva alla scena in silenzio, riuscì a bloccare Bonetti mentre cercava di mettersi fra Contini e Natalia. L'avvocato Bossi, un passo più indietro, aveva rinunciato a capire.

«Non riesco» diceva Natalia.

Contini cercò di trovare qualcosa che lei potesse capire, qualcosa che avesse a che fare con la notte del primo d'agosto, con l'assassinio di sua madre, con la fuga disperata attraverso i boschi. E a un certo punto gli venne in mente la sua ricerca. La sua discesa sulla riva del ruscello, e quel foglietto inutile perso fra le pietre. Guardò la ragazza negli occhi e disse:

«Il tucano?»

Natalia annuì, un gesto frenetico.

«Il tucano» ripeté Contini. «È questo che vuoi dirci?»

Natalia era felice. Sorrideva, faceva cenno di sì. Disse: «Il...» S'interruppe. «Il...»

Non riusciva a proseguire.

«Il tucano» fece Contini.

«Le ali» disse lei. «Il becco.»

«Il tucano.»

«Il... Tucano!»

Natalia pronunciò la parola e si lasciò cadere sulla seggiola, stremata. Non riuscì a spiegare che cosa volesse dire, non riuscì ad aggiungere altre parole. Bonetti convinse il commissario a fare una pausa, Natalia andò in camera sua e sprofondò nel sonno.

De Marchi invitò Bonetti e Bossi a uscire per qualche minuto dalla stanza. Poi si rivolse a Contini e gli disse:

«Che cos'è questa storia di uccelli?»

3

Il gatto è un animale

L'ufficio del procuratore non forniva nessun indizio a chi volesse farsi un'idea su di lui. Arno Bazzi preferiva partire con tutti i vantaggi. Non una fotografia, non un soprammobile o un libro fuorché i manuali di diritto e la laurea incorniciata, appesa nell'angolo più oscuro. Mobili chiari, essenziali, scrivania sgombra e sedie di legno. Il procuratore stesso era asciutto ed essenziale. Non un capello fuori posto, niente grasso e niente sudore.

« Lei mi dice, commissario, che questo foglietto e il giochetto di Contini sono gli unici elementi che portano al Tucano? »

De Marchi non era essenziale. L'ufficio aveva l'aria condizionata spenta e un rivolo di sudore, inesorabilmente, stava colandogli sulla fronte.

« Non è solo questo » rispose. « Ci sono indizi abbastanza decisivi. Contini è stato il primo a pronunciare il nome 'tucano', questo è vero... »

« Appunto. »

« ... ma la ragazza ha subito confermato, si capiva che era davvero ciò che stava cercando di dire. E poi c'è il foglietto. »

Bazzi prese il foglietto che gli porgeva il commissario e lo posò in mezzo al deserto, al centro della scrivania.

```
 UMERI TE    ONO UTILI

-----

KATE (T    NO) - 079 80     14

(CHIAM            NFERMA)

  MERO ''TUCANO'': 091         55

NUMERO LUCIANO     I:              4

         FICIO PERMESSI:            8 21
```

«È una fotocopia» spiegò De Marchi. «Contini ci ha dato l'originale.»

«Numeri di telefono» nella fronte del procuratore apparvero per un istante due rughe. «Questi sono numeri di telefono. Che cosa c'entrano con l'omicidio di Sonia Rocchi?»

«Non lo so.» De Marchi allargò le braccia. «Ma la testimonianza di Bossi, l'avvocato di famiglia dei Rocchi, ci conferma che prima di morire Enzo stava facendo una ricerca sui locali notturni.»

«Una ricerca?»

«Anche il giudice Bonetti, che presiede la Commissione tutoria, conosceva Rocchi e ci ha detto che voleva fargli delle domande sui locali notturni in relazione ai minorenni. Poi Contini trova questo foglietto vicino alla casa del delitto...»

«Dice lui.»

«Dice lui, sì, ma perché dovrebbe mentire? Tanto più che è stato lui a ricordarsene e a tirar fuori da Natalia l'accenno al Tucano.»

Bazzi spinse il foglietto verso il commissario e si tirò indietro sulla sedia, come per evitare un contagio.

«Guardi, commissario, io non voglio saperne.»

«Ma ci sono degli elementi che...»

«Mi lasci finire. Lo so che a questo punto un'indagine lei la deve fare. Si rende conto che oggi come oggi i night-club sono di stretta attualità?»

«Be', ma in questo caso...»

«Se ai giornali arriva la notizia che la morte di Sonia Rocchi è legata all'ambiente che gira intorno al Tucano, alla prostituzione e alla tratta di ragazze, questa storia diventerà una specie di circo. E io voglio evitarlo.»

«Anch'io.»

«Bene. Allora, prima di tutto mi spieghi perché la famiglia Rocchi dovrebbe avere qualcosa a che vedere con quel bordello.»

«Non lo so... forse la figlia, forse Natalia che è minorenne ha saputo di qualche amica che è stata coinvolta in...»

« Commissario! »

« Mi scusi? »

« Non è un romanzo giallo. In realtà i Rocchi sono una rinomata famiglia luganese, mentre il Tucano è un postribolo frequentato da magnaccia e uomini in cerca di sesso. »

« Certo. »

« Ora, lo so che alcuni di questi uomini possono provenire, e sicuramente provengono, da rinomate famiglie luganesi. Ma se ci sbagliassimo, se gli accenni al Tucano fossero soltanto una coincidenza, lei si rende conto che ci troveremmo, come dire, nella merda. »

« Certo. »

« Nella merda fino al collo. »

« Senza dubbio. »

« Perciò, commissario, mi raccomando... con discrezione. Faccia la sua inchiesta, ma sia prudente. »

De Marchi si alzò, si asciugò una mano sui calzoni prima di porgerla al Procuratore Piovra.

« Sarò prudente. »

Bazzi strinse con decisione la mano del commissario.

« Le auguro buona fortuna. »

« L'afasia di solito è un disturbo del linguaggio causato da lesioni cerebrali » disse il dottor Mankell. « L'altro giorno ho consultato un esperto, secondo lui è possibile che, insieme al trauma psicologico, per Natalia abbia inciso anche il colpo subito alla tempia. »

« E quindi? » domandò Contini.

« Questo potrebbe avere influito sulle aree di Broca e di Wernicke, preposte al controllo del linguaggio. Ma è impossibile dirlo con certezza. »

« Non potete fare degli esami? »

« Abbiamo fatto una TAC e non risultano lesioni postraumatiche. Il cervello però è sempre misterioso, non abbiamo certezze. Nella maggior parte delle afasie non ci sono dubbi, perché sono dovute a un ictus, ma in questo caso direi che possiamo escluderlo.»

Natalia dormiva. Nel tinello di casa Canova erano rimasti soltanto Contini, Mankell ed Ernesto Canova.

«L'afasia non altera l'intelligenza o la capacità di provare sentimenti come chiunque altro» spiegava il medico. «Semplicemente, l'afasico perde l'uso del linguaggio. Può esserci un'afasia di produzione o di comprensione...»

«Natalia le ha entrambe» intervenne Contini.

«Fino a un certo punto. Capisce quasi tutto, tranne ciò che ha a che fare con la sua sfera intima, e specialmente con l'omicidio.»

«Quindi l'afasia è dovuta a ragioni psicologiche.»

«Diciamo che Natalia ha un disturbo del linguaggio in generale. Voglio dire, lei ha ben chiaro il concetto, ma non la parola. Sa che il cane è un animale domestico con quattro zampe, che abbaia e scodinzola eccetera, ma non riesce a trovare la parola 'cane' quando si vuol riferire a quell'animale.»

«Scusate» disse Canova. «Forse non dovrei intromettermi ma...»

«Dica pure» fece Mankell, «è lei che ospita Natalia.»

«Volevo chiedere, è possibile che Natalia riesca a scrivere?»

«Ho provato. Per lei è molto faticoso, però sembra che vada un po' meglio rispetto al linguaggio orale.»

«Ma in definitiva può guarire?» chiese Contini.

«Sapete, ho parlato con la logopedista che affiancherà Natalia. Loro non parlano nemmeno di terapia dell'afasia, ma di trattamenti riabilitativi specifici per alcuni danni funzionali identificabili.»

Contini alzò le sopracciglia.

«Mi spiego meglio» proseguì Mankell. «Ci sono afasici agrammatici, che non riescono a coniugare i verbi e così via, per esempio dicono: 'ieri noi mangio una mela' o addirittura 'ieri noi mangiare una mela'. Alcuni formano frasi molto fluenti ma incomprensibili. Altri invece si limitano a distorcere i suoni delle parole: 'ombello' invece di 'ombrello'. Altri ancora producono addirittura parole non riconoscibili: 'cospivo' al posto di 'lampada'.»

Contini tentò d'intrufolarsi nell'eloquio di Mankell. Il medico gesticolava, si toglieva e si rimetteva gli occhialini, era infervorato dall'argomento. Prima che Contini riuscisse ad aprire bocca, stroncò l'interruzione sul nascere:

«Ci arrivo, abbia pazienza. Ognuno di questi casi ha un trattamento specifico. Poi ci sono le afasie di sostituzione. È un disturbo denominativo, in ambito lessicale, che di solito ha un andamento metonimico o metaforico».

«Senta, dottore...»

«Calma, calma. Per metonimico intendo chi, per dire 'tavolo', riesce a dire soltanto 'sedia', per dire 'cielo' dirà 'nuvola'. Le parole hanno un rapporto cosiddetto di contiguità. Un afasico metaforico invece tenderà a dire 'lampada' al posto di 'luna', 'latte' al posto di 'neve' oppure 'pioggia' al posto di 'doccia', cioè a dire parole che hanno un rapporto di similitudine. Ora, Natalia...»

«Ecco» fece Contini. «Parliamo di Natalia.»

«Natalia, ha un'afasia di tipo direi più che altro metonimico. Possiede una competenza inferenziale, abbiamo visto, e...»

«Un momento. Che cos'è questa roba?»

«Una volta capita la frase 'il gatto è sul tavolo', Natalia capisce anche la frase 'un animale è sul tavolo'.»

«E allora?»

«In questo modo, da sola, ricostruisce il concetto 'il gatto è un animale'. Non tutti gli afasici sono in grado di farlo. Questa capacità può aiutare moltissimo la ricostruzione del vocabolario e, nello stesso tempo, ci dice che Natalia non ha dimenticato tutte le parole. Semplicemente ha dei buchi, e perciò si rifugia nel silenzio.»

«Capisco.» Contini si levò in piedi, frastornato dall'impeto di Mankell. «Vedo che si è documentato per bene sull'argomento.»

«Sì, io sono un generico ma la neurologia è sempre stata

una mia passione. Infatti prevedo di affiancare la logopedista nel trattamento rieducativo di Natalia.»

«Se c'è qualcosa che possiamo fare anche noi» disse Canova alzandosi e aprendo la porta del tinello. «Quella povera ragazza non la conosciamo nemmeno, ma...»

«Questi primi giorni vi chiederei di tenerla qui» rispose Mankell. «A quanto pare, questo luogo le dà serenità. Poi tornerà a casa sua, a Lugano, e speriamo che continui a migliorare in fretta.»

«Speriamo, sì» fece Contini. «Dorme ancora?»

Mankell annuì, sbirciando l'orologio. Spiegò che le aveva dato un calmante e si congedò. Contini lo accompagnò all'uscita, poi si avviò verso casa. Attraversando la piazza di Corvesco non notò i ragazzini che giocavano a nascondersi, le signore che facevano crocchio intorno all'ufficio postale. Camminava senza vedere nulla. Continuava a pensare a Natalia, al suo silenzio.

Perché la sentiva tanto vicina?

In fondo non la conosceva. Non le aveva mai parlato a lungo e, del resto, neppure lei gli aveva detto niente. Ma c'era qualcosa nel suo sguardo, nel suo modo di tacere pensando le parole, c'era qualcosa che Contini sentiva prossimo a sé. A volte aveva l'impressione che anche la sua vita fosse circondata dal silenzio. C'era un tipo di silenzio buono, la solitudine nelle montagne o nei boschi, e c'era un silenzio cattivo: Francesca che se n'era andata senza che lui riuscisse a spiegarle le sue incertezze.

Certe volte Contini, mentre senza parlare fumava una sigaretta sotto il portico, aveva la sensazione che la vita lo stesse ingannando. Cambiava lavoro, si aggrappava alle sue abitudini, ma si sentiva come chi continua a cercare una cosa pur avendo dimenticato ormai di che si tratti.

Quel pomeriggio, però, decise di non abbandonarsi al silenzio.

Francesca rispose al terzo squillo, con una voce un po' sorpresa. Contini si domandò per una frazione di secondo se l'idea di telefonarle non fosse infantile. Poi disse:

«Chiamavo solo per sapere come stai».

Silenzio. Eccolo, com'era questo? Buono, cattivo?

«È da un po' che non ci sentiamo» Contini aggiunse. «Stai bene?»

«Non c'è male» rispose Francesca.

A questo punto avrebbe dovuto dire: e tu? Ma non lo disse. Perciò a Contini non restò che proseguire.

«Ho pensato a quello che mi hai detto.»

«E cioè?»

«Be', insomma, al fatto che non prendo una decisione.»

«Quale decisione?»

«Non lo so. Io...»

«Non lo sai?»

«Ecco, mi piacerebbe discuterne con calma.»

«Sono mesi che ne discutiamo con calma. Senti, Contini, come mai per te è tanto difficile? Se ci tieni a una persona dovresti saperlo, no?»

«Io ci tengo. Ma devi capire che ho sempre fatto una vita particolare. Giusto o sbagliato che sia, ho sempre vissuto da solo, un po' fuori dal mondo. Per me non è facile cambiare.»

«Lo so che non è facile. Ma alla fine devi scegliere.»

«È necessario?»

«O vivi fuori dal mondo o vivi con me.»

«Io penso che ne dobbiamo parlare.»

«Ne stiamo parlando.»

«Ah.»

Silenzio. Non uno di quelli buoni. Contini tentò di colmarlo:

«Allora...»

«Grazie della telefonata.»

«Be', volevo sapere...»

«... come stavo. Non c'è male, ti ringrazio. Buona giornata.»

«Buona giornata...»

Mentre appendeva il ricevitore, Contini si domandò se dopotutto non fosse meglio il silenzio. Si fece una doccia, andò a fare due passi nel bosco. Poi uscì sotto il portico con una birra. Si fumò una sigaretta, guardando più in basso le case di Corvesco e, sopra le montagne, un raduno di nuvole che annunciava la pioggia.

Il gatto grigio passò di lì per uscire a caccia, ma gli bastò gettare un'occhiata a Contini per capire che era di luna storta. Fece come se niente fosse e trotterellò verso il bosco. Contini guardò l'orologio: le sette e mezzo. In fin dei conti poteva anche cenare.

Fece arrostire due peperoni, uno giallo e uno rosso. Li cosparse con olio e foglie di basilico, poi preparò dei fusilli e li fece saltare in padella per un paio di minuti. Aggiunse un po' di aglio e versò il sugo. Non c'è come una pasta ai peperoni per dimenticare il silenzio. Prese una bottiglia di Merlot e andò a mangiare sotto il portico. Il gatto grigio, accoccolato sul dondolo di vimini, si leccò una zampa e distolse lo sguardo. Secondo lui tutti quei peperoni non potevano portare a nulla di buono.

Dopo cena, Contini ripensò alla telefonata con Francesca. Forse fin dal principio c'era qualcosa che non andava nella loro relazione. Lei aveva studiato, era più giovane. Le piacevano i libri, le mostre d'arte e i festival del cinema. Contini invece leggeva soltanto la *Commedia*, forse più per abitudine che per amore.

Più tardi, in effetti, scoprì che il silenzio di Beatrice faceva tacere anche Dante, su nelle lontananze del Paradiso. *Lo suo tacere e 'l trasmutar sembiante puoser silenzio al mio cupido ingegno, che già nuove questioni avea davante.* E dal silenzio però avveniva il cambiamento, l'ascensione. *E sì come saetta che nel segno percuote pria che sia la corda queta, così corremmo nel secondo regno.*

Contini ripensò a Natalia.

Dentro di lei, protetta dal suo mutismo, c'era forse la risposta alle domande della polizia. Che cos'era accaduto la notte del primo d'agosto? Contini non credeva che Natalia fosse implicata nell'omicidio. Ma qualcosa l'aveva colpita, qualcuno l'aveva spinta a fuggire. Chissà cosa volevano dire quelle parole confuse sul fumo e sulle ragazze e sul Tucano.

Mentre chiudeva il libro si augurò che la ragazza riuscisse a riprendersi in fretta. Guardò le nuvole, sempre più numerose sopra il Monte Basso. Gli venne in mente che da qualche parte, là fuori, c'era l'assassino di Sonia Rocchi. Che cosa avrebbe fatto, se gli fosse giunta notizia che Natalia aveva ricominciato a parlare?

4

Rosalba Savi

«La prostituzione è vietata nei luoghi dove può turbare l'ordine pubblico e in particolare la sicurezza, la moralità e la tranquillità pubblica.» Articolo tre, comma primo della Legge sulla prostituzione.

Luciano Savi posò i fogli davanti a sé e si passò una mano sugli occhi. Era stanco. Molto stanco, e stufo di dover giocare a rimpiattino con la giustizia. Forse che lui era colpevole di «sfruttamento», forse che turbava «la moralità e la tranquillità pubblica»? Si limitava ad aggiustare l'età delle ragazze, la loro fedina penale e i loro certificati medici. Ma non le trattava male, le faceva dormire in un luogo pulito e sicuro, le pagava mille o perfino duemila franchi al mese. E quasi sempre i soldi erano regolarmente dichiarati alla Divisione cantonale delle contribuzioni.

La settimana prima aveva rinunciato alle ragazze nuove, che sarebbero dovute arrivare dalla Lettonia. Per l'estate aveva previsto di arrangiarsi con quattro o cinque brasiliane che di solito venivano da Brescia, ma per il momento preferiva non rischiare. Il Tucano era praticamente vuoto, tranne un paio di ballerine ungheresi che erano sorvegliate dai loro protettori. E Savi ci perdeva un sacco di soldi.

Rischiava di dover chiudere il Tucano, lo sapeva, perciò si era infuriato con la moglie del dottore. In seguito aveva chiesto aiuto e per prudenza aveva rimandato indietro le ragazze. Ma sapeva che quando i cani cominciano a fiutare la preda è inutile scappare.

Savi non si stupì quando allo spioncino vide una faccia da poliziotto.

Non lo fece entrare subito. Dall'ingresso principale tornò

nel suo ufficio, dove radunò i fogli con gli articoli della Legge e li mise in un cassetto. Poi uscì dall'ufficio, chiudendosi la porta alle spalle, e andò ad accogliere il poliziotto.

Si chiamava De Marchi, e stava facendo un'indagine per omicidio.

Savi sentì un ronzio dietro la nuca, pensò che avrebbe avuto un capogiro, che sarebbe caduto in ginocchio davanti al poliziotto. Ma poi si riprese, riuscì a battere le palpebre in un normale gesto di stupore.

«Omicidio? E io che cosa c'entro?»

«Lei ha parecchie questioni in sospeso con noi, vero?»

«Ma cosa c'entro con l'omicidio?»

«È quello che vogliamo sapere da lei, signor Savi.»

Erano in piedi nella penombra del Tucano. Il poliziotto si guardò intorno, passò una mano sul metallo cromato di una ringhiera e disse:

«Non ha un ufficio?»

«Possiamo anche stare qui, se vuole accendo le luci e...»

«Non ha un ufficio?»

Savi riaprì la porta dell'ufficio, fece accomodare il commissario e si scusò per il disordine. In realtà l'ufficio era ben organizzato, senza un solo oggetto fuori posto. Contro le pareti c'erano degli archivi, davanti alla scrivania di legno massiccio due poltroncine di pelle nera. Savi si accomodò in una poltrona più grande, dietro la scrivania. De Marchi indicò il divano sul quale Savi faceva le sue sieste pomeridiane.

«Per testare le sue dipendenti?» domandò.

«Commissario, se è venuto per insultarmi...»

«Buono, buono, lo so che lei è sempre aggiornato.»

«Come?»

«Lei, Savi, è un trasformista. Negli anni Ottanta ragazze thailandesi e filippine, oggi brasiliane e...»

«Commissario!» Savi scattò in piedi. «Io sono uno che lavora...»

«E anche le sue ragazze lavorano» proseguì imperturbabile De Marchi. «Almeno quelle che reputa necessario dichiarare all'autorità competente.»

«Qui è tutto in regola.»

«Ragazze che, fra champagne e prestazioni varie, scuciono a un cliente cinquecento franchi a serata, o anche di più. Se aggiungiamo poi quelle che lavorano in nero, per lei vuol dire un bel po' di soldi, vero?»

«Non ha il diritto di parlarmi in questo modo. Controlli, se crede, faccia le sue perquisizioni e poi se ne vada.»

De Marchi lo guardò con dispiacere, come se fossero due grandi amici e Savi l'avesse tradito. Scosse il capo, guardando in basso. Poi tornò a fissare il suo interlocutore e gli chiese:

«Conosce per caso il dottor Enzo Rocchi?»

Ecco, ci siamo, pensò Savi. A quel punto avrebbe dovuto combattere usando tutte le sue armi. Sapeva che Ferdi e i suoi non avrebbero gradito un controllo da parte della polizia, ma era ben cosciente che, per salvare se stesso e il Tucano, avrebbe dovuto cedere qualcosa.

«Guardi, può darsi che in passato abbia fatto degli sbagli.»

De Marchi si limitò a fissarlo.

«Ma poi ho rinunciato alle ragazze di provenienza incerta, ho troncato i contatti con certi personaggi. Anzi, se avesse bisogno di me per farli sparire dal nostro Cantone, non esiti a chiamarmi.»

«Ma non mi dica. Vorrebbe testimoniare contro gli sfruttatori?»

«Se è necessario. È per colpa loro se i night-club sono in crisi.»

«E che mi dice del dottore?»

Savi non cascò nella trappola.

«Che dottore?»

«Il dottore che è morto. E sua moglie.»

«Mi dispiace.» Savi fece un gesto di scusa. «Non conosco nessun dottore morto. E se è morto, come farei a conoscerlo?»

«Conosce Sonia Rocchi? E sua figlia Natalia? Una ragazza dell'età delle sue, più o meno...»
«Le mie? Io non ho figlie.»
«Sa che Sonia Rocchi è stata uccisa?»
«Mi dispiace.»
«Non ne ha letto sui giornali?»
«È il delitto di Corvesco?»
Il commissario annuì.
«E qualcuno a Corvesco ci ha fatto il nome del Tucano.»
«Qualcuno?»
«A casa della vittima ci sono indizi che rimandano a lei e al suo locale.»
Savi si strinse nelle spalle.
«Può darsi che i signori siano stati fra i miei clienti.»
«Certo, visto che il Tucano è un posto per famiglie.»
«È un posto per chi si vuole divertire» s'indignò Savi. «Non c'è niente di male.»
«La notte del primo d'agosto eravate chiusi, vero?»
«Mi pare. Ora non...»
«E lei dov'era?»
«Se eravamo chiusi, dormivo. Quando posso vado a letto presto.»
«Senta, Savi, in qualche modo la pista dell'omicidio di Sonia Rocchi ha a che fare col suo locale. Lei è disposto a collaborare?»
«Ma certo.» Savi allargò le braccia. «Tutto quello che vuole.»
«Chi è questa donna? Una...»
«Non lo dica!»
Il commissario aveva preso in mano il ritratto di Rosalba, appoggiato sulla scrivania. Savi era di nuovo scattato in piedi e gliel'aveva strappata di mano. Sentiva di essere rosso in faccia e pieno d'ira. Fece uno sforzo per non perdere il controllo.
«Quella è mia moglie» disse a denti stretti. «Lasci perdere.»
Il commissario lo guardò con aria candida.

«Come si chiama?»

«Lasci perdere.»

Savi non pronunciò il nome di sua moglie. Sarebbe stato come tradirla, come trascinarla in qualcosa di sporco. Il commissario aspettò qualche secondo, poi disse:

«Allora, Savi, è pronto a lavorare insieme a noi?»

«Come dice?»

«Per il delitto di Corvesco.»

«Le ho già detto che non so come...»

«Mi faccia un elenco di tutte le persone che sono passate dal Tucano nei giorni precedenti il delitto.»

«Anche i clienti? Non lo so mica, il loro nome.»

«Qualche nome le verrà in mente. Le ragazze, i clienti, gli amici e gli amici degli amici. Tutti. E poi guardi nelle sue carte, controlli se per caso il dottor Rocchi non ha avuto a che fare con il Tucano.»

«Controllerò, ma...»

«Sarebbe un peccato se lo scoprissimo prima noi, capisce?»

5

Innocenza

Natalia Rocchi ascoltava il suono delle cavallette, fuori dalla finestra.

Era fiera di se stessa, perché si era ricordata delle cavallette e della finestra. Però le cose importanti le sfuggivano. Aveva per un attimo rivisto il litigio fra quell'uomo e sua madre e la sua fuga nell'albero. Cioè, nelle foglie... nel... non le veniva la parola. Chiuse gli occhi, ricacciando le lacrime. Non le veniva la parola.

Da quando aveva cominciato a ricordare non aveva più pace. Sapeva che da qualche parte aveva nascosto qualcosa, non ricordava perché. C'entrava il fumo, il fumo che aveva ucciso la sua casa... no, non la sua casa, la... eppure c'era, c'era il concetto dentro di lei. Sapeva di essere orfana. Sapeva di non avere più... di non avere più genitori. Ecco, le era venuta la parola. Madre. Un uomo aveva ucciso sua madre.

Madre. Mamma.

Natalia piangeva silenziosamente, seduta in poltrona, quando qualcuno bussò alla porta.

«È permesso?»

Era Giovanni. Natalia si asciugò le lacrime con un gesto frettoloso.

Non doveva lasciarsi andare. Lei era sempre stata fiera della sua libertà, non si era mai crogiolata nelle crisi, nelle tempeste dell'adolescenza. Anzi, a sedici anni aveva creduto di esserne fuori.

«Non ti disturbo?»

Ora invece era ridotta a dipendere dagli altri al cento per cento.

«Hai voglia di fare una passeggiata?»

Natalia si sforzò di non piangere. Lui era gentile, stava dalla sua parte. Ma lei non capiva quella parola. Riuscì a chiedere:

«Come?»

«Come» lo sapeva dire.

«Pas-seg-gia-ta.»

Il dottore gli aveva detto di sillabare le parole.

«Passeggiata?» ripeté Natalia.

Giovanni mimò una persona che cammina, con le mani in tasca, guardandosi intorno. Natalia afferrò il concetto. Camminare, senza avere fretta, senza dover andare da qualche parte.

«Passeggiata. Andiamo?»

Giovanni fermò la sua pantomima.

Natalia lo guardò e per un attimo a entrambi venne da ridere. Poi Natalia si alzò e si avviò verso la porta.

Presero il sentiero che passava nella parte alta di Corvesco. Natalia riconosceva quei luoghi: un paese di mezza montagna del Canton Ticino, un comune periferico. Natalia sapeva tutto. Le venne in mente che erano i luoghi dove aveva giocato da bambina, dov'era passata con i suoi genitori. Padre. Madre. L'estate non finiva mai, era una lunga serie di pomeriggi con il sole che illuminava l'erba. Ogni cosa si ripeteva sempre, anno dopo anno. Il sole, l'erba. Le persone.

«C'è il sole» disse Natalia.

«Ehi» disse Giovanni, «lo sai che mi fa strano sentirti parlare?»

Natalia sorrise, ma lui fece un'espressione allarmata.

«Non è che ti offendi, vero? Cioè, lo so che non riesci a parlare per colpa dell'afasia.»

Natalia annuì.

«A me non è che dà fastidio quando stai zitta.»

Natalia non capiva tutte le parole, ma intuì che Giovanni era confuso.

«Vedrai che alla fine parlerai più di me.»

Natalia cercò di dire qualcosa per metterlo a suo agio. Ma non era facile pensare tanto in fretta.

« Oggi stai meglio » disse lui. « Vuoi che beviamo qualcosa? Possiamo andare da Pepito. »

Natalia riconobbe che Pepito era il posto in cui si andava a bere, era il ristorante. Ma non voleva vedere troppa gente. Si concentrò e rispose:

« Troppe mani. Meglio andare dove c'è l'erba, sopra le case. »

« Passiamo dai prati? »

I prati, ecco che cos'erano.

« Sì » disse Natalia, « c'è il... »

« Il sentiero. »

« Sentiero. » Natalia ebbe un'illuminazione. « Bosco! »

« Cosa? »

« È la parola che cercavo! Sono stata nel bosco, dopo che... dopo che... »

Tutto per un attimo si fece confuso e Natalia si fermò. Le girava la testa. Non devo esagerare, pensò. Giovanni le sfiorò un braccio e le chiese:

« Va tutto bene? »

Natalia fece segno di sì e cercò la mano di Giovanni. Gliela strinse. Lui la guardò senza dire niente e proseguirono finché la strada faceva una curva. Poi imboccarono il sentiero. A un certo punto Natalia domandò:

« Tu nel bosco facevi... prendevi... »

« Trote. »

« Trote? »

« Sì, è quello che stavo facendo l'altro giorno. Andavo a pesca. »

« A pesca. »

« Ma oggi fa troppo caldo. Meglio una passeggiata. »

Natalia sorrise.

Il sentiero passava ai margini del bosco e attraversava una vasta radura, poco più in basso rispetto alla casa di Contini. I due ragazzi si fermarono accanto a una fontana intagliata nel legno, con un rivolo d'acqua limpida che sbucava da una roccia. Natalia si chinò a bere un sorso. Giovanni guardò il cielo e disse:

«Mi sa che viene a piovere. Magari già in serata».

Anche Natalia guardò. La cima del Monte Basso era nascosta dalle nuvole, e da nord avanzava un manto grigiastro. Natalia disse:

«Un fulmine. No, aspetta...»

Giovanni la guardò. Lei disse:

«Un temporale, giusto?»

«Sì, un temporale. Ci fermiamo un attimo?»

Si sedettero sull'erba, di fianco alla fontana. Più in basso c'erano i tetti di Corvesco. Sopra di loro cominciava la linea scura del bosco.

«Tra un po' riprendo a lavorare» disse Giovanni. «In un posto nuovo.»

Natalia lo guardò.

«Facciamo alcuni mesi di scuola e alcuni di lavoro. Ti dirò che io preferisco lavorare. Mi piace pensare che sto facendo qualcosa, capisci? Che alla fine del tempo che c'impiego, ho prodotto una cosa, che poi la posso guardare e dire: guarda che bel lavoro.»

A Natalia piaceva sentirlo parlare. Si rendeva conto che di solito non parlava tanto, che in qualche modo stava cercando un dialogo con i silenzi di lei. Avrebbe voluto aiutarlo, ma cercare le parole la stancava. Era bello starsene lì, distesa sul prato, senza frugare nella memoria.

«Il vantaggio, quando fai il tipografo, è che c'è ancora un lato concreto. Certo, si lavora tanto con i computer. Una volta avevano i caratteri di piombo e preparavano tutto a mano. Adesso comunque ci sono ancora i macchinari, e per controllare la qualità di un lavoro devi fare una prova di stampa e vedere com'è la carta, com'è l'inchiostro.»

Giovanni muoveva le mani, parlando, e si girava a vedere se Natalia lo stesse seguendo. Lei annuiva. Stava appoggiata sui gomiti, le gambe distese davanti a sé. Giovanni si stagliava tra lei e il sole. Era un ragazzo alto e magro, con i capelli neri un po' spettinati sulle tempie e lo sguardo assorto. In generale, dava l'impressione di essere un tipo pacato.

«Per quanto...» provò a dire Natalia. «Sto a casa vostra per quanto...»

«Per quanto tempo? Non lo so. Puoi restare finché vuoi.»

«Per quanto tempo? È strano. Tempo.»

«Fra l'altro, dovrai andare a Lugano per il...» Giovanni ebbe un'esitazione. «... per il funerale di tua madre.»

A Natalia venne in mente una bara, capì che lui intendeva dire il funerale, la cerimonia funebre. Si ricordò del funerale di suo padre.

«Fra quanto tempo?» gli chiese.

«Non so, domani o dopo. Mi dispiace, Natalia.»

Lei gli posò una mano sul braccio.

«Grazie.»

Giovanni tacque.

«È bello» disse allora Natalia. «Questo tempo prima del temporale.»

Entrambi guardarono verso il Monte Basso. Per qualche minuto rimasero in silenzio, con lo sgocciolio della fontana e il frinire delle cavallette che riempivano lo spazio.

In mezzo all'Europa la Svizzera è come una zattera in un porto di mare. Se ne sta incastrata fra le grandi nazioni, prendendo un po' dell'una e un po' dell'altra. Il Canton Ticino, in particolare, è più a nord degli italiani del Nord, ma nella Confederazione è considerato un indolente paese mediterraneo, una terra di spiagge e limoni o, come dicono loro, una *Sonnenstube*, un posto al sole.

In buona sostanza, pensava Luciano Savi, si è sempre a sud di qualcuno. Lui aveva imparato a sfruttare quest'ambivalenza. Offriva servizi con rigore elvetico a una clientela perlopiù italiana. Venivano verso sera, con i Suv e le grosse Audi, e uscivano dall'autostrada a Bellinzona Nord, vicino al Tucano.

Savi camminava e pensava al futuro. Si era scavato la sua tana, ad Arbedo-Castione, e non voleva abbandonarla, anche perché rimanendo lì gli sembrava di essere in qualche modo vicino a Rosalba. Il paese era più che altro un sobborgo di Bellinzona: una manciata di case fra la città e l'autostrada, due o tre palazzotti, un'immancabile sala multiuso e qualche locale più o meno innocente.

Quello di Savi era il meno innocente di tutti.

Non era un segreto per nessuno, e Savi non si nascondeva dietro un dito. Si fermò a riposare accanto a un cartellone pubblicitario e rifletté sulla giustizia e l'ingiustizia. La prostituzione in Svizzera era legale, sia per le norme federali sia per le legislazioni di rango cantonale. Poi ogni Cantone si gestiva a modo suo, e di per sé il Ticino non era certo il più disinibito.

Savi aveva l'abitudine di studiarsi attentamente le leggi che lo riguardavano. Sapeva che qualche politico aveva chiesto di ridurre la pressione fiscale sulle prostitute, per indurle a non lavorare in nero, ma il governo aveva bocciato la mozione. Forse perché in fondo si rendevano conto che il «meretricio», come lo chiamavano loro, non può fare a meno di qualche zona d'ombra.

Dal canto suo, Savi credeva di svolgere un servizio magari spiacevole però necessario. La sua tecnica era di stare a cavallo fra la legalità e le zone d'ombra. Il reddito presunto di una prostituta, per lo Stato, era di cinquantamila franchi netti all'anno: se Savi avesse dovuto pagarli tutti sarebbe andato in rovina. Alcune ragazze si annunciavano alla polizia, beneficiavano di una consulenza medica gratuita, pagavano le tasse. Ma Savi lavorava anche con ragazze prive del diritto di permanenza in Svizzera. Inoltre, il Medico cantonale era severo sulle norme igieniche, e le ragazze stesse preferivano lavorare in nero.

Perciò Savi, come tutti, si arrangiava.

Il sole del tardo pomeriggio si stava ritirando. Savi passò di fianco a una scuola, con le vetrate che riflettevano i passanti, e scorse un individuo alle sue spalle. Fece per voltarsi, ma poi preferì aspettare. L'uomo si avvicinò. Portava un cappello che gli nascondeva gli occhi, tanto che sulle prime Savi non lo riconobbe.

« Ma guarda » disse l'uomo. « Chi non muore si rivede... »

Era Elia Contini.

Savi si guardò intorno, come se scappare avesse avuto un senso. Contini l'aveva riconosciuto, l'avrebbe collegato a Corvesco. Ma cosa gli era saltato in mente di andare a cercare Natalia in mezzo ai boschi?

« Ci conosciamo? »

« Ma certo. » Contini si avvicinò. « Lei non è un escursionista? »

Savi bofonchiò un saluto e fece per incamminarsi. Ma Contini disse:

« Quindi il famoso Luciano Savi, proprietario del Tucano, si aggirava a Corvesco nei giorni dopo il delitto ».

Savi si spazientì:

« Non la conoscevo neanche, quella donna! »

« Ma conosceva suo marito. »

« No. »

« Magari qualche visita a una delle ragazze? Il dottor Rocchi? »

« Non è uno dei medici che si occupano di queste cose. »

« Sicuro? »

« Non è mai stato al Tucano. E poi non ho niente da dirle. »

Savi voltò le spalle a Contini e si avviò con passo deciso.

« Ehi, dove scappa? Perché non parliamo un po', noi due? »

« Perché dovrei parlare con lei? Non è neanche un poliziotto. »

« Appunto. »

« Che cosa c'entra con questa storia, lei? »

Contini si fermò. Savi fece ancora qualche passo, poi per riflesso si fermò anche lui.

« Sa che me lo chiedo anch'io? » mormorò Contini.

« Cosa? »

«Che cosa c'entro con questa storia. Diciamo che per caso ho incontrato Natalia. Lei non l'ha mai conosciuta?»

«No.»

«Che cosa ci faceva a Corvesco, l'altro giorno?»

«Ho sentito dell'omicidio, mi è venuta voglia di vedere i posti.»

«Una curiosità morbosa?»

«La chiami come vuole.»

Erano giunti vicino allo svincolo autostradale. Contini indicò un piccolo bar, una semplice vetrina che dava sulla strada, con qualche tavolo di plastica e un enorme congelatore con la scritta: GELATI PER TUTTI I GUSTI.

«Che ne dice, ci beviamo qualcosa?»

«Io ho da lavorare.»

«E io devo raccontare alla stampa che lei era a Corvesco subito dopo il delitto, e che la polizia l'ha interrogato sull'omicidio e che...»

«Magari una bibita la prendo volentieri.»

Erano gli unici clienti del bar. Presero due bicchieri di vino bianco e una cameriera svogliata portò loro una ciotola di noccioline.

«Vuole ricattarmi?» domandò Savi.

«Voglio capire che cosa c'entra lei in questa storia.»

«Mi crede se le dico che non lo so?»

Contini assaggiò il vino.

«Può darsi.»

«Perché ce l'avete tutti con me?»

«Ci sono degli indizi che portano a lei.»

«Indizi?»

«Così li chiamano i poliziotti.»

Savi tracannò in un sorso metà del suo bicchiere. Contini aveva il coltello dalla parte del manico, e lui non poteva permettersi di mandarlo semplicemente a quel paese.

«Contini, parliamoci chiaro. Io non sono uno stinco di santo.»

«E chi lo è?»

«Io mi guadagno da vivere con il divertimento, con le

ragazze. Ma ho un mio codice d'onore. Io non farei mai del male a una donna. E perché avrei dovuto aggredire quella poveretta? »

Contini era pensieroso, gli occhi nel bicchiere di vino.

« Nessuno dice che lei l'abbia aggredita. »

« Io non li conosco nemmeno quei Rocchi! » esclamò Savi.

« Come fa a dirlo? »

« Non sono mai venuti al Tucano. »

« Come fa a dirlo? » ripeté Contini. « Tiene una lista dei clienti? »

« Le dico che non li ho mai visti qui, né il dottore né la sua famiglia. »

« Lei ha figli? È sposato? »

Savi s'irrigidì. erstarren

« Non ha famiglia? »

Savi posò le mani sul tavolo, aperte davanti a sé. Poi prese un lungo respiro. Tenne gli occhi bassi.

« Avevo famiglia. »

Contini aspettò.

« Ma non importa » disse Savi. « Non c'entra niente con questa storia. »

Contini domandò:

« Sua moglie è andata via? »

« Mia moglie è morta. »

« Mi dispiace. Quando è successo? »

Savi scuoteva il capo, fissando le mani aperte sul tavolo.

Contini non parlava.

Dopo un po', Savi mormorò:

« Si chiamava Rosalba ».

bis 15.10.21

6

Una noiosa riunione di lavoro

La gente non sa che una buona parte del lavoro di polizia consiste nel fare riunioni. Emilio De Marchi sedeva attorno a un tavolo, nella sede della Commissione tutoria regionale di Massagno. Il giudice Bonetti, reduce da un'altra riunione con i membri della Commissione, aveva fatto in modo che ci fosse caffè per tutti.

«Abbiamo comprato una nuova macchina» disse mettendo una tazza davanti al dottor Mankell. «Per il momento funziona bene, ma è sottoposta a un duro stress...»

De Marchi sedeva di fronte a Bonetti. Sui lati c'erano Corrado Bossi, che era l'avvocato della famiglia Rocchi, e il dottor Mankell, che seguiva la riabilitazione di Natalia. Un'altra noiosa riunione per valutare il futuro della ragazza, compatibilmente con lo sviluppo delle indagini e con la necessità di preservare una minorenne da... eccetera. De Marchi avrebbe potuto scrivere in anticipo il verbale.

«Bisogna considerare che la famiglia Rocchi non c'è più» disse Bonetti. «Natalia è rimasta sola.»

L'avvocato Bossi sussultò.

«Ecco, è una maniera un po' perentoria di vedere le cose...»

De Marchi doveva riconoscere che Bonetti, coi suoi occhiali quadrati e il suo corpo tozzo, pareva un uomo efficiente. Quanto meno non si perdeva in chiacchiere e aveva il dono di saper andare subito al sodo.

«Il padre di Enzo e nonno di Natalia» spiegò Bonetti «è ospite in una casa per anziani e non è in grado di provvedere alla nipote. Si chiama Augusto Rocchi ed è il parente più stretto.»

Il giudice Bonetti guardò l'avvocato, quasi per sincerarsi che avesse capito bene. Poi abbassò gli occhi sui fogli davanti a sé, ne spostò uno e proseguì come se stesse leggendo.

« All'infuori di Augusto, abbiamo Elena e Federico Rocchi, lui è primo cugino di Enzo. Vivono a Berna e domani saranno qui per il funerale. Non hanno grandi rapporti con la ragazza, ma... be', parenti più stretti non ce ne sono. Come le dicevo, avvocato, Natalia è sola. »

Bossi chinò il capo, riconoscendo a Bonetti di aver formulato un'analisi più o meno corretta. Ma puntualizzò:

« Non è per forza necessario che un parente stretto... »

« Lo so » lo interruppe Bonetti. « Comunque ricordiamoci che Natalia fra un anno circa sarà maggiorenne. Qui non si tratta di affidare un bambino a una famiglia. In ogni caso, dobbiamo tenere Natalia lontana dai riflettori, in un contesto famigliare nel quale riprendersi. »

« Lei si trova bene nella famiglia Canova » disse Mankell.

« Ora però Natalia dovrà tornare a Lugano » fece Bonetti. « Sarà difficile, per lei, stare da sola nella casa di famiglia, in mezzo alla gente e ai giornalisti. A proposito, commissario... »

« Naturalmente » sospirò De Marchi.

Una parte di lui sperava che bastasse quella parola a esprimere ciò che gli altri volevano sentirsi dire. Ma poi notò che tutti lo fissavano.

« La polizia vorrà interrogare ancora Natalia, naturalmente. » Si aggrappava a quella parola, come se potesse abbreviare la riunione. « Ma siamo coscienti del fatto che abbia bisogno di tempo. Il primo tentativo è stato forse un po' frettoloso... »

« Molto frettoloso » fece Bonetti.

« D'accordo. Ma questo è un caso di omicidio, e c'è un assassino che dobbiamo prendere. Detto questo, a Lugano cercheremo di proteggere la ragazza. Poi tornerà a Corvesco per il weekend, giusto? »

« È lei che ha chiesto di stare dai Canova » spiegò Mankell.

« La settimana successiva dovrà comunque tornare a Lugano » disse l'avvocato Bossi. « Ci sono delle questioni legali urgenti da sistemare, poi in futuro cercherò di preservarla dalla burocrazia. »

« È meglio » fece Mankell. « Dal punto di vista fisico... oh, scusate! »

Nell'aria si era diffuso un suono che ricordò a De Marchi i vecchi telefoni. Ma sapeva che anche gli squilli antichi erano stati rubati dalle moderne suonerie dei cellulari. Infatti Mankell si alzò, tolse il telefono di tasca, lo guardò e disse:

« Ci metto due secondi ».

De Marchi lo guardò uscire dalla stanza, pensando alla potenza dei cellulari. Erano l'unica cosa in grado d'interrompere una riunione, senza preavviso e senza drammi. Guardò con invidia il medico che usciva dall'ufficio, chiudendosi la porta alle spalle.

« Ti ho detto di non chiamarmi più. »

Mankell cercava di parlare a bassa voce. La stanza di fianco alla sala riunioni era vuota, ma era meglio non rischiare.

« E io dovrei restarmene qui a fare da bersaglio? »

« No, ascoltami Savi. È un momento di crisi, ma passerà. Non abbiamo fatto nessuno sbaglio, giusto? »

« Passerà... intanto arrivano tutti da me! »

Savi era spaventato. Mankell lo conosceva, sapeva che in caso di emergenza avrebbe potuto perdere la testa. Cercò di tranquillizzarlo:

« Abbiamo la situazione sotto controllo, ti dico. Io seguo da vicino la ragazza, se dovesse dire qualcosa di pericoloso per noi potrei intervenire ».

« Intanto ha parlato di me e del Tucano e... »

« Di te non ha detto niente. »

« E allora perché quel poliziotto e Contini sono venuti qui? »

«Pare che abbiano trovato un appunto di Rocchi, e c'era il tuo numero.»

«Non avevi detto che i documenti sono andati persi?»

«Tranne quel numero di telefono, che non è certo una prova. Natalia non si ricorda delle ricerche di suo padre, forse non ha mai saputo niente.»

«E se si ricordasse del primo d'agosto?»

Mankell rimase zitto per un paio di secondi. Gli sembrò un tempo lunghissimo, con una folla di pensieri che gli rimbalzavano in testa. C'era di mezzo un omicidio. Lui, Peter Mankell, uno stimato medico luganese, stava coprendo un assassino. Com'era potuto spingersi tanto in là? Disse:

«È meglio non parlarne al telefono».

«E dove ne parliamo, allora? Io...»

«Aspetta, stai calmo. Ho tutto sotto controllo, va bene? Anche se si ricordasse, la ragazza non sa parlare.»

«E se impara a parlare?»

«Io sarò il primo ad ascoltarla.»

7

Natalia scrive

Lugano, 8 agosto

Comincio qui a ~~disegn~~ scrivere in una pagina che ho comprato nella Cartoleria Libreria Giovannetti, perché mi ha detto di comprare e scrivere Peter (Mankell). È un aiuto per la memoria, spero che scrivendo mi torneranno tutte le cose.

Nel tempo di ieri c'è stato il ~~piogg~~ temporale.

Adesso c'è il sole, ma ~~la cos~~ lo schermo dice che torna la pioggia. Guardo lo schermo, non capisco ogni cosa. Neanche i telefilm che capivo. È normale, dice Giovanni. Giovanni ~~rid~~sorride e dice che loro dicono sempre cose inutili (= che non servono, che non posso usare).

Ho scritto tanto tempo. Poi mancano
~~mancano gli~~
~~lettere~~
~~verbi~~
mancano le parole, dice Peter.

parole

Oggi anche la ~~cosa~~ logopedista mi ha dato tanti cosi con scritte immagini   disegnate immagini   non so, ci sono immagini per imparare il nome delle cose. Quando ne so uno, mi tornano anche altri.

Era tornato: bosco.

Poi non riuscivo più, ma ho visto gli alberi sul coso. Gli alberi sono nel bosco. Come le case in città o nel paese. Il coso, no il l'idea

il concetto mi è chiaro, sempre. Non ho nessun problema. È molto difficile (complicato) scrivere quando non riesco a pensare alle parole, quando nella testa ho le parole sbagliate. Sono come in una ~~chiave~~

prigione

molti pensano che non capisco niente. Ma io capisco tutto.

Non riesco a parlare.

Mi viene da ~~ridere~~ piangere. Mi viene da odiare tutte le persone che parlano. Io non riesco a fare niente, anche le cose facili sono difficili.

Ma voglio, devo essere forte.

Forse il silenzio mi aiuta. Io seguo il filo del silenzio che nella testa mi porta cose che non sapevo. Anche cose che dimentico di tanto tempo passato, quando ero bambina. Il silenzio porta anche cose domande.

Prima non sapevo niente.

Giovanni dice che non devo provare a parlare quando ho

voglio dire: confusione

quando ho confusione nella testa. Ma Peter è il medico. Lui e la logopedista dicono di provare sempre a

- parlare
- formulare un atto di linguaggio

Ma adesso sono stanca.

Ieri c'è stato il funerale della ~~genit~~ mamma.

Lugano, 9 agosto

Torno a scrivere. Oggi voglio fare frasi ordinate, con parole che si capiscano (non solo io). I miei pensieri sono ordinati, le parole no (confusione). Il coso suona sempre, in questo tempo, sono persone che vogliono parlare con me o che scrivono ~~squilli~~ messaggi.

Dopo il funerale, tutti volevano parlare. Io ascolto. Non capisco tutto. Ma capisco di più quello che le persone non mi dicono: le cose, il loro pensiero, gli occhi, il coso che hanno l'atteggiamento

Peter oggi ha detto alla ~~sirena~~ polizia che non capisco abbastanza per le loro domande sul coso

omicidio

Il commissario dice che non c'è ~~tempo~~ fretta. Anche il giudice Bonetti dice che mi stanno tornando le parole, non c'è fretta. Io però dimentico tutto, sempre di più, anche le cose che prima non riuscivo a dimenti

No, non dimentico, il contrario! Io ricordo tutto!

Ricordo l'uomo che colpisce la mamma, ricordo che sono scappata nell'albero, ricordo che avevo con me i cosi da nascondere (mettere dove nessuno vede). Ma non ricordo ancora il nascondiglio. Sto cercando di capire una cosa sbagliata che c'è nei miei ricordi. Stasera torno a Corvesco. Più vicino ai ricordi.

Oggi la logopedista ha detto che miglioro.

Mi sembra di conoscere più parole.

Non riesco ancora a vedere tutto chiaro. Ma ho pazienza.

Le parole tornano, e io aspetto.

Giovanni dice che va bene

dice che il mio silenzio gli piace, che lui capisce lo stesso

8

La signora Mankell

Dalla finestra della cucina, la signora Mankell vedeva Giulia e il suo ragazzo che guardavano la tivù. Sporgendosi un po' di più, poteva intravedere il soggiorno dei Bernardi e, subito sotto, il balconcino del signor Marino. In un angolo, accanto a un tavolino di plastica, stava un albero di olivo. Era lì da tre settimane, con le radici in un sacco.

La signora Mankell, appoggiata alla ringhiera del suo balcone, si fumava una sigaretta e cercava di non guardare. Ci teneva alla sua privacy, perciò rispettava quella altrui. Ma non poteva fare a meno di chiedersi che cosa ci facesse quell'olivo sul balcone.

« Agnese, ci sei? » disse Peter dalla cucina. « È pronto il caffè! »

Agnese schiacciò il mozzicone di sigaretta nel posacenere. L'olivo cominciava ad avere un brutto aspetto. Le radici nel sacco e poche ore di sole al giorno. Quanto può sopravvivere un olivo?

« Te lo porto fuori? »

« Lascia, arrivo io. »

Abitare a Cadro non era l'ideale per un'amante della privacy. Ma con gli anni Agnese Mankell ci si era abituata. Molti abitanti del piccolo comune, come suo marito, lavoravano a Lugano. Le mogli restavano a casa a spiarsi dalle finestre.

Entrando in casa, tirò dietro di sé le tende che coprivano l'uscita sul balcone. Per tenere lontane le zanzare. Poi ci ripensò e chiuse anche la portafinestra: era una serata fresca, pur essendo agosto. Magari durante la notte sarebbe arrivato un temporale.

Peter Mankell, con i pantaloni della tuta e una maglia bianca, stava versando i caffè. Appena Agnese si sedette al tavolo di cucina, lui le si pose di fronte e appoggiò gli occhiali sul tavolo.

Agnese lo guardò. Quando faceva così tirava aria di crisi.

«Dovrò prendere una decisione, sai» disse Peter.

Agnese non parlò.

«Sono solo un medico, perché devo essere coinvolto in tutto questo?»

Agnese si strinse nelle spalle.

«Tu che cosa faresti?»

Ecco, ci siamo.

«Non lo so, Peter. Non me ne intendo di queste cose.»

«Cose? Quali cose? Perché, io me ne intendo?» Mankell imprecò. «Non sono un delinquente e nemmeno un poliziotto, cosa c'entro io?»

«Devi stare calmo.»

«È facile per te, dirlo, non sei tu che sei sull'orlo del... ma ti rendi conto? Ti rendi conto in che razza di cosa mi sono ficcato?»

«Peter, ci sono le finestre aperte.»

«Io l'ho fatto per... è come fregare le tasse o l'assicurazione, niente di che. Mica immaginavo che quelli cominciavano a fare i gangster!»

«Perché non parli con un avvocato?»

«Un avvocato? Sei matta, quelli mi sbattono in galera, capisci? Se ci mettiamo in mezzo gli avvocati è la fine. No, dev'esserci un modo per tirarmi fuori da questo schifo!»

«Guarda che ci sentono, Peter.»

«E chi se ne fotte se ci sentono! Devo uscirne pulito. Se loro hanno fatto un casino io non voglio entrarci. Sono disposto ad assumermi le mie colpe, sono disposto a pagare per quello che ho fatto e...»

«Il tuo lavoro.»

«Cosa?»

«Ti radieranno dall'albo. E poi come faremo?»

I coniugi Mankell si guardarono negli occhi, seduti l'uno

di fronte all'altra nella piccola cucina. Lui aveva cominciato a permettere qualche strappo alle regole per avere i soldi con cui aprire lo studio e poi per tenerlo in piedi. In fondo non correva nessun rischio. Si trattava di falsificare pochi dati, senza far del male a nessuno.

Ma loro avevano fatto del male a qualcuno.

Com'era successo?

« E alla fine di chi è la colpa? Secondo loro sono stato io, non ho saputo tenere Enzo lontano. Ma io dico: perché la violenza, perché? Perché non si possono risolvere le cose parlando? »

« È gente così. Peter, se continui a gridare... »

« Basta! » Peter si alzò di scatto. « Io non resisto più qua dentro. Ma ti rendi conto, siamo ridotti a sperare che quella ragazza non parli! »

Peter afferrò gli occhiali, ingollò il suo caffè in un sorso e uscì di casa. Agnese rimase a guardare la sua tazza ancora piena. Sapeva che suo marito si sarebbe calmato, dopo aver fatto quattro passi.

Ma Agnese, benché nascondesse i suoi sentimenti, era terrorizzata.

Si rendeva conto anche meglio di suo marito che non c'erano vie di uscita. Avrebbe dovuto rassegnarsi a scontare la pena. Lei poteva tornare a lavorare, in qualche modo se la sarebbero cavata. Era dura rinunciare a tutto: la reputazione, la serenità, quell'appartamento nella quiete di Cadro. La gente avrebbe parlato, qualcuno avrebbe detto: io lo sapevo. Altri avrebbero raccontato che Peter se la faceva con le prostitute.

Il Ticino è piccolo.

Dal punto di vista sociale, se Peter avesse parlato loro sarebbero morti.

Il guaio era che se Peter non diceva niente, alla fine l'avrebbero punito ancora più severamente. Forse andare a costituirsi era da stupidi, ma rischiava di essere il male minore. A meno che, davvero, Savi e gli altri riuscissero a insabbiare tutto. A meno che la ragazza rimanesse in silenzio, incapace di parlare.

Forse era meglio aspettare ancora un po' e poi, se le cose cominciavano a mettersi male, andare alla polizia. Certo bisognava essere pronti a giocare d'anticipo. E, soprattutto, Peter doveva impedire a Savi di fare altre pazzie. Agnese non voleva portarsi addosso il senso di colpa per il resto della sua vita.

Decise di uscire e raggiungere Peter. Quella sera non se la sentiva di lasciarlo a macerarsi nei suoi pensieri.

Cadro di notte era come un villaggio di fiaba. Le vie tortuose, i muri scuri con le finestre illuminate, le voci che dai televisori uscivano nei cortili. Sembrava che si potesse camminare per tutta la notte, girando fra gli angoli e le strettoie, senza tornare sui propri passi. Agnese però non si guardò intorno. Sapeva a memoria la passeggiata serale di Peter. Ogni sera sempre la stessa: lui trovava conforto nella ripetizione dei gesti.

Lo raggiunse al vecchio lavatoio. Se ne stava lì a contemplare l'acqua, rintanato nell'ombra. Agnese riconobbe il bianco della maglietta, entrò sotto il porticato e gli posò una mano sulla spalla. Disse:

«È buio, qui».

Peter non rispose. Sotto la volta che copriva il lavatoio il suono dell'acqua pareva più forte, come una cascata in miniatura.

«Coraggio, Peter...»

Lui sbuffò.

«Vedrai che ce la faremo. Anche stavolta ce la faremo, vedrai.»

9

I dubbi di Kate

Kate rimase a letto mentre lui si faceva la doccia. Dalla porta del bagno sentiva lo scroscio dell'acqua. Era un uomo ordinato: aveva piegato i suoi vestiti e li aveva appoggiati su una sedia. Kate apprezzava l'ordine, ma non si faceva illusioni: spesso i più ordinati erano i più cattivi.

L'uomo di Vicky, per esempio. Quello era un tipo preciso, ogni cosa al suo posto e un posto per ogni cosa. Tranne che poi gli piaceva picchiare le ragazze. I violenti erano una brutta rogna, quando capitava negli alberghi rischiavi di trovarti nei guai. Perciò Kate selezionava sempre con cura i clienti che portava in albergo.

Nei night almeno c'erano gli addetti alla sicurezza. Anche se per Vicky non avevano fatto un granché... alla fine era ancora colpa sua. L'avevano buttata fuori, l'avevano obbligata a tornarsene a casa.

E avevano cacciato anche Kate.

Era riuscita a tirare avanti grazie ai suoi contatti, ma sapeva che senza un lavoro fisso e senza appoggi era difficile continuare. Inoltre non riusciva più a tenere a bada i pensieri. Certe volte, nel dormiveglia, sognava di piangere senza riuscire a smettere. Durante il giorno non le succedeva, ma nel sogno le lacrime uscivano come un diluvio. Sentiva un dolore senza motivo, e anche imbarazzo: il pianto scoppiava sempre quando era al ristorante, o quando camminava in mezzo alla strada. Perciò voleva cambiare aria, voleva andarsene dalla Svizzera.

Lui uscì dalla doccia avvolto nell'asciugamano. Aveva la pelle rosea e i capelli sulla fronte. Si muoveva con circospezione, attento a non scoprirsi. A Kate venne da sorridere. Si alzò dal letto e gli si avvicinò. Era nuda. Lui la guardò battendo le palpebre.

«Hai visto?» disse Kate. «Fuori piove.»

«Come?» balbettò lui.

La pelle scura di Kate risaltava contro il bianco dell'asciugamano.

«Ti bagnerai...»

Kate afferrò l'asciugamano e glielo sfilò.

«Ehi!»

Kate sorrise e andò in bagno, chiudendosi la porta dietro le spalle. Bevve un po' d'acqua dal rubinetto e ripensò a Vicky. In realtà lei li aveva spaventati. Anche Savi ne aveva paura, perché faceva troppe domande. Vicky avrebbe dovuto starsene zitta e lasciare che trafficassero con la polizia e i documenti: alla fine avrebbe guadagnato di più che lavorando alla luce del sole.

Aveva tentato di spiegarglielo. Nel nostro mestiere, le diceva, ti conviene fare di nascosto. Ma Vicky si era intestardita e poi c'era stata quella brutta storia. Alla fine l'avevano mandata via.

Kate aveva tentato di fare qualcosa per lei. Aveva chiesto un incontro al medico che aveva fatto gli esami a Vicky, ma quello si era allarmato e ne aveva parlato con Savi. Kate era riuscita a mettersi in contatto con il dottor Rocchi, un collega del medico di Vicky. Ma alla fine Savi si era incazzato e Kate era stata cacciata dal Tucano.

Forse doveva parlare ancora con Rocchi, prima di partire.

Uscì dal bagno senza asciugamani. Lui non si era vestito ma era tornato sotto le coperte. Se ne stava lì con i capelli bagnati, e la guardava. Kate camminò fino al tavolino, guardò il cellulare e tornò verso di lui. Si fermò in fondo al letto. Intrecciò le braccia davanti a sé, come per proteggersi. Gli occhi guardavano in basso. Sorrise.

«Non vuoi bagnarti sotto la pioggia?» gli disse.

«Ho ancora tempo» disse lui.

Era difficile fare qualcosa per Vicky. Non aveva amici, non aveva soldi. Kate aveva già pagato duramente, in passato, per quell'istinto che la portava a impicciarsi degli affari altrui. Era il momento di pensare a se stessa: stava lavorando in quell'albergo di merda per pagarsi il biglietto d'aereo. E poi, Vicky aveva davvero bisogno d'aiuto? Era sparita, era tornata al suo paese. Kate doveva stare lontana dalla polizia. Disse:

« Ma due ore sono finite ».

« Non puoi restare qui ancora per un po'? »

Kate sorrise di nuovo, con le labbra chiuse. Lui era simpatico, anche se troppo ordinato. Voleva soltanto prolungare la pausa pranzo finché fosse passato il temporale. Un tempo gli avrebbe fatto una tariffa ridotta, per vederlo tornare più facilmente. Ma ora non aveva più senso, non l'avrebbe comunque rivisto mai più.

« Se hai soldi, resto ancora un po'. »

Lui cercò il portafogli nella tasca dei calzoni e Kate s'infilò sotto le coperte. No, per Vicky non c'era più niente da fare. Le dispiaceva che nessuno avesse punito quei bastardi, ma lei non poteva mettersi da sola a lottare contro tutta l'organizzazione.

E in fondo, per fortuna, Vicky era guarita.

Era una brutta storia, ma non era morto nessuno.

10

Il nascondiglio

Natalia era tornata. Giovanni s'immerse nell'acqua della pozza, cercando di restare immobile. Natalia era tornata e la polizia non aveva ancora preso l'assassino. L'acqua era gelida. Giovanni la sentiva intorno a sé, come una guaina che lo stringeva, come un peso sul petto. Provò ad aprire gli occhi, ma non si vedeva niente.

Tornò fuori, alla luce, e respirò a pieni polmoni. Si sentiva bene. Gli piaceva fare il bagno nel ruscello. Non era come il mare, con tutto quello spazio e quella lentezza. Nel Tresalti ci s'immergeva per dieci secondi e poi fuori, con la pelle e i muscoli vibranti.

Poco più in basso c'era un'altra pozza circondata da un muretto di sassi. Giovanni sapeva che era il posto dove Contini teneva le sue zattere. La gente diceva che era mezzo matto. Altri dicevano che era un detective privato, come nei film, però nessuno lo conosceva davvero. A Giovanni piaceva. Aveva l'impressione che anche lui fosse attento a Natalia, che sapesse intuire che cosa c'era dietro i suoi silenzi.

Giovanni era sicuro che Natalia avesse un segreto. Forse non se ne rendeva conto neppure lei, ma prima o poi sarebbe venuto fuori.

S'incamminò verso casa, con l'asciugamano sulle spalle. Verso le cinque sarebbero venuti il giudice Bonetti e il medico per parlare con Natalia. Il mattino era passata la logopedista. Natalia faceva progressi, e Giovanni ne era un po' spaventato. Desiderava che Natalia guarisse, ma allo stesso tempo avrebbe voluto che le cose rimanessero com'erano.

Arrivò a casa passando dal cancello sul retro. Suo padre dormiva sull'amaca, appesa in un angolo del giardino. Sotto il tiglio, vicino alla strada, sua madre stava risolvendo il cruciverba sull'ultima pagina del giornale, come faceva ogni giorno. Pietro stava leggendo un numero di «Tex» su una sdraio, mentre Viola cercava di convincere qualcuno a giocare con lei.

«Lasciami finire le parole crociate» disse la madre. «E poi non sono giochi da fare quando c'è il sole!»

Viola stava per mettere il broncio, poi si accorse di Giovanni e gli disse:

«Voglio giocare a Monopoli!»

«Monopoli?» fece Giovanni.

«Non è nemmeno capace» intervenne Pietro dalla sua sdraio. «Non sa le regole.»

«Non è vero!» strillò Viola. «Me le ha insegnate Giovanni, vero che me le hai insegnate?»

«Sì, ma...»

«E poi perché non posso giocare se c'è il sole? A me piace di più diventare ricca se c'è il sole.»

«L'ultima volta sei andata in rovina» fece Pietro.

«Non è vero, avevo anche un'osteria su Zurigo Paradeplatz.»

«Un'osteria?» disse Giovanni.

«Non aveva abbastanza soldi per un albergo» spiegò Pietro. «È la crisi, ha dovuto arrangiarsi.»

Giovanni preferiva non approfondire le regole rivedute e corrette dai suoi fratelli. Domandò:

«Dov'è Natalia?»

«Ti piace?» scattò subito Viola. «Ti piace, ti piace!»

«Ma se non parla neanche!» disse Pietro.

«Per favore» intervenne la madre. «Per favore, non potete stare buoni senza gridare? E tu Pietro non dire stupidate!»

«Ma...»

«Niente ma!»

Pietro giudicò prudente tornare al suo «Tex» senza replicare. Viola andò a controllare da vicino se papà era sveglio, mentre Giovanni salì al piano di sopra in cerca di Natalia.

Se ne stava seduta accanto alla finestra, intenta a osservare i pannelli con le figure che le aveva dato la logopedista. Nei corsi di riabilitazione usavano anche un computer, che aiutava Natalia a costruire una parola lettera dopo lettera, quando non le veniva tutta intera.

«Come va?» domandò Giovanni.

Natalia alzò gli occhi.

Giovanni avvicinò una sedia e si mise di fianco a lei.

Stavano a lungo senza parlare. Giovanni all'inizio faceva degli sforzi per portare avanti la conversazione, magari azzardava una battuta quando si accorgeva che lei era oppressa dai pensieri cupi. Ma Natalia aveva perso in poco tempo i genitori, aveva visto un omicidio. Giovanni era troppo distante da lei, riusciva appena a immaginare il suo dolore.

Quel giorno fu lei a parlare per prima:

«Ho ricevuto una lettera. Strana. Non capisco, la vuoi leggere tu?»

Giovanni tentò di nascondere la sorpresa e annuì. Lei gli porse un pezzo di carta spiegazzato.

Cara gentile Natalia,

non so se faccio la cosa giusta scrivendo a te. Prima pensavo di andare via senza dire più niente. Ma poi ho sentito alla tele che dottor Rocchi è morto ucciso. Mi dispiace. Lui aveva le carte con i miei documenti e tutti quelli di Vicky, che loro hanno portato via e distrutto i documenti. Io adesso devo andare via, ti prego di non chiamare subito la polizia, per me sarebbe molto male. Però nei documenti c'è il mio numero di telefonino, se avete bisogno di me. Ti auguro tanta buona fortuna.

Kate

Giovanni alzò lo sguardo verso Natalia e le chiese:

«Documenti?»

Lei scosse il capo.

«Non lo so.»

«È vero che tuo padre aveva questi documenti? Sai dove sono?»

Natalia fece per rispondere, ma le mancarono le parole. Allora chiuse gli occhi, e dopo qualche secondo disse:

«Il bosco».

Giovanni la guardò con aria interrogativa.

«Io dimentico la corsa, nel bosco, e c'era il... come si dice? Un posto che non si vede.»

«Un nascondiglio?»

«Un nascondiglio. Ho nascosto i fogli nel nascondiglio.»

«Quindi tu hai nascosto questi documenti di tuo padre? Magari hanno a che fare con la morte di tua madre. Ti ricordi quello che c'era scritto?»

Natalia abbassò lo sguardo.

«No.»

Giovanni rilesse la lettera di Kate e mormorò:

«Allora noi il suo numero di telefono non lo sappiamo...»

Natalia annuì. Giovanni le porse la lettera, ma lei gli indicò che poteva tenerla.

«Non vuoi darla alla polizia?»

Natalia scosse il capo:

«Dice lei di no».

Giovanni piegò la lettera e la mise nel portafogli.

Non fece commenti, per non turbare Natalia, ma pensò che non era giusto fare finta di niente. Magari potevano dire che i documenti erano soltanto un ricordo di Natalia, tacendo per il momento l'arrivo della lettera. E potevano chiedere al dottor Mankell: lui era socio del padre di Natalia, e forse conosceva perfino il contenuto dei documenti.

*

La Legge sull'organizzazione e la procedura in materia di tutele e curatele suddivide il Canton Ticino in diciotto comprensori. Ognuno è affidato a una Commissione tutoria regionale che conta un presidente, un membro permanente e un delegato del comune di domicilio della persona di cui si discute il caso. Per ogni membro c'è un supplente e ogni Commissione dispone di un segretario.

Tutto sommato, pensava Brenno Bonetti, è una struttura agile.

Per lui, dopo aver vissuto mille grane come magistrato dei minorenni, era senz'altro un lavoro non troppo impegnativo. Anzi, non era nemmeno un lavoro. Era un modo per tenersi occupato durante gli anni della pensione, visto che non sapeva giocare a carte e odiava le passeggiate.

Il caso di Natalia lo seguiva particolarmente da vicino. Gli altri membri della Commissione mugugnavano e dicevano di non voler essere tagliati fuori, ma Bonetti aveva spiegato loro che ci teneva perché era stato in buoni rapporti con i genitori di Natalia. E comunque, per gestire un caso di risonanza pubblica, ci voleva qualcuno che ci sapesse fare.

L'undici agosto, Brenno Bonetti andò a fare visita a Natalia, per controllare se stesse migliorando. Sapeva che da un disturbo da stress postraumatico non si guarisce in pochi giorni. Anzi, molte persone non riescono mai più a ricordare gli eventi che hanno determinato il trauma.

Natalia se ne stava nel giardino di casa Canova. Era insieme al dottor Mankell e a quel Contini che, a quanto pareva, riusciva sempre a intrufolarsi dappertutto.

« Salve, buongiorno! » disse Bonetti.

I due uomini risposero al saluto e Natalia lo fissò per qualche secondo, come chi cerca di ricordarsi qualcosa. Alla fine non trovò le parole di saluto e si limitò a un sorriso nervoso. Bonetti notò che l'aspetto fisico di Natalia pareva più florido. Lo disse a Mankell.

« Sono le passeggiate » spiegò il medico. « Natalia fa quattro o cinque chilometri a piedi ogni giorno, da sola o con

Giovanni. Se il fisico sta bene, anche le parole tornano più in fretta.»

Se lo dici tu, pensò Bonetti. Poi chiese:

«Qualche novità?»

«Il nascondiglio» disse Giovanni Canova.

Bonetti non aveva notato il ragazzo, che stava spostando due barattoli di vernice qualche metro più in là.

«Natalia si è ricordata una cosa» spiegò Mankell. «Durante la fuga nel bosco aveva con sé dei fogli, dei documenti presi dalla scrivania. Ha detto di averli nascosti da qualche parte, ma non sa più dove, ed è possibile che i documenti abbiano a che fare con il delitto.»

Bonetti sbirciò Contini, che non aveva ancora detto una parola.

«Spero che questo genere di notizia non venga divulgato alla stampa.»

«Io non divulgo niente» disse Contini.

«Lo spero!» Gli occhi di Bonetti, annidati dietro lo spessore delle lenti, mandarono uno scintillio. «Chi è a conoscenza di questa storia dei documenti?»

«Be', soltanto noi» disse Mankell. «Io, Giovanni e anche Contini.»

Bonetti stava per replicare, quando Contini gli accennò che Natalia intendeva dire qualcosa. Gli sguardi di tutti si diressero verso la ragazza.

«Devo parlare alla polizia» disse Natalia. «Ma non sono sicura.»

Fece una pausa.

«Di che cosa non sei sicura?» le chiese Contini.

«Non so. Ancora c'è qualcosa di sbagliato in quello che ricordo.»

Per un attimo rimasero tutti a guardarsi, poi Mankell si schiarì la voce.

«Per il momento, direi che è meglio non insistere con le domande.»

«Sono d'accordo» disse Bonetti. «Io direi di avvisare la polizia dei documenti, ma badando che non tormentino

Natalia. E soprattutto cerchiamo di fare in modo che queste notizie rimangano segrete. »

« Certo » disse Mankell. « Del resto noi... »

Ma Bonetti non lo lasciò proseguire. Voleva spiegare a tutti, chiaro e tondo, quale fosse la posta in gioco.

« Vi ricordo che là fuori c'è un assassino in libertà, uno che pensa che Natalia abbia un'amnesia. Che cosa credete che possa fare se viene a sapere che da qualche parte ci sono dei documenti che forse possono incastrarlo? Eh? Che cosa credete che possa fare? »

11

Il giallo dell'autopostale

Il cielo era scuro sopra Corvesco. Natalia però non aveva rinunciato alla sua passeggiata. Giovanni era andato a pescare e lei, senza dire niente a nessuno, era uscita di casa. Il fatto di non poter parlare l'aiutava ad apprezzare i momenti di solitudine: dentro di sé, parlando tra sé, riusciva a esprimere fino in fondo il suo pensiero.

Ogni tanto veniva sopraffatta dalla disperazione. Sarò condannata a restare sola, pensava, nessuno può sopportare la mia incapacità. Quei minuti di vuoto mentre cercava un nome smarrito, quelle frasi senza senso. Negli ultimi giorni aveva evitato ogni contatto con i suoi coetanei. Anche le sue amiche erano imbarazzate, non sapevano che cosa dirle. La polizia e il magistrato dei minorenni volevano interrogarla: ormai era al centro di un'inchiesta, la sua vita in pochi giorni si era sfasciata.

Dove sarebbe andata, che cosa avrebbe fatto alla fine dell'estate?

Natalia camminava lungo la strada senza trovare risposta alle sue domande. Prima del paese successivo c'era un tratto di cinque o sei chilometri, ma di solito Natalia si fermava prima. Quel giorno, tuttavia, era tanto immersa nei suoi pensieri che si accorse di aver percorso tre chilometri soltanto quando caddero le prime gocce di pioggia.

Alzò il capo e decise che era meglio tornare indietro. Prima di riprendere il cammino, si fermò a riposare sotto una cappella coperta ai margini della via. Le gocce stavano facendosi sempre più grosse. Eppure lo sapeva che sarebbe piovuto, Giovanni l'aveva avvisata.

Giovanni. Di nuovo si sorprese a pensare a lui.

Quel ragazzo si stava insinuando nella sua vita, ma era una cosa giusta? Natalia si stava aggrappando all'unica persona che sembrasse apprezzare il suo silenzio. Se guarisco, pensò, vergognandosi di se stessa, se guarisco, io e Giovanni che cosa avremo da dirci?

Quante domande. Meglio camminare. Ma fece appena in tempo a muovere pochi passi prima che un'ondata di pioggia invadesse la strada. Gocce pesanti, che schioccavano sull'asfalto, una parete d'acqua che cancellò i cartelli, le case, gli alberi ai bordi della strada.

«Io non ho maltrattato nessuno» disse Luciano Savi, parlando forte perché si sentisse nel vivavoce dell'automobile.

«Non hai maltrattato?» replicò Mankell. «Ma se hai...»

Si fermò. In Svizzera forse non c'è il rischio d'intercettazioni, ma uno non dice al cellulare la frase: hai ucciso una persona.

Savi comunque capì perfettamente. Passò qualche secondo prima che parlasse, poi lo fece con un tono di voce più basso:

«Hai ragione. Ma è andata così, che ci posso fare?»

«Niente» disse Mankell, «niente. Non fare niente, aspetta.»

«Guarda che dentro quei documenti c'è abbastanza roba per incastrare anche te. Cosa credi che abbia pensato Rocchi? Guarda qui il mio socio, quello che falsifica i certificati medici per le puttane e...»

«Basta! Siamo al telefono, ti rendi conto?»

«Mi rendo conto che qui l'unico a pagare sono io! La polizia è stata ancora da me, vogliono vedere tutta la burocrazia, alla fine salterà fuori qualcosa. Ma io non ci sto, io non picchio le ragazze e neanche mi faccio mettere in prigione senza...»

«Va bene, va bene.» Mankell parlò con voce stanca. «Faremo come vuoi tu. Ma adesso perché non torni a casa?»

«Voglio vedere la ragazza. Prima che torni a Lugano, sennò come faccio? L'hai detto tu che ogni giorno...»

«Non è vero!»

«... fa una passeggiata lì intorno, come non è vero?»

«L'ho detto così, tanto per dire, cosa succede se arrivi su e ti becca Contini? E poi, cosa dirai a Natalia?»

Savi non rispose.

«Cose le vuoi fare?» la voce di Mankell divenne nervosa. «Non vorrai mica... ehi! Savi! Mi senti? Savi, ci sei?»

Era caduta la linea.

Un mondo di pioggia circondava Natalia. In pochi secondi l'acqua invase le scarpe, le calze, i vestiti, entrò nelle orecchie e negli occhi. Non riusciva a capire quanto mancasse a Corvesco, vedeva pochi metri davanti a sé il muro della pioggia. Camminava sul bordo della strada, cercando riparo sotto i rami degli alberi.

Ancora una volta era sola. Nella sua mente rivedeva i giorni della fuga nel bosco. Ora capiva di avere vissuto uno choc, come diceva il dottor Mankell, un forte trauma psicologico. In seguito aveva fatto progressi, ma se ripensava a quei momenti le tornava l'angoscia, il suo cervello si svuotava non soltanto delle parole ma anche dei fatti.

Ogni tanto sentiva il suono di un'automobile, lungo la strada. Come se qualcuno stesse risalendo verso Corvesco. Magari avrebbe potuto chiedere un passaggio. Le venne quasi da sorridere: stava per mettersi a fare autostop come una turista qualsiasi...

Ma perché l'automobile non arrivava mai?

Era come se fosse sempre dietro di lei, senza mai raggiungerla.

Il suono battente della pioggia cancellava il normale scorrere del tempo. Natalia credeva di camminare sotto il diluvio da ore, non riusciva nemmeno a dargli un nome. Si concentrò e arrivò a ritrovare la parola: temporale. Ma forse non era un temporale. Però la pioggia cadeva dappertutto, senza sosta, senza un attimo di respiro.

A un certo punto sentì un suono come di tromba. Tre note. Riconobbe il clacson degli autopostali e, del tutto inutilmente, anche le note: sol diesis, mi, la. Tratto dal *Guglielmo Tell* di Rossini, il segnale d'avviso degli autopostali era vecchio come la stessa indistruttibile Posta svizzera.

Natalia si voltò indietro nella pioggia e vide balenare in mezzo al grigiore il giallo dell'autopostale. Stava risalendo la strada, poche centinaia di metri più in basso rispetto a lei. Decise di fermarlo e di chiedere un passaggio. Altrimenti, prima di arrivare a Corvesco, rischiava di affogare sotto la pioggia.

Mankell era preoccupato. Aveva deciso di parlare con Savi una volta per tutte, di convincerlo a starsene tranquillo. Altrimenti si sarebbe chiamato fuori da quella storia. Avrebbe discusso con gli inquirenti, chiarendo la sua estraneità ai fatti più gravi e sperando in una maggiore clemenza grazie alla sua collaborazione.

Però Savi non si era fatto trovare.

Al campanello dell'appartamento sopra il Tucano non rispondeva nessuno. Quando Mankell era riuscito a raggiungerlo, al cellulare, Savi era in automobile. Stava già filando verso Corvesco, prima che lui potesse fermarlo. E aveva troncato la chiamata senza preavviso, come se Mankell fosse un ragazzino importuno.

Mankell si domandò se chiamare la polizia. Voleva dire mettersi allo scoperto, rinunciare alla possibilità di scamparla ma anche liberarsi finalmente da un incubo. Se Natalia era in pericolo, Mankell avrebbe dovuto avvisare pure Contini, che abitava a Corvesco e sarebbe potuto arrivare in tempo. Però... però Mankell non era convinto.

C'era ancora una possibilità di mettere tutto a tacere. Se riusciva a far ragionare Savi, se riusciva a convincerlo a chiudersi dentro il Tucano senza più uscire, c'era una possibilità. La polizia non aveva prove, le uniche disponibili le aveva trovate Enzo Rocchi e chissà dov'erano finite.

No, Mankell decise che non era ancora il momento.

Finché nessuno sospettava di lui, poteva aspettare a costituirsi. Non sarebbe stato facile rinunciare al suo lavoro, alla sua vita, ma l'avrebbe fatto; adesso però c'era ancora una possibilità di salvarsi. Mankell era già in macchina, oltre Bellinzona, quindi Savi non aveva un enorme vantaggio. Forse faceva in tempo a raggiungerlo e a fermarlo prima che trovasse Natalia e le facesse del male.

Savi seguì la ragazza con l'automobile, lentamente, badando a tenersi fuori dalla sua vista e a non accendere i fari. Non era stato difficile trovarla, lei era proprio sulla strada principale fra Corvesco e il fondovalle. Mankell aveva ragione: era l'ora della passeggiata, e la ragazza era uscita nonostante la pioggia.

La figlia del dottore era lì, davanti a lui, ma Savi non riusciva a prendere una decisione. Che cosa dirle, come convincerla a lasciarlo in pace? Era pronto a tutto, se necessario, ma avrebbe preferito che lei capisse il suo punto di vista, le ingiustizie che aveva dovuto subire.

La ragazza camminava sotto la pioggia e Savi la seguiva.

A un certo punto però dovette scostarsi per lasciar passare l'autopostale che saliva a Corvesco. L'autista suonava il clacson nelle curve a gomito. Savi ripartì dietro l'autopostale e vide che si fermava di fronte alla figlia del dottore che si stava sbracciando in mezzo alla strada.

La ragazza salì sull'autopostale.

Poi l'autista ripartì, e Savi gli tenne dietro. Il fatto di vedersi sfuggire la ragazza in quel modo gli tolse le ultime incertezze. Rimase incollato all'autopostale, lampeggiando con gli abbaglianti come chi vuole sorpassare. A un certo punto l'autista si fece da parte e Savi, premendo l'acceleratore della sua Mercedes, sfrecciò sulla parte sinistra della carreggiata.

Proseguì velocemente finché intravide uno spiazzo ai bordi della strada. Parcheggiò, spingendo la macchina contro i cespugli affinché non desse troppo nell'occhio. Indossò un cappello con la visiera che gli nascondeva la faccia. Poi, incurante della pioggia, si piazzò in mezzo alla strada e aspettò che arrivasse l'autopostale.

L'autista frenò e si sporse dal finestrino.

« Problemi? »

« La pioggia » disse Savi. « Non è che posso chiedervi un passaggio? »

« Siamo qui per questo. »

Savi salì e pagò la tratta fino a Corvesco. Camminò lungo l'autopostale, notando che appena dietro l'autista, sulla destra, c'era una donna sulla sessantina, avvolta in un'enorme giacca a vento rossa. Natalia sedeva più in giù, sulla sinistra.

Savi si mise subito dietro di lei.

Natalia vide dal finestrino, ferma ai bordi della strada, la Mercedes che aveva superato l'autopostale poco prima. La pioggia disegnava strane forme sul vetro. Natalia cercava di dare loro un nome, come se fossero le figure degli esercizi di logopedia.

Il pomeriggio era diventato buio, sembrava un anticipo d'autunno. Quando la voce dietro di lei parlò, Natalia non capì che cosa stesse dicendo. Pensò che si rivolgesse a qualcun altro, o che stesse parlando fra sé. Ma poi una mano le toccò la spalla e la voce disse:

« Non ti voltare ».

Natalia non capì.

« Stai ferma. »

Sentiva la mano pesante sopra la spalla.

« Ora noi due dobbiamo chiarire un paio di cose. Non dire niente, non muoverti o è peggio per te. È chiaro? »

Natalia non capiva tutte le parole, però avvertiva il tono di minaccia. Aprì la bocca, ma la mano strinse più forte la sua spalla.

«È chiaro?» ripeté la voce. «Devi stare zitta.»
Natalia annuì.
L'autopostale procedeva lento verso Corvesco, rallentando prima di ogni curva. Ormai doveva mancare soltanto un chilometro.
«La signora là davanti scenderà a Corvesco» diceva la voce «ma noi restiamo qui. Torniamo indietro e nel frattempo mi racconti tutto sulla tua passeggiata nei boschi, il primo d'agosto...»
«Restiamo qui.» Natalia comprese che l'uomo non la voleva far scendere. Capì che era lui, che l'aveva trovata. Alla fine non era riuscita a nascondersi, l'uomo l'aveva raggiunta.
«Riesci a parlare, ragazza?»
Tutto quel tempo, quel lungo tempo nei boschi... e lui invece l'aveva trovata su un normale, pacifico autopostale giallo che correva sulla via principale, in un giorno di pioggia.
«Mi senti? Riesci a parlare?»
Natalia non sapeva come rispondere. Le parole erano sparite, risucchiate nella memoria. Era ancora nel bosco, e rivedeva il nascondiglio, i fogli che sua madre aveva trovato e che accusavano...
«Allora? Ragazza, non sto scherzando.»
La voce la strappò via dai ricordi. Guardò la signora con la giacca rossa, che non si era accorta di niente. Più avanti, l'autista era concentrato sulla strada. Mancava poco a Corvesco.
«Ehi, capisci quello che ti sto dicendo?»
Natalia riuscì a dire:
«Sì».
«Allora, ragazza.» La voce era più bassa, più vicina. «Dimmi che cos'hai raccontato alla polizia.»

12

Una vecchia canzone francese

Giovanni era rimasto per un bel po' nei dintorni della casa, prima di trovare il coraggio per avvicinarsi. Tutti dicevano che quel Contini era un tipo imprevedibile.

Cercò di spiare dalle finestre, ma le gelosie erano accostate.

Si allontanò, rifugiandosi in una macchia di noccioli. La facciata bianca appariva e scompariva nella pioggia, appena di là dagli alberi. Giovanni era avvolto in un impermeabile, ma l'acqua gli s'infilava nel colletto, gli colava giù dalla tesa del cappello. Il terreno si era coperto di pozzanghere.

Alla fine, anche soltanto per trovare un riparo, suonò il campanello.

Contini lo riconobbe subito.

«Giovanni Canova» disse. «Va tutto bene?»

Giovanni annuì.

«Mi scusi se la disturbo.»

«Nessun disturbo, entri pure.»

Contini gli dava del lei.

Giovanni era intimidito, anche se l'ex detective sembrava inoffensivo: indossava un paio di calzoni di velluto con un pullover grigio, e aveva i capelli scompigliati, come se si fosse appena svegliato. Giovanni lo seguì nel salotto, che era ingombro di oggetti. C'erano poltrone, un'amaca appesa in un angolo, un telaio di bicicletta, macchine fotografiche, vasi di cactus e, accanto alla porta, un orango blu di terracotta.

«C'è disordine» disse Contini, in tono più di annuncio che di scusa.

Giovanni si tolse l'impermeabile e si sedette in una poltrona vicino al camino acceso. Alle sue spalle, da un altoparlante, veniva diffusa una canzone in francese. Contini abbassò il volume con un telecomando e domandò:

« Vuole qualcosa da bere? »

« Se... se preferisce » fece Giovanni, « può darmi del tu. »

Contini alzò le sopracciglia e disse:

« Per me va bene. Diamoci del tu ».

Presero entrambi una tazza di caffè, senza zucchero e senza latte. Anche Contini si sedette vicino al fuoco. Aspettò qualche secondo, finché Giovanni si schiarì la voce e disse:

« Lei... cioè tu ti interessi a Natalia, anche se non fai più il detective ».

Contini si limitò ad annuire. Giovanni si aspettava un commento, e per un attimo si confuse. Ma poi riprese:

« Eri un amico di famiglia o... »

« No » disse Contini. « Ma ho trovato Natalia nel bosco, su a Valnedo. Mi sento un po' responsabile. »

« Io l'avevo vista, il giorno prima. »

« Lo so. »

« Anch'io mi sento responsabile. Forse non dovrei. »

« Perché no? »

Giovanni fece una pausa e radunò il coraggio necessario. Contini lo guardava senza dire niente. Allora cavò di tasca il portafogli, tirò fuori la lettera di Kate e la porse al detective.

Contini lesse in silenzio. Poi alzò gli occhi e domandò:

« Da dove viene questa lettera? »

« Me l'ha data Natalia. L'ha appena ricevuta. »

« Ecco perché si è ricordata di quei documenti. »

Giovanni annuì.

« Natalia ha dato la lettera a me. Lei è preoccupata, non sappiamo che cosa fare. Ho parlato dei documenti con il dottor Mankell, ma senza dirgli della lettera. Poi ho pensato che tu hai fatto il detective, tu conosci queste cose... dobbiamo parlarne alla polizia? »

« È una bella domanda. »

Contini fece una pausa. Poi riprese:

«Il nome Kate era vicino a uno dei numeri di telefono, nel foglietto che ho trovato nel bosco».

«Cosa?»

«È come una rete. Il Tucano, Kate, le domande sui locali notturni, la paura di Savi. Che cosa c'è sotto? Perché Sonia Rocchi è morta?»

Contini parlava tra sé, e Giovanni si domandò se non si fosse dimenticato di lui. Ma l'ex detective lo guardò negli occhi.

«Scusami, stavo divagando. Per il momento non andrei alla polizia, prima è meglio cercare questa Kate. Non vorrei che le facessero del male.»

«Ma tu sai chi è?»

«Forse so dove lavora. Giovanni, è importante che tu mi dia una mano.»

«Io? Ma cosa posso fare?»

«Natalia si fida di te.»

Giovanni sentiva che stava arrossendo, e la cosa lo fece imbestialire.

«Qui a Corvesco non ci sono i suoi amici, per questo si fida di me.»

«Tu dici?»

Contini posò la tazza e andò ad alzare il volume della musica.

«È una canzone di Brassens.»

Giovanni avrebbe voluto chiedere a Contini che cosa intendesse fare, ma quel tipo era strano per davvero. *Mon bel amour, mon cher amour, ma déchirure, je te porte dans moi comme un oiseau blessé*. La voce che usciva dall'altoparlante era accompagnata soltanto da una chitarra. Contini ascoltava, guardava le fiamme nel camino. *Il n'y a pas d'amour heureux, mais c'est notre amour à tous deux*.

Natalia avrebbe voluto gridare, chiedere aiuto, scendere dall'autopostale e correre sotto la pioggia. Ma non riusciva a pensare le parole, non sapeva dare un nome alla sua paura.

Quella mano non le mollava la spalla, e la voce dell'uomo continuava a ronzarle nelle orecchie.

« Perché sai, ci possiamo mettere d'accordo noi due, possiamo decidere la soluzione migliore. Non vorrai che qualcuno si faccia del male, no? »

« Mettere d'accordo. » « Decidere. » « Male. » Natalia cercava di aggrapparsi alle parole che le erano note, di cucire il discorso per capire anche ciò che la voce diceva senza dirlo.

« Adesso arriviamo a Corvesco e tu, piano piano, mi spieghi se hai detto a qualcuno di quello che è successo il primo d'agosto. »

« Primo d'agosto. »

« Io mi scuso per il mio comportamento. Mi hanno costretto, non posso farci niente. Non sono stato io a cominciare, capisci, non è colpa mia. »

« Colpa. » La stretta sulla spalla si faceva sempre più forte. Natalia aveva pensato di alzarsi, ma la mano la inchiodava sul sedile. Era forte. Non riusciva a chiedere aiuto, non osava urlare. La mano poteva farle del male. Male. Colpa. L'uomo le stava chiedendo scusa, la stava minacciando. Ma che cosa voleva da lei? Cercò di dirgli qualcosa:

« Io non... non dimentico niente ».

« Cosa? »

« Ho volato, il primo d'agosto. No, ho camminato negli alberi. Non ho colpa. Io non so che cosa vuoi. »

« Non scherzare con me. Dove hai messo i documenti? »

« I documenti » mormorò Natalia. « Non lo so. C'era il fumo negli occhi e ho pensato che... che se li nascondevo la mano non li prendeva. »

« La mano? »

« L'uomo. Tu. »

« Io? Senti, ragazza... »

In quel momento l'autista frenò di colpo.

« Ehi! » fece la donna con la giacca rossa.

« Scusate » disse l'autista, « c'è uno dietro che continua a fare i bilux. Gli domando cosa vuole. »

«Bilux»... Natalia associò il fatto al nome. Lampeggiare con gli abbaglianti in Ticino si dice «fare i bilux». Avere la colpa. Nascondere i documenti. La sua mente ricominciava ad accogliere le parole.

L'autista risalì insieme a un uomo vestito con giacca e cravatta. Natalia riconobbe Peter Mankell e spalancò gli occhi. La mano. Peter era venuto a portarla via dalla mano. In quel momento la stretta si fece più forte.

«Il signor Mankell cerca una passeggera» disse l'autista.

«Mi scuso per l'interruzione» fece Mankell, «ma è urgente che la signorina Rocchi venga con me. Natalia, come stai?»

Natalia pensò di rispondere, ma non fece in tempo.

«Stai calmo.» Peter parlava guardando un punto dietro Natalia. «La situazione è sotto controllo, non c'è da preoccuparsi.»

«Ma cosa sta dicendo?» disse l'autista.

«Niente, mi scusi.»

Peter era arrivato di fianco a lei. Le sfiorò il gomito.

«Allora, Natalia, vieni?»

Natalia fece uno sforzo per rispondere:

«Sì, grazie per... per il passaggio».

«Andiamo, siamo in ritardo.»

«L'uomo» disse Natalia, «la mano...»

«Ne parliamo dopo. Grazie, scusate per il disturbo!»

Peter la fece salire sulla sua automobile, che era ferma dietro l'autopostale. Natalia non aveva capito bene che cosa fosse accaduto. Mentre l'uomo parlava, per un attimo aveva rivisto con chiarezza ciò che era successo la notte del primo d'agosto. Ma ora l'uomo era tornato uno sconosciuto, e i ricordi erano volati via.

La voce di Peter era come un flusso di pensieri tranquilli, come il rumore del mare sulla spiaggia, sempre uguale.

«Per fortuna che mi è venuto in mente di passare da te. Ho telefonato dai Canova, mi hanno detto: è uscita prima della pioggia. Allora ho immaginato che fossi sulla posta e mi sono detto: facciamola fermare, le do un passaggio. Ho fatto bene, no?»

Natalia si sforzò di uscire dal flusso:

«Ma la mano... lui ha detto parole di... voleva farmi del male, darmi la colpa, e l'uomo era sulla spalla, era forte».

Perché non riusciva a spiegarsi?

«Ho visto che quel tipo ti stava dando fastidio» riprese Peter. «Ho visto che ti parlava, che tentava di toccarti. Era uno che ci stava provando, capisci, voleva conoscere la protagonista del mistero del primo d'agosto, come dicono i giornali, del delitto di Corvesco.»

«Ma la mano...»

«Era uno qualunque, ma questo dimostra che non devi andare in giro da sola qui a Corvesco, è troppo pericoloso.»

Natalia lasciò perdere. Era troppo stanca per ricordare.

Peter la portò fin sopra il paese, davanti a una casa massiccia, con le mura bianche e le gelosie verdi. Quando suonò il campanello venne ad aprire Elia Contini. Passò lo sguardo da Peter a lei velocemente, e disse:

«Ma guarda... e voi due che cosa ci fate qui?»

«Ho dato un passaggio a Natalia» disse Mankell entrando in casa.

Giovanni era in piedi sulla soglia del salotto.

«Giovanni!» lo salutò Mankell. «Tutti a casa di Contini, oggi.»

«Sì, sono venuto per...»

«Per ascoltare una vecchia canzone francese» disse Contini abbassando il volume. «Ma sedetevi, volete bere qualcosa di caldo?»

Mankell e Natalia si asciugarono davanti al fuoco, bevendo un tè. Contini preparò anche dell'altro caffè per lui e Giovanni. Mankell spiegò di avere fermato l'autopostale, per controllare se Natalia si fosse rifugiata lì, e di aver sorpreso uno sconosciuto che la stava infastidendo.

«Uno sconosciuto?» domandò subito Contini.

«Un giovanotto, biondo, una ventina d'anni, aveva l'aria

di essere uno svizzero tedesco. Natalia è rimasta un po' scioccata... »

Natalia taceva e guardava il fumo sopra la sua tazza di tè, come se si fosse estraniata dalla conversazione. Giovanni si allarmò, si sedette di fianco a lei e le disse:

« Come va? Che cosa ti è successo? »

« Ora... » Natalia fece una pausa. « Ora non riesco a parlare. »

« Non fa niente. Non c'è bisogno. »

Giovanni le posò una mano sulla spalla. Natalia per un attimo trasalì, ma poi Giovanni sentì che si stava rilassando. Nel frattempo Mankell e Contini convenivano sul fatto che Natalia dovesse tornare a Lugano.

« Qui rischia di attirare i pazzoidi e i curiosi » diceva Mankell, « è pericoloso lasciare che giri da sola, finché non si sarà rimessa in forma. »

« Bisognerà chiedere al giudice Bonetti. »

« È vero. » Mankell annuì. « Gliene parlerò. »

« La Commissione tutoria dovrà pure decidere qualcosa sul suo futuro. »

« Si riuniscono dopodomani » disse Mankell. « Per il momento forse l'avvocato di famiglia si assume la tutela. »

Contini diede un'occhiata a Natalia. Poi disse:

« Ma non parliamo più di queste cose! Volete ancora qualcosa da bere? »

Mankell si scusò e disse che era in ritardo. Anche Giovanni e Natalia dovevano tornare a casa. Contini li guidò fino alla porta e prestò loro un paio di ombrelli. Nel salutarli, mentre Mankell e Giovanni indossavano l'impermeabile, prese in disparte Natalia.

« Non preoccuparti » le disse. « Vedrai che tutto si risolverà. »

Natalia fece segno di sì, ma non sembrava convinta.

« Domani, prima che torni a Massagno, voglio portarti da un amico. Lui forse potrà darci una mano. »

13

Il senso del ritardo

C'è un vecchio nelle montagne sopra Corvesco. Si chiama Giona ed è un vecchio solitario.

Un giorno ha deciso di salire fin lassù e si è fatto una specie di casa sfruttando una caverna nella roccia. Dal paese e dalla pianura ogni tanto qualcuno va a trovarlo. Gli portano una pagnotta, un po' di cioccolato, magari una bottiglia di Merlot. Il vecchio Giona se ne sta lì a guardare gli spruzzi del Tresalti o a controllare dove finiscono i sentieri. Ha una barba che sembra un caprone, gli occhi chiari e un numero imprecisato di rughe.

Per trovarlo, occorre salire per un bosco di castagni a nord di Corvesco, passando poi fra i pini e gli abeti. Dopo il pianoro di un alpeggio, dove la montagna comincia a farsi più rocciosa, bisogna arrampicarsi e scarpinare e infine guadare il Tresalti... di solito è proprio quando si attraversa il ruscello che una voce abbaia:

« Chivalà? »

Natalia sobbalzò, ma Contini le disse:

« Tranquilla. È il vecchio che si diverte a fare lo spiritoso ».

Poi si portò le mani alla bocca e gridò:

« Siamo agenti delle tasse! Hai qualcosa da dichiarare? »

Giona sbucò fuori da un masso in riva al torrente. Indossava un paio di jeans, una camicia di fustagno e un vecchio cappellino dei Chicago Bulls. Portava una bisaccia da cacciatore.

« Ehi, finalmente mi porti una bella ragazza! »

« Si chiama Natalia » disse Contini. « Te ne avevo parlato. »

« Molto lieto. » Giona fece un lieve inchino. « Posso indicarle la via per la mia dimora? »

Il vecchio parlava in modo strano, mischiando espressioni antiquate a esclamazioni fuori moda da cinquant'anni. Ma era una persona colta, a suo modo: leggeva libri e anche i giornali della settimana precedente. Contini gli raccontava spesso i suoi guai. Giona aveva buone intuizioni, benché vivesse fuori dal mondo... o forse proprio per questo.

«Lo sai, caro Elia, che mi sembri dimagrito?»

«Se lo dici tu.»

«Devi mangiare se hai una pena d'amore, lo diceva sempre il poeta.»

Contini si guardò bene dal chiedergli quale poeta. Cambiò in fretta discorso e, mentre si dirigevano alla baracca di Giona, raccontò al vecchio delle sue ultime uscite per fotografare volpi. Natalia fece un'espressione confusa, e Contini per spiegarle disegnò nell'aria la forma di una volpe, con le orecchie a punta, i baffi e il muso allungato.

«Volpe.» Natalia ripeté la parola appena imparata, come per riconoscerla in futuro. «Una volpe. Ho capito.»

Arrivati a casa di Giona, il vecchio offrì loro un caffè e domandò se volessero fermarsi per pranzo.

«Ho un resto di spezzatino, potrei mettere sul fuoco un po' di polenta. Un pasto frugale, s'intende, ma se vi contentate...»

«Certo» disse Contini. «Condivideremo il poco che hai.»

Giona gli diede un'occhiataccia, come se subodorasse una presa in giro, ma non disse niente. Ravvivò il fuoco e invitò i suoi ospiti ad accomodarsi. L'arredamento sembrava confluito lì da epoche e luoghi diversi: un vecchio sedile di treno, poltrone di pelle, un tavolaccio di legno, scaffali colmi di libri e trofei di caccia alle pareti.

Mentre cuoceva la polenta, Giona si rivolse a Natalia.

«Mi hanno detto che sei nei guai, ragazza.»

Natalia guardò Contini.

«Ti spiego io» disse lui, «Natalia ha qualche difficoltà con le parole.»

«Lo so» fece Giona, «l'afasia, giusto? Detta così fa paura, ma anch'io sto per giorni interi in silenzio... ed è una buona cosa, credimi.»

«Allora dimostralo» fece Contini «e ascoltami per un paio di minuti.»

Giona gli lanciò un'altra occhiataccia.

Contini raccontò la vicenda di Natalia dall'inizio. La morte di suo padre, la decisione di passare qualche giorno a Corvesco, la notte del primo d'agosto. Riferì a Giona con precisione le parole dette da Natalia alla polizia. Poi gli raccontò della fuga nei boschi e dell'amnesia da stress postraumatico.

«Ora la memoria sta tornando» concluse.

«Ma c'è uno sbaglio» aggiunse Natalia. «Non riesco a essere sicura.»

Contini raccontò il ritrovamento di Natalia, le incertezze legali circa il suo futuro, con la Commissione tutoria che faticava a prendere una decisione. Poi accennò ai legami con il Tucano. Raccontandoli, si rese conto che erano quasi inconsistenti: un numero di telefono trovato nel bosco, il fatto che Natalia si sia ricordata del nome del night-club, la lettera di Kate.

«Ma potrebbe essere una coincidenza» disse Contini. «Ci potrebbero essere decine di spiegazioni. In realtà, il fatto più sospetto è che io abbia visto Luciano Savi aggirarsi nei boschi, quando tutti cercavano Natalia.»

«E sull'autopostale» fece Natalia. «La mano, ieri, sotto la pioggia.»

Lasciò cadere la frase nel vuoto. Contini chiese:

«Vuoi parlare di quello che è successo ieri?»

Natalia sembrava sul punto di ricordarsi una cosa importante. Aveva una ruga di concentrazione fra gli occhi. Ma dopo qualche secondo fece un gesto d'impotenza. Contini le venne in aiuto:

«Un altro problema sono i curiosi, quelli che arrivano qui attirati dal delitto. Prima riusciamo a capire quello che è successo, prima Natalia potrà tornare alla sua vita».

Giona, mentre sorvegliava la polenta, aveva trovato il

tempo di accendere un sigaro. Ora lo stringeva fra le labbra, fissando Natalia e facendo oscillare la testa su e giù.

«E allora?» fece Contini. «Che cosa ne dici?»

«Stavo pensando» rispose Giona.

Contini decise di lasciargli il suo tempo. Mangiarono la polenta con lo spezzatino, accompagnati da un mezzo litro di Merlot. Poi uscirono sulla soglia della stamberga. Giona riaccese il suo sigaro e Contini si fumò una sigaretta. Il cielo era sereno ma nell'aria restava un odore di pioggia. Oltre la vallata, sulle montagne più lontane, tornavano le nubi. Il vecchio eremita le guardò e disse:

«Vi conviene scendere in fretta. Qualcuno vuole un goccio di cordiale?»

Il «cordiale» era un amaro che, secondo Giona, proveniva da un monastero nascosto «nel cuore delle Alpi». Contini sapeva che accettarlo era un obbligo. Mentre lo sorseggiavano, il vecchio disse:

«Penso che da qualche parte ci sia un ritardo».

«Un ritardo?» fece Contini.

Anche Natalia sembrava perplessa. Giona si rivolse a lei:

«Quando sei nel tempo sbagliato, capisci? Devi arrivare in un momento e in quel momento non ci sei. Sei in anticipo o in ritardo».

Natalia annuì. Disse:

«In ritardo. Fuori tempo...»

«Fuori tempo, sì, ho l'impressione che da qualche parte ci sia uno sbaglio, un tempo morto. È il silenzio che può aiutarci a capirlo, non le domande della polizia. Bisogna passare dal silenzio.»

Giona fece una pausa, il tempo di tirare una boccata dal sigaro e di guardare bene in faccia Contini e Natalia.

«Non mi pare un delitto casuale, un'aggressione... com'è che dicevi?»

«Aggressione a scopo di rapina» disse Contini.

«Però non sembra neppure un gesto pianificato, compiuto da un sicario che doveva proteggere chissà quali segreti.

C'è disperazione, mi pare, c'è come un ritardo da qualche parte. Un ritardo che ci può servire.»

«Ma servire a cosa?» sbottò Contini. «E di quale ritardo parli?»

«Difficile dirlo.»

«Ah, ecco. E insomma noi cosa dovremmo fare?»

«Il ritardo è anche silenzio, è l'attesa prima di una parola. È lì che dovete cercare, dovete trovare il senso del ritardo. Ho la sensazione che ci siano parole non dette, in questa storia. Molte parole aspettano che qualcuno le trovi. Che Natalia le trovi.»

«Parole?» Contini si stava spazientendo. «Quali parole?»

«Non lo so.» Giona guardava fisso verso le nuvole. «Io non lo so.»

Contini e Natalia si guardarono negli occhi.

14

Fatti reali

VERBALE DI INTERROGATORIO
(numero 748/90.DM)

<u>Riferimento</u>: Natalia Rocchi
(Commissario Emilio De Marchi)

Conclusioni:

La teste Natalia Rocchi è stata interrogata alla presenza del suo avvocato Corrado Bossi e del presidente della Commissione di tutela Brenno Bonetti. L'interrogatorio è stato condotto dal sottoscritto commissario Emilio De Marchi e dal magistrato dei minorenni Fulvia Parenti, insieme al procuratore Arno Bazzi. La teste soffre secondo il suo medico curante, il dottor Peter Mankell di Lugano, di un'amnesia dissociativa connessa a un evento traumatico e stressante, complicata da un'afasia che, per quanto in via di guarigione, le impedisce di esprimersi compiutamente. Riguardo l'interrogatorio surriportato, mi sembra che si possano estrapolare tre fatti.

1) Natalia Rocchi dichiara di aver assistito all'omicidio della madre, ma non ricorda nome e fattezze dell'assassino.

2) Natalia Rocchi dichiara di essere fuggita dal luogo dell'omicidio poiché l'assassino sembrava essersi accorto di lei. È uscita di casa ed è tornata nella stanza del delitto pas-

sando per una portafinestra. La teste dichiara che l'assassino era chino sul corpo della madre. In quell'occasione dichiara di essere riuscita ad afferrare alcuni documenti, che sembrano avere un ruolo importante nella vicenda, prima di rifugiarsi nel bosco. Di tali documenti non v'è traccia; tranne per una dichiarazione dell'avvocato Bossi, secondo il quale Sonia Rocchi, prima di morire, gli aveva accennato all'esistenza dei suddetti documenti. Natalia non sa dire altro; in particolare, non riesce a isolare il momento dell'omicidio: lo racconta come se fosse avvenuto più volte, sempre in maniera diversa.

3) Pur non rammentando nulla dell'assassino, Natalia Rocchi ricorda confusamente che l'omicidio sarebbe in qualche modo legato a un night-club di nome Il Tucano, sito ad Arbedo-Castione. Ma la ragazza non sa precisare la natura del supposto legame. Il proprietario del locale, Luciano Savi, si dichiara ignaro di qualsivoglia legame.

In conclusione, dopo un lungo interrogatorio, si è potuto appurare assai poco. Natalia Rocchi soffre di un disturbo postraumatico, e si è giudicato opportuno non insistere. Difficile discernere i fatti reali, nei resoconti sconnessi della teste, dalle sue paure e/o fantasie. Si è giudicato comunque necessario verificare ulteriormente l'esistenza di eventuali legami fra l'omicidio e Il Tucano.

15

Certificato medico

Nel Milleottocento il Medico cantonale aveva il compito di lottare contro le malattie infettive, proteggendo la salute dei cittadini. Poi la natura degli incarichi andò mutando secondo le necessità; oggi si occupa soprattutto di vigilare sugli operatori e le strutture sanitarie del Cantone.

In particolare se ne occupa il dottor Piero Bernasconi, che il 14 agosto sedeva nel suo ufficio in via Dogana, a Bellinzona, davanti al commissario De Marchi. Il 15 sarebbe stato un giorno festivo, e De Marchi ci teneva a risolvere quella faccenda del Tucano prima di passare ad altro. Il Medico cantonale conosceva bene il locale di Luciano Savi, ma poté assicurare al commissario che non era peggio di tanti altri. Era un night-club, un luogo dove la prostituzione era legale. Le « artiste e ballerine » erano più tutelate rispetto alle prostitute che lavoravano negli alberghi o nei saloni di massaggio.

« Certo, il proprietario è un osso duro » diceva Bernasconi « e non escludo che qualche volta abbia giocato sporco. Ma per quanto riguarda il mio ufficio è tutto in regola. »

« Mmm. » De Marchi stava pensando a cosa chiedere. « Tutto in regola. Ma i documenti, i permessi, ha controllato bene? »

« I permessi non sono affar mio. »

« Voglio dire il certificato medico, le norme igieniche, quella roba lì. »

Il dottor Bernasconi sorrise. Era un uomo alto, abbronzato, dall'aspetto atletico. Sorrideva spesso, come se fra i suoi compiti ci fosse anche quello di essere un manifesto della buona salute.

«Vede, commissario, se ci fosse stato qualcosa di poco chiaro l'avremmo subito notificato alla polizia. Capisco, la moglie del dottor Rocchi è stata uccisa, ma francamente non credo che abbia a che fare con le domande del marito.»

«Domande?» scattò De Marchi. «Quali domande?»

«Pensavo che lei fosse qui per questo.» Bernasconi sorrise. «Il dottor Rocchi era venuto a chiedermi del Tucano, aveva bisogno delle fotocopie di alcuni documenti. Perlopiù si trattava di materiale riservato, ma gli ho mostrato qualche...»

«Un momento. Lei mi sta dicendo che Rocchi si era interessato al Tucano? Non ai locali notturni in generale?»

«Ha fatto molte domande sul Tucano.»

Nella fronte di De Marchi erano comparse due grosse rughe. Forse dopotutto una specie di legame c'era.

«Perché Rocchi s'interessava al Tucano? Non glielo ha chiesto?»

Bernasconi si strinse nelle spalle.

«Mi pare che abbia accennato a una sua paziente che aveva lavorato lì.»

Era davvero tanto semplice? Bastava andare dal Medico cantonale ed eccoti scodellato il legame Rocchi-Tucano. Ma tutto era troppo normale, tutto alla luce del sole. De Marchi aveva per le mani un omicidio; da qualche parte doveva pur esserci una stortura, qualcosa da nascondere.

«È sicuro che il proprietario del Tucano non avesse magari commesso uno sbaglio, una dimenticanza di ordine procedurale?»

«Ho qui i documenti, commissario, guardi lei stesso.»

De Marchi prese i fogli che il medico gli porgeva. Nell'intestazione lesse: ANNUNCIO PER L'ESERCIZIO DELLA PROSTITUZIONE. La persona che si annunciava doveva rispondere a una serie di domande, dal «nome d'arte» ai precedenti penali, dai tatuaggi o piercing alle generalità dei propri genitori. De Marchi notò che la maggior parte dei richiedenti allegava pure una domanda per un permesso di dimora, generalmente di tipo L o B. Inoltre molti segnavano la casella «no» alla voce «desidero una visita medica gratuita». Ne domandò il motivo a Bernasconi.

«Molte donne non si fidano» rispose il medico. «Pensano che sia una forma di controllo. Altre hanno già un medico di fiducia.»

In genere le indicazioni sullo stato di salute, comprese le vaccinazioni ricevute e le malattie infantili, erano abbastanza complete.

«Molte di queste ragazze hanno lavorato al Tucano» disse Bernasconi. «Come vede non ci sono irregolarità.»

De Marchi stava per restituire i fogli, quando gli cadde l'occhio sull'annuncio di una certa Victoria Valinski. Stava per sfuggirgli il nome del medico di riferimento. Appena lo vide, capì che a quel punto le indagini, nonostante lo scetticismo del procuratore Bazzi, non potevano più ignorare la pista del Tucano.

«Medico di riferimento: Peter Mankell.»

De Marchi non diede segnali di essere stupito, all'infuori di una terza ruga che gli apparve sulla fronte.

«Ci sono altre ragazze che hanno come medico il dottor Mankell?»

«Non saprei.» Bernasconi sorrise senza capire. «Perché?»

«Oh, una curiosità.»

«Mankell lavorava con Rocchi» disse Bernasconi.

«Appunto» fece il commissario. «Ci sono altre ragazze che l'hanno scelto come medico di riferimento?»

«Non di recente, credo. Ma in passato sì. Inoltre...»

Il dottor Bernasconi a questo punto fece una pausa. Forse si rendeva conto che stava servendo al commissario un osso troppo succulento perché potesse rifiutarlo.

«Inoltre?» lo incalzò De Marchi.

«Be', il dottor Mankell si è occupato qualche volta della visita medica gratuita, per conto del nostro ufficio. Negli ultimi anni meno, ma in passato era uno dei collaboratori del Medico cantonale.»

«Ah.»

« Comunque, commissario, mi sembra che stia perdendo tempo. Qui si tratta di prostituzione, ma è tutto legale, mentre lei... »

Bernasconi non terminò la frase. Lo fece De Marchi.

« Mentre io indago su un omicidio. Forse ha ragione. In ogni caso mi rifarò vivo, vorrei una copia di alcuni documenti. La ringrazio per l'aiuto. »

« Di niente. » Bernasconi sorrise. « Noi siamo sempre disponibili. »

Mentre usciva dall'ufficio del Medico cantonale, De Marchi aveva le tre rughe bene incise in mezzo alla fronte. Non aveva ancora sospetti, sapeva che per il momento i legami fra il Tucano e l'omicidio erano molto labili. Ma in ogni caso, pensò, non mi farà male scambiare due parole con il dottor Mankell.

16

Il primo giorno di scuola

« Fumo negli occhi » disse Natalia a un certo punto, come per spiegare la sua incapacità di proseguire. « Sono tornata, lui voleva farmi male, voleva i fogli. »

Erano a Massagno, sul balcone di casa Rocchi. Contini parlava poco, qualche domanda intervallata da lunghe pause.

« Non posso aiutarti. Non riesco a ricordare bene. »

« Dobbiamo avere pazienza. Hai sentito quello che ha detto Giona. »

Per la verità il vecchio eremita non era stato di grande aiuto, con le sue frasi oscure sul ritardo e sul silenzio. Del resto nemmeno gli investigatori della polizia, con le loro tecniche scientifiche, avevano scoperto l'identità dell'aggressore di Sonia Rocchi.

« Quando sei tornata nella stanza, l'uomo era chino su tua madre, giusto? E stava guardando quei documenti? »

« L'uomo voleva i fogli. »

« Lui ti ha vista subito? »

Natalia fece un gesto per dire: non subito.

« Ti ha vista dopo qualche secondo. »

Natalia annuì.

Era il 15 agosto, festa dell'Assunta e giorno di vacanza nel Canton Ticino. Sul balcone di casa Rocchi arrivava ogni tanto uno spiffero d'aria, ma le strade di Massagno erano invase dall'afa. Più lontano, il lago appariva come una promessa di frescura.

« Tu sei scappata con i fogli? »

Natalia fece segno di sì.

« E li hai nascosti nel bosco, ma non ricordi dove. »

Natalia fissò le sue mani, distese in grembo.

Davanti a loro, nel cielo sopra Lugano, c'erano movimenti di nuvole nere. L'afa era l'annuncio di un prossimo temporale. Contini se ne stava da un paio d'ore sul balcone, bevendo un tè freddo insieme a Natalia, e sorvegliava l'unica strada che portasse fin lassù.

«E l'uomo, l'uomo che t'inseguiva, era lui?»

Le mostrò una fotografia di Luciano Savi.

«Non so.» Natalia parlava a voce bassa. «Non so la faccia. Mi ricordo che per colpire alzava le... le...»

Contini non sapeva aiutarla. Ma Natalia gli mostrò una mano.

«Le sue mani?»

«Sì, lui colpiva mia madre. La sua mano.»

Contini non sapeva spiegarsi le ragioni della sua sicurezza, ma era convinto che in fondo il vecchio Giona aveva ragione. La chiave del mistero apparteneva a Natalia e alle parole che stava cercando. Mankell gli aveva spiegato che, dopo uno choc, c'è il pericolo che la vittima costruisca dei cosiddetti «falsi ricordi»: questo avviene sia per le suggestioni causate da altri, sia per la rielaborazione spontanea della memoria, che cerca di coprire i vuoti. Contini tentò anche questa via.

«Ma non riesci a vedere la faccia dell'uomo» le chiese «oppure la vedi ma sai che non è quella?»

Natalia fu colpita dalla domanda. Se la fece ripetere più lentamente, e rifletté prima di rispondere. Infine disse:

«Hai ragione. Forse ho dei ricordi che sono sbagliati».

«Vedi un'altra faccia?»

Natalia lo guardò e mosse le mani, come per dire: non riesco a dirti di più. Contini non voleva insistere troppo. Ma era convinto che prima o poi, dai ricordi di Natalia, sarebbe uscito quello «sbaglio». Bisognava essere lì, pronti a coglierlo. Perciò appena aveva un momento libero passava da Natalia. All'inizio l'avvocato Bossi aveva cercato di tenerlo lontano, così come De Marchi, ma per fortuna Natalia gradiva la sua compagnia. E così Contini trascorreva interi pomeriggi su quel balcone.

Dal basso vedeva salire tutte le automobili che avrebbero potuto raggiungere casa Rocchi. Aveva imparato a distinguere la Toyota del dottor Mankell e la Fiat del giudice Bonetti. Poi c'era la logopedista che guidava una Mini Morris e l'avvocato Bossi che veniva in taxi. In quel momento, alla prima curva della salita, vide apparire la Mini Morris.

Anche Natalia se ne accorse. Diede un'occhiata a Contini e disse:

«Nuove parole».

Contini disse:

«Non ce n'è mai abbastanza».

Natalia aveva chiesto esplicitamente che Contini potesse passare a trovarla. Gli sembrava di conoscerlo da sempre, forse perché era stato lui, insieme a Giovanni, a trovarla nel bosco. Ogni giorno vedeva la logopedista e il medico, e presto avrebbe incontrato uno psichiatra. Ma in casa non voleva psicologi né assistenti sociali, ed era riuscita a ottenere che facessero come desiderava.

Andò ad aprire l'ingresso che dava sul parcheggio, quello più usato dagli ospiti abituali. Insieme alla logopedista c'era Giovanni Canova. Natalia notò che restava qualche passo indietro, come per attenuare l'intrusione. Le spiegò di essere arrivato in treno fino a Lugano e di aver telefonato alla logopedista per chiederle un passaggio.

«Lo so che dovete lavorare» disse a Natalia, «ma io resto qui insieme a Contini e quando hai finito possiamo fare due chiacchiere. Cioè, se hai ancora voglia di parlare.»

Natalia sorrise, poi seguì la logopedista all'interno della casa.

Era oppressa dalla stanchezza.

Oltre alle sedute di logopedia e alle visite di Mankell, c'era la burocrazia del giudice Bonetti, con tutte quelle carte e quelle domande sulla sua situazione patrimoniale e sul suo futuro legale. Perché di colpo Natalia era diventata un'orfanella, come succede nelle fiabe. Mentre si avviavano verso la sua stanza, le venne in mente proprio quella parola: « orfanella ». La fece sorridere, anche se non c'era da sorridere. La piccola orfanella. Stava per raccontarlo alla logopedista, ma poi pensò che non avrebbe capito.

Arianna Bassi non parlava mai al posto di Natalia. La logopedista era l'unica che non le suggeriva mai una parola, l'unica che non s'interessava a ciò che Natalia diceva. Da un lato era una cosa utile, dall'altro un po' stancante. Contini voleva sapere: insieme a Natalia frugava nei ricordi, cercava di aggrapparsi ai punti solidi e si avventurava nelle zone sconosciute. Arianna invece non si curava d'immaginare ciò che Natalia volesse dire. Contava soltanto il nome giusto per ogni cosa.

La logopedista era una donna sulla cinquantina, magra, coi capelli biondi raccolti in una coda. Il ritratto dell'efficienza: alla fine di ogni seduta era fresca come una rosa, mentre Natalia era esausta.

Uno degli esercizi era particolarmente faticoso, anche perché la faceva sentire stupida. Arianna le mostrava sullo schermo del computer un'immagine di un oggetto o di un'azione semplice. Natalia doveva provare a nominare la cosa ritratta: a volte ci riusciva, a volte sbagliava parola oppure la chiamava semplicemente « cosa ». Nella seconda parte dell'esercizio sullo schermo appariva una serie di lettere mescolate fra loro. Se Natalia non aveva trovato la parola, a quel punto Arianna la pronunciava ad alta voce. Compito di Natalia era poi trovare sullo schermo le lettere che componevano la parola, toccandole con il dito; a volte ci voleva qualche tentativo. Alla fine Natalia scriveva lei stessa la parola su una piccola lavagna.

Quel pomeriggio individuò subito il nome: automobile. Prima aveva pensato a « volante » e « traffico », ma dentro di sé non era convinta. Senza neanche pensarci aveva aperto bocca e le era uscito « automobile ». E ora sceglieva le lettere in mezzo al mucchio.

Q A S S T H M B
O L U I O R E F

Là dentro era nascosta la parola. Natalia procedeva lenta, metodica.

A... U... indugiò sull'H, poi premette la lettera subito a sinistra: T. Il dito rimase sospeso prima di trovare le prossime: O... M... O, di nuovo, senza fretta, non doveva cercare di fare troppo in fretta ma neanche troppo lentamente. B... I... L... E. AUTOMOBILE. Fatto.

Quando scriveva a mano era più facile, le frasi le uscivano di getto, magari con qualche errore ma abbastanza fluide. Il gesto di cercare le lettere sul computer la rallentava, però l'aiutava a memorizzare le parole. Poi, di solito, non le dimenticava più.

Sono come una bambina, pensò, come il primo giorno di scuola. Davanti a lei c'era una serie infinita di giorni, seduta dietro il suo banco o giù nel cortile. Un mare di parole da conquistare, tutta la vita davanti a sé. Ogni giorno qualcosa di nuovo. Come una bambina.

17

La cura migliore

« Vorremmo parlare con suo marito. »

« Ora non c'è. Oggi non ha preso vacanza, sta lavorando. »

« Abbiamo già provato in ufficio. »

« Ah. »

Agnese Mankell strinse il telefono nel pugno. Alla fine c'erano arrivati. Era soltanto questione di tempo, lo sapeva bene, ma una parte di lei aveva continuato a sperare che suo marito e gli altri riuscissero a risolvere tutto. Non era pronta per cambiare vita.

« Sarà andato a visitare qualche paziente. Perché non provate a chiamarlo sul cellulare? »

« Non risponde. »

« Forse l'ha lasciato in macchina. Mio marito è un po' distratto. »

« Se lo sente può per favore dirgli che ha chiamato il commissario De Marchi? Lui mi conosce. »

« Va bene. »

Lui mi conosce. Quelle parole erano l'inizio della fine.

« Va bene » ripeté Agnese. « Mi può lasciare un recapito? »

Il commissario le diede un numero di telefono e Agnese lo appuntò su un pezzo di carta. Poi mise il foglietto in tasca e rimase per qualche secondo immobile. Era salita all'ultimo piano, per cercare un vaso da fiori, e intorno a lei gli oggetti polverosi della soffitta avevano assunto un aspetto minaccioso.

Era la sua vita, i resti di tutta la sua esistenza che la stavano guardando. Vecchi quaderni, vasi, mobili e scatole di libri. Agnese si sentì soffocare. Il suo passato la stringeva alla gola, non voleva lasciarla andare. Corse alla finestrella sulla parete opposta, si affacciò a prendere una boccata d'aria. Dietro il campanile e le case di Cadro, la collina scendeva in direzione di Lugano, verso la distesa del lago.

Agnese chiuse gli occhi. Era finita. La loro vita normale era finita. Che cosa sarebbe successo? Che cos'avrebbe fatto suo marito? Lo stimato dottor Mankell era caduto in disgrazia, e dentro di lei Agnese aveva la sensazione che stesse per accadere qualcosa di molto brutto.

Respirò a pieni polmoni. Anche con la finestra aperta, sentiva l'odore di chiuso e di polvere della soffitta.

Dietro la casa c'era un prato, con una piscina e un gazebo bianco. Dopo un'ora di logopedia nella sua stanza, Natalia aveva bisogno di aria, di muoversi. Propose a Giovanni un bagno in piscina, mentre Contini rimaneva dall'altra parte, a guardare verso il lago.

«Com'è andato il lavoro?» domandò Giovanni.

«Bene» disse Natalia. «Miglioro.»

Gli esercizi diventavano sempre più facili, ma Arianna diceva che erano comunque utili. Natalia parlava e scriveva già abbastanza bene, ma la logopedia l'avrebbe aiutata a superare quei vuoti che la bloccavano. Inoltre aveva ancora la tendenza a confondersi: si avvicinava alla parola giusta ma poi sbagliava mira, a volte senza neppure rendersene conto.

«Vuoi fare il bagno?» chiese Natalia.

«Non ho il costume.»

Natalia non riconobbe la parola, ma ne immaginò il significato. Con un gesto, gli fece capire che in casa c'era tutto l'occorrente.

Fecero un tuffo in piscina, nuotarono e distesero gli asciugamani sull'erba, di fianco al gazebo. Natalia passò la crema da sole a Giovanni, che la ringraziò borbottando un paio di parole. Lei lo sbirciò senza farsi notare. Le sembrava nervoso. Di solito le parlava fissandola negli occhi, e non era a disagio per i silenzi prolungati. Quel giorno invece parlava tra sé, distoglieva lo sguardo, si muoveva più del necessario.

«Sono contenta di vederti» gli disse.

«Non sapevo se avessi da fare» disse lui.

«No. Mi annoio.»

Giovanni era seduto a gambe incrociate sull'asciugamano. Lei invece era distesa, con le mani dietro la testa.

«Cerco di studiare per la scuola.» Natalia parlava adagio, per non stancarsi. «Almeno quello che capisco.»

«Quando ricominci?»

«Settembre.»

Per un po' rimasero in silenzio. Giovanni si sdraiò e Natalia notò che era meno abbronzato di lei, si vedeva il segno della maglietta. Ma aveva la pelle bruna di natura. Era magro, con i muscoli asciutti e poco evidenti, le dita delle mani lunghe, così come il collo. A Natalia piaceva guardarlo, e lasciava che gli occhi corressero su e giù lungo il suo corpo.

C'erano domande anche su Giovanni. Una parte di lei avrebbe voluto non averlo mai conosciuto. Un'altra parte non riusciva più nemmeno a pensare la sua vita prima di lui. Un tempo che ora le pareva indistinto: eppure c'erano i suoi genitori e lei parlava, faceva mille cose, viaggiava. Ogni tanto flirtava con un ragazzo. Giovanni riempiva i suoi pensieri in modo più lento, più avvolgente. Natalia avrebbe voluto sedersi più vicina a lui, gli occhi a pochi centimetri dai suoi, e sentirlo parlare a bassa voce delle macchine che usava in tipografia.

«Che cosa c'è?» domandò Giovanni, con una nota strana nella voce. «Non stai bene?»

Doveva essersi accorto che lei lo stava fissando.

«Sto bene ma sono...» Cercò la parola. «Triste. Sono triste.»

Giovanni batté le palpebre, con l'aria di chi sta cercando cosa dire.

«Posso sedermi vicino a te?» domandò Natalia.

Giovanni le fece posto sull'asciugamano. Natalia era molto stanca, ma aveva voglia di parlare.

«Forse io non ricordo niente.»
«Come?» fece Giovanni.
«Quello che ricordo è uno sbaglio. Forse anche noi siamo uno sbaglio.»
«Noi siamo uno sbaglio?»
«Non lo so. Spero...»
Natalia s'interruppe. Lui le prese una mano.
«Natalia.»
Fece una pausa.
«Natalia, non dovresti dire certe cose. Non c'è nessuno sbaglio.»
Lei guardava le sue dita lunghe, le sue mani con le vene sul dorso.
«È un brutto momento. Ma non dobbiamo pensarci tutto il tempo.»
«Sì» disse Natalia.
«La polizia capirà cos'è successo. Poi te ne potrai stare in pace.»
«Spero.»
Dopo un po' Giovanni chiese:
«Non hai delle amiche che vengono a trovarti?»
«Sì. Ma è difficile parlare.»
Lui le teneva ancora la mano. Natalia desiderava che le passasse un braccio intorno alle spalle, che la stringesse. Desiderava sentire contro il suo il corpo asciutto di lui, senza che ci fossero esitazioni. Allungò le gambe davanti a sé, muovendo il piede nell'erba. Erano lisce e abbronzate. Si mosse di qualche centimetro, avvicinandosi a Giovanni. Sentiva il suo nervosismo, indovinò che non sapeva dove guardare. I loro fianchi si toccavano. Giovanni aveva la pelle calda per il sole.
«Magari quando ricomincia la scuola facciamo più fatica a vederci» disse Giovanni. «Però lavorerò a Lugano. Se vuoi...»
Natalia fissava l'acqua azzurra della piscina. Giovanni proseguì:
«Se vuoi possiamo vederci, ogni tanto».

Natalia si voltò verso di lui. Lo vide chiudere gli occhi, poi riaprirli. Si avvicinò e a un certo punto anche lei si avvicinò. Non era chiaro chi avesse colmato l'ultimo tratto, ma si stavano baciando.

Natalia lo strinse, accarezzò le sue spalle e il suo torace. Non gli permise di parlare, si baciarono e si abbracciarono in silenzio. Il sole del pomeriggio era scomparso sotto una cappa di nuvole, ma sul prato faceva caldo. Natalia sentiva il gusto del sudore, l'odore dell'erba e della crema da sole sulla pelle.

Quando squillò il cellulare di Giovanni lei gli fece segno di rispondere.

«Ho messo la sveglia» disse lui. «Devo prendere il treno.»

Afferrò il cellulare, controllò l'orario e fece una smorfia.

«Quanto ci si mette da qui alla stazione?»

«A piedi?»

«Per forza.»

«Circa venti minuti. Forse Contini ti porta con l'automobile.»

Giovanni scosse il capo. Contini doveva restare lì a controllare che tutto andasse bene. A Natalia piaceva quella sua smorfia di preoccupazione. Lui la salutò con un bacio imbarazzato, poi si rivestì e corse in stazione.

Natalia rimase sdraiata accanto alla piscina. Sperò di non aver commesso uno sbaglio. Ma che importava? Era triste, era contenta. Voleva rivedere Giovanni, voleva telefonargli e parlare con lui. Era un po' spaventata e anche molto stanca. Si sdraiò, chiuse gli occhi.

Sopra di lei passavano le nuvole, ne intuiva l'ombra dietro le palpebre chiuse. Quante cose erano successe in poco tempo. Non riusciva a pensarle, la mente persa nei ricordi che all'ultimo secondo le sfuggivano.

Nel cielo passò un aeroplano. Natalia ne seguì il rumore finché scomparve e all'improvviso si sentì abbandonata. Contini era dall'altra parte della casa, ma lei era sola sul prato, di fianco all'acqua immobile della piscina. Con le nuvole sempre più scure davanti al sole. Perché aveva paura? Che cosa stava per succedere?

Cercò di restare tranquilla.

Giovanni sarebbe tornato presto e prima o poi, se aveva pazienza, la paura se ne sarebbe andata. Fece un respiro profondo. Bastava aspettare. La pazienza era la cura migliore.

18

Mentre Natalia dormiva

Contini la trovò che dormiva sul prato. La coprì con un asciugamano e spostò il gazebo di plastica bianca perché la riparasse dal sole, anche se la massa delle nuvole lasciava filtrare soltanto qualche raggio. Poi tornò sul lato principale della casa, a guardare la strada che saliva dal basso.

Il dottor Mankell, con la sua Toyota, arrivò in anticipo. Di solito si presentava verso le sette, per una breve visita di mezz'ora prima di cena. Il 15 agosto era un giorno festivo: forse Mankell voleva rincasare presto. Intorno a Natalia niente si era fermato, nessuno aveva fatto vacanza. La logopedista, il medico, il giudice Bonetti. Tutti correvano, come se ciò avesse potuto aiutare Natalia.

« Natalia dorme » disse Contini a Mankell, stringendogli la mano.

« Lo so » fece Mankell. « Sono in anticipo. Ma intanto che aspetto ho da fare un paio di telefonate, ho lasciato il cellulare in ufficio. »

« Vuole qualcosa da bere? »

« No, grazie, forse più tardi. So che dovrebbe arrivare anche Bonetti. »

Mankell si ritirò in salotto e Contini restò di nuovo solo sul terrazzo. Non voleva svegliare Natalia: sapeva quanto la stancasse lo sforzo continuo di essere all'altezza, di parlare come se le venisse spontaneo.

Giovanni se n'era andato di corsa, per non perdere il treno. Contini aveva notato una leggerezza nei movimenti, una luce strana negli occhi: tra i due, là sul bordo della piscina, era successo qualcosa. Natalia aveva diciassette anni, forse una bella tempesta amorosa l'avrebbe aiutata più dei medici e degli avvocati. E più di Contini con le sue domande. Forse era meglio dimenticare, come Natalia e Giovanni. Guardare al futuro.

Restava il fatto che Contini non aveva diciassette anni.

Stava nascendo in lui una specie di pozzo, un buco nero nel quale gettare i pensieri sbagliati, il tempo buttato via per inseguire cose che si erano dissolte. Cercava di ricominciare, di non indugiare nelle abitudini. Ma il pozzo non faceva sparire niente: luoghi e persone rimanevano lì, avvolti nel buio, come una ferita che non si vede e continua a sanguinare.

Oppure Contini si comportava come un diciassettenne?

D'accordo, Francesca gli aveva dato una lezione. Lui poteva cercare di riconquistarla, di tornare da lei. O invece poteva decidere di restare aggrappato alla sua indipendenza. Si era costruito la sua libertà creandosi un ritmo ferreo di vita. Ma le sue esigenze, di fronte alla solitudine di Natalia, gli parevano insensate. Anche Francesca era sempre più distante.

Sulla strada comparve la Fiat di Brenno Bonetti. Passava spesso, sul finire della giornata, per controllare che tutto andasse bene. Contini sospettava che non si fidasse di lui, anche se gli aveva dato il permesso di parlare con Natalia. Inoltre aveva l'impressione che il giudice si sentisse in colpa per i ritardi della Commissione tutoria. Si erano riuniti già due volte, ma continuavano a rimandare una decisione definitiva.

La Fiat abbordava le curve con prudenza ma con decisione, con lo stile che il giudice Bonetti metteva in tutto ciò che faceva. Contini si accese una sigaretta mentre seguiva il percorso dell'automobile.

In quel momento venne lo sparo.

Era una cosa fuori posto: così lo catalogò la mente di Contini, nei primi due secondi, senza farsi altre domande. Una detonazione sulla collina di Massagno, in un pomeriggio d'agosto. Una cosa che non c'entra. Poi, dopo tre secondi, Contini si alzò di scatto.

Uno sparo.

Impossibile confondersi. Un colpo di pistola. E veniva dal retro.

Corse in giardino, vide sotto il gazebo la figura di Natalia addormentata. Si avvicinò e si chinò su di lei. Stava bene, stava ancora dormendo. Senza svegliarla, verificò che non fosse ferita. Per fortuna Natalia era semplicemente immersa nel sonno.

E lo sparo?

Contini guardò verso la casa. Nel salotto c'era il dottor Mankell, ma perché avrebbe dovuto sparare? In ogni caso decise di essere prudente. Fece di nuovo il giro della casa, di corsa, e scese la scaletta che portava al parcheggio. Brenno Bonetti stava uscendo dall'automobile, trascinandosi dietro la solita borsa piena di scartoffie.

« C'è un'emergenza » gli disse Contini.

« Prego? »

« Venga, dobbiamo controllare la casa. Non c'è tempo di spiegarle. »

« Ma... »

« Mi segua. »

Contini raggiunse di nuovo Natalia. Era ancora addormentata, non era cambiato niente. Le nuvole in cielo erano sempre più scure e il giudice Bonetti, dietro di lui, aveva il respiro corto.

« Uff, che fatica! Adesso mi vorrà spiegare... »

« Non c'è tempo. Lei resti qui accanto a Natalia. Se succede qualcosa mi chiami. D'accordo? »

« Se succede qualcosa? Ma... »

« D'accordo? »

« Sì, ma... »

Contini non ascoltò le proteste di Bonetti. Si avvicinò in fretta alla casa e poi, lentamente, scavalcò la finestra del bagno di fianco al soggiorno. All'interno si mosse con cautela, guardandosi bene intorno prima di ogni passo. Non aveva un'arma con sé, non pensava mai di portarne una finché non era troppo tardi. Succedeva già quando faceva il detective. Ma da quando era diventato giornalista, la sua Walther PP riposava in fondo a un cassetto chiuso a chiave.

Si avvicinò al salotto, cercando di controllare il respiro.

Forse era soltanto un falso allarme.

In fondo uno sparo dura poco, magari si era confuso, forse qualcuno aveva fatto scoppiare un petardo. Forse nei dintorni c'era un poligono di tiro. Forse...

Basta. Svuotò la mente di tutte le ipotesi e aprì adagio la porta del salotto. Prima di entrare diede un'occhiata restando in corridoio. Ma vide subito quello che c'era da vedere.

Il dottor Mankell.

Su una poltrona di pelle nera, con le braccia scomposte e una macchia rossa intorno alla testa, c'era il corpo di Mankell. Contini verificò che nella stanza non ci fosse nessuno, poi entrò e controllò il polso del medico. Era morto, non c'erano dubbi. Qualcuno gli aveva sparato un colpo di pistola in testa.

QUARTA PARTE

Parola

1

Lettera a nessuno

... lo so, con queste lettere mi contraddico. Da una parte non parlo di me, non mi piace rivelare i miei pensieri. D'altra parte, chissà perché, continuo a scriverle. Forse lo faccio perché lei non conosce le persone, i fatti di cui le parlo. Io scrivo e lei legge, tutto qui, senza domande o spiegazioni.

Vorrei aggiornarla sugli ultimi sviluppi. Prima di tutto, ancora non sono riuscito a incontrare Francesca. Ho provato a telefonarle, ma mi rendo conto che in questo periodo ho altro per la testa. Dopo la morte di Sonia Rocchi, qualcuno ha ammazzato anche il dottor Mankell, che era il socio di Enzo Rocchi.

Sono stato io a scoprire il corpo. Ero lì con Natalia che dormiva in giardino e il giudice Bonetti (quello della Commissione tutoria che decide l'affidamento di Natalia). Bonetti era appena arrivato e quando gli ho detto di Mankell c'è mancato poco che gli venisse un colpo. Per fortuna sono riuscito a calmarlo, gli ho dato qualcosa da bere e l'ho convinto a sdraiarsi sul divano.

In quel momento si è svegliata Natalia, fuori cominciava a piovere. È entrata in soggiorno e ha subito capito che c'era qualcosa che non andava. Per fortuna Bonetti era più tranquillo e mi ha dato una mano. Abbiamo dovuto spiegare a Natalia che c'era un morto in salotto, e che il morto era il suo medico di famiglia. Capisce, prima questa ragazza perde entrambi i genitori, poi qualcuno spara al suo medico. Sono preoccupato, ho paura che nei prossimi giorni accuserà il colpo.

Almeno sono riuscito a impedire che vedesse il corpo.

Subito dopo, mentre aspettavamo la polizia, ho fatto un controllo. E mi sono accorto che non sarà facile spiegare questo omicidio. In giardino c'era Natalia che dormiva; in più, nei giardini e nel cortile delle case adiacenti c'erano persone che nuotavano in piscina e prendevano il sole. Ho fatto un giro di domande: nessuno di loro ha visto passare nessuno. Io stavo tenendo d'occhio la strada e avrei visto qualcuno passare dall'ingresso principale, che fra l'altro era chiuso. C'è un ingresso che porta al parcheggio, ma uscendo di lì l'assassino avrebbe incontrato il giudice Bonetti che stava arrivando in quel momento.

Forse l'assassino era già lì prima che arrivassi io (ma come ha fatto poi a scappare?). Forse era nascosto in giardino (ma com'è possibile che nessuno lo abbia notato?). Forse è riuscito a fuggire durante quei pochi secondi in cui io e Bonetti eravamo accanto al corpo di Mankell (ma perché i vicini non lo hanno visto?).

Insomma, è una brutta storia. Non so perché io mi senta responsabile, forse perché ho trovato Natalia nei boschi, o perché non avevo accettato di parlare con Enzo Rocchi, che mi aveva scritto prima che cominciasse tutto. Fatto sta che ora non riesco a pensare ad altro. So che intorno al Tucano c'è qualcosa di marcio, ma non può trattarsi soltanto di un giro di prostituzione. Dev'essere qualcosa di più grave, qualcosa che possa spingere un uomo ad ammazzare.

Ho tentato di rintracciare Kate, la donna che ha scritto quella lettera a Natalia parlandole delle ricerche fatte da suo padre. Ho pensato che si trattasse di una prostituta, e ho chiamato un paio di contatti nell'ambiente. Ho incontrato un paio di Kate, ma nessuna di loro ha mai lavorato al Tucano. Forse dovrei affrontare di nuovo direttamente Savi.

Contini posò la penna sul foglio e sciolse i muscoli del polso. Era da parecchio tempo che non scriveva tanto a lungo. Era in ufficio, ad aspettare l'ora di chiusura, da solo. Sullo schermo del televisore le immagini senza audio di un vecchio western in bianco e nero. Il computer sulla sua scrivania aveva un salvaschermo, e mandava un lieve ronzio. Era l'unico suono che si sentisse, insieme al ticchettio dell'orologio alla parete. Contini alzò gli occhi. Mancava ancora mezz'ora. Aveva tempo per scrivere e per pensare.

I suoi amici le chiamavano « lettere a nessuno ». Contini le affrancava e le spediva, facendo in modo che nessuno potesse vedere l'indirizzo. Sulle prime Francesca aveva provato a fargli qualche domanda, ma poi aveva capito che era meglio lasciar perdere.

Contini riprese a scrivere. Aveva la testa piena di pensieri, e cercava di liberarsene in qualche modo. Natalia, il Tucano, le ricerche di Enzo Rocchi, i documenti persi nel bosco. La morte di Mankell e un assassino che scompare come un fantasma. Dov'era il senso di tutto questo, da dove bisognava partire? Contini non lo sapeva. Non sapeva più niente.

2

Intorno alla fotografia

Il corpo di Peter Mankell spiccava al centro dell'ufficio. La scrivania del procuratore Bazzi era sgombra, come sempre, e quella fotografia in mezzo al ripiano attirava tutti gli sguardi. Il volto di Mankell era sfigurato dal foro d'uscita del proiettile, e la bocca era irrigidita in una specie di smorfia, come se Mankell fosse morto nell'atto di addentare qualcosa.

Intorno alla fotografia stavano il commissario De Marchi, il procuratore Bazzi, il responsabile della Polizia scientifica Tullio Ferrari e il responsabile della Polizia giudiziaria Luigi Tettamanti. Seduti su quelle seggiole, a semicerchio, sembravano i partecipanti a una seduta spiritica.

L'atmosfera era cupa. Stava parlando Ferrari, della Scientifica, e non lasciava speranze ai suoi colleghi.

« Non sarà facile. » Accennò alla fotografia. « Abbiamo il proiettile, certo, è finito nella parete del salotto. Ma è un normale proiettile di una Sig Sauer P220 in dotazione agli ufficiali dell'esercito. »

« Ma la pistola? » domandò il procuratore Bazzi. « Avete indagato sulla pistola? »

« Dall'analisi del proiettile l'arma risulta pulita. Forse appartiene all'assassino, oppure l'ha comprata come nuova. »

Luigi Tettamanti, il capo della Giudiziaria, era un uomo alto più di due metri, con il volto già solitamente lugubre. In quella circostanza era addirittura funereo. Si schiarì la voce e disse:

« Io non metterei l'accento su questa cosa dell'arma d'ordinanza ».

La Svizzera ha un esercito di milizia obbligatoria, e ogni

soldato possiede un'arma che si tiene in casa, spesso un fucile SG 550, quello che in Ticino si chiama Fass 90. Una volta all'anno, per legge, i cittadini devono fare un esercizio di tiro obbligatorio. Quando capita un suicidio la notizia non viene divulgata, ma in caso di omicidio mediante un'arma militare la stampa reagisce con veemenza. Il procuratore Bazzi condivideva l'invito alla riservatezza, tuttavia si rendeva conto che era troppo tardi.

«Hanno ucciso il medico di Natalia Rocchi.» Anche lui fece un gesto verso la foto. «A questo punto la storia si gonfierà, soprattutto visto che siamo a un punto morto.»

Alla parola «morto» tutti gli sguardi corsero di nuovo alla fotografia. Ferrari riprese la parola.

«Come vedete, gli effetti sono stati devastanti. A giudicare dalla bruciatura sulla nuca e dalla camera di scoppio, è stato un tiro a contatto. L'assassino ha tenuto l'arma a un paio di centimetri dalla testa.»

«E non ci sono altri segni di violenza» disse De Marchi.

«No.» Ferrari tolse altre fotografie da una busta che aveva con sé, gettandole sulla scrivania. «Come vedete, la scena del delitto è pulita.»

«E quindi?» fece Bazzi.

«Non è sicuro» disse De Marchi, «ma è probabile che la vittima conoscesse l'aggressore. O comunque non ne ha avuto paura. Se Mankell avesse sorpreso un ladro, avrebbe reagito in qualche modo.»

«Forse no» disse Bazzi. «Forse il ladro l'ha tenuto a bada con la pistola.»

«E allora perché poi spararagli?» Stavolta toccò a De Marchi fare un gesto verso la fotografia. «Il colpo alla testa ricorda un'esecuzione, ma in questo caso di solito prima si fa inginocchiare la vittima.»

«Mankell non era in ginocchio» intervenne Ferrari. «Il proiettile è entrato in linea retta, attraversando il cervello con una lieve deviazione e uscendo sotto l'occhio destro. L'assassino non ha sparato dall'alto.»

«Se non è stato un ladro, qual è il movente?» chiese

Tettamanti. «E in ogni caso, com'è arrivato lì l'assassino e com'è fuggito?»

Un momento d'imbarazzo seguì queste parole. Nessuno l'aveva ancora detto ad alta voce, ma il caso di cui si stavano occupando era di quelli che la stampa chiama «gialli». I quattro uomini già sentivano le domande dei giornalisti. Il killer di Corvesco ha colpito ancora? La vittima designata era Natalia? L'ex detective Contini è implicato nel delitto? C'è un legame fra Sonia Rocchi e Peter Mankell? È una vicenda a sfondo sessuale?

Il guaio era che quelle domande se le stavano facendo pure loro. E per il momento non c'erano risposte.

«Mankell è stato ucciso prima che potessi interrogarlo» disse De Marchi. «L'ho mancato per un soffio. Comunque un legame fra lui e il Tucano l'avevo trovato: a quanto pare, era il medico di parecchie ballerine, sia privatamente sia per conto dello Stato.»

«Ma siamo poi sicuri» domandò Bazzi «che il Tucano abbia a che fare con il delitto?»

«Avrebbe a che fare con la morte di Sonia, secondo le dichiarazioni di Natalia. Il problema è che non sa specificare la natura del legame.»

«Mi sembra piuttosto vago» fece Tettamanti. «La ragazza non sta guarendo? Non riesce a spiegarsi meglio?»

«Abbiamo cercato d'interrogarla, ma non è facile. Soffre ancora di amnesia da stress postraumatico, oltre che di parziale afasia, e siamo riusciti a malapena a ricostruire la dinamica del delitto.»

«Però abbiamo verificato le dichiarazioni sul Tucano, non è vero?» intervenne il procuratore.

«Ho sentito il proprietario, più di una volta» spiegò De Marchi «e ho appurato che non conosceva nessun membro della famiglia Rocchi.»

«Ma conosceva Mankell» fece Tettamanti.

De Marchi annuì.

«Conosceva Mankell. E Rocchi, prima di morire, aveva fatto domande in giro sui locali notturni e sulla prostituzione. È sicuro che il Tucano, a frugare in profondità, non è al cento per cento in regola.»

«E allora frughiamo!» esclamò Tettamanti, in un insolito scatto di vivacità che scosse il suo lungo corpo.

«Lo faremo» disse Bazzi. «Ma vorrei ricordarvi che, se esiste un legame fra il Tucano e Mankell, oltre che forse fra il Tucano ed Enzo Rocchi, non si capisce che cosa c'entri sua moglie Sonia.»

«Forse il marito si era confidato con lei» disse Tettamanti. «E forse, se non fosse morto d'infarto, Rocchi sarebbe finito come Mankell.»

Il capo della polizia gettò un'altra funerea occhiata alla foto sul tavolo.

Di nuovo tutti gli sguardi furono calamitati dal volto devastato del dottor Mankell. E di nuovo fu Ferrari a riprendere la parola:

«Per il momento non abbiamo indizi circa l'identità del colpevole».

«Nessuna traccia... DNA, impronte, niente?»

«Niente di rilevante» disse il responsabile della Scientifica. «Né per il primo né per il secondo delitto. E non siamo sicuri, dal punto di vista tecnico, che l'assassino sia la stessa persona.»

Tutti ripercorsero mentalmente gli eventi delle ultime settimane. Qualcuno aggredisce Sonia Rocchi a Corvesco; poi la figlia sparisce nei boschi e quando torna, sotto choc, pronuncia parole incomprensibili su un noto night-club; poi si viene a sapere che il medico che ha in cura la figlia, collega del suo defunto padre, ha curato diverse ragazze del night-club; infine qualcuno uccide anche il medico.

Il procuratore Bazzi riordinò le fotografie sulla scrivania.

Tettamanti scosse il capo, stringendo le labbra.

Ferrari tossicchiò.

Fu De Marchi a riassumere i pensieri di tutti:

«È un bel casino».

A quel punto non c'era altro da aggiungere. Ma il procuratore Bazzi, che era efficiente, s'impegnò a dare un senso alla riunione delineando due obiettivi. Primo, tenere lontana la stampa il più possibile. Secondo, frugare intorno al Tucano e a Luciano Savi, per tentare di ricostruire uno straccio di movente. Dopodiché i quattro uomini si salutarono. De Marchi, uscendo, non poté fare a meno di gettare un altro sguardo alle fotografie sulla scrivania. E nel corridoio, dove nessuno lo sentiva, di nuovo borbottò:

«È un bel casino...»

Il Ticino, come ogni piccolo Stato, si prende sul serio. È provvisto di governo, parlamento, istituzioni e di una marea di giornalisti: televisioni pubbliche e private, radio, carta stampata, internet... ogni mezzo è buono per raccontare ciò che accade fra Chiasso e Airolo. In un paese dove fa notizia un litigio nella società Amici del Carnevale, un doppio omicidio conquista le prime pagine e le tiene per un bel po'. Soprattutto quando corre voce di una pistola d'ordinanza, in dotazione agli ufficiali dell'esercito, usata per ammazzare un noto medico.

Contini al giornale era una specie di tuttofare. Nei periodi caldi, quando mancavano redattori disponibili, gli capitava di seguire qualche conferenza stampa di minore importanza. Quel giorno perciò gli toccò sorbirsi l'infinito discorso della presidente di TEN (Ticino Energia Nuova), mentre i suoi colleghi erano impegnati a riempire il giornale.

Oltre al doppio delitto, c'era parecchia carne al fuoco. Era appena finito il Festival del film di Locarno, con il suo corredo di pettegolezzi culturali. Poi c'era un litigio ai vertici della Società elettrica ticinese, c'era un aumento del traffico in autostrada e delle polveri fini nell'aria. Infine un membro del Consiglio di Stato aveva rilasciato incaute dichiarazioni a danno di un collega e quindi, indirettamente, dell'aurea collegialità elvetica.

«Noi pensiamo che per un benessere spirituale» diceva la presidente di TEN «occorra rivalutare il concetto di abitazione e architettura.»

Il gruppo proponeva una serie di corsi per arredare la propria casa in maniera da trarne un'energia positiva.

« Non si tratta soltanto del feng shui, ma di una vera e propria cultura dell'abitare, che tenga conto della terra e degli astri, del pensiero e delle esigenze pratiche. »

I membri dell'associazione avevano riservato una sala al primo piano di un albergo, vicino alla stazione di Bellinzona. C'era un tavolo rotondo con quindici cartelle stampa, bottiglie di acqua minerale e cd-rom con le fotografie. A un capo del tavolo sedevano i tre inviati dei quotidiani, compreso Contini. All'altro capo, la presidente attorniata da cinque membri del comitato. Era una donna di stazza robusta, con una nube soffusa di capelli biondi intorno al capo.

« Cosa intendete per influssi astrali? » domandò un giornalista.

« Non parliamo dei banali oroscopi delle riviste » rispose la presidente, « ma di qualcosa di ben più profondo. Io ho studiato l'argomento per anni, e posso dire che c'è molto da imparare, basta essere aperti. »

Contini era abituato a pubblicizzare quel tipo d'incontri, conferenze e serate pubbliche: tutte cose che aiutavano la gente a uscire di casa, invece di guardare la televisione. Si appuntò due frasi sul foglio e lasciò che la mente divagasse.

Dopo l'omicidio di Mankell, la polizia aveva cominciato a innervosirsi per la presenza di Contini. Soprattutto il commissario De Marchi, che l'aveva interrogato a lungo. Come dargli torto? Contini aveva trovato Natalia, era sempre in mezzo ai piedi, aveva pure scoperto il cadavere.

« Un luogo non è soltanto un luogo, ma un modo di fare esperienza. Quando tornate in un luogo dove siete già stati, risentite gli influssi buoni o cattivi dell'energia. »

Contini stava ancora tentando di rintracciare quella fantomatica Kate, tramite un suo conoscente all'Ufficio dell'immigrazione. Ma dopo aver scritto la lettera, Kate sembrava scomparsa nel nulla. Aveva provato a interrogare di nuovo Natalia ma lei era taciturna: non era più tornata a Corvesco, e anche gli incontri con Giovanni si stavano diradando. Era come se volesse lasciarsi tutto alle spalle.

«Molti ci chiedono di formulare un piano energetico, ma io dico: è impossibile se non studiamo la vostra situazione personale, non siamo dei ciarlatani. Ognuno deve tornare nei suoi luoghi dell'energia, deve attingere alle proprie risorse primordiali.»

Contini era abituato a prendere appunti senza badare a ciò che scriveva. Ma ora qualcosa lo colpì. C'era un collegamento fra i suoi pensieri e gli sproloqui della presidente.

«Noi facciamo dei corsi per aiutare ognuno a tirare fuori il proprio io interiore. Questo permette di stare in pace con se stessi, e di rispettare l'ambiente che ci circonda. Ma se c'è un luogo di crisi, noi insegniamo come tornare, come reagire agli influssi negativi trovando il punto, come dire il chakra metafisico che...»

Tornare. Quella era la parola chiave. Natalia stava piano piano riacquistando le parole, ma i suoi ricordi erano ancora bloccati. Forse la soluzione era convincerla a tornare a Corvesco.

«In occasione del nostro primo anno di vita, abbiamo deciso di offrire dei biglietti per la Fiera energetica che si terrà a Molino Nuovo...»

La polizia stava indagando intorno al night-club di Savi, ma Contini credeva che la verità fosse più intima. Era chiusa dentro Natalia, bisognava soltanto trovare la chiave. Quella ragazza aveva visto qualcosa che l'aveva confusa, non si trattava soltanto della morte di sua madre. C'era una zona d'ombra, un elemento non ancora risalito alla superficie.

«Ci sono domande?»

La presidente si guardò intorno speranzosa. Ma domande non ce n'erano mai, i giornalisti avevano fretta di tornare in redazione per scrivere i loro articoli.

«Bene, se non ci sono domande...»

La conferenza stampa si avviò serenamente verso la fine.

3

Natalia scrive ancora

Massagno, 20 agosto

Mi viene ancora da piangere. Tutti dicono che le cose migliorano. Io scrivo bene e parlo sempre meglio: quando sbaglio, me ne accorgo subito. Il medico dice che non ci sono lesioni cerebrali, la mancanza di parole è un effetto dello stress postraumatico. Però mi viene da piangere. Non solo perché sono rimasta sola o per la paura che lui riesca a trovarmi. Ma perché la mia vita è cambiata.

A me piaceva com'era prima. Vorrei tornare a prima. Parlavo senza problemi, non c'erano buchi nella mia memoria. Adesso invece, quando provo a pensare alla ~~luna~~ ~~buio~~ alla notte

notte

notte, alla notte del primo d'agosto, resto con un vuoto. Certe volte confondo la mancanza di ricordi con la mancanza di parole. Per esempio, quella sera mi sembra di vedere più volte la   due volte lui che uccide mia madre. Come se fosse successo ancora e ancora. Questo perché senza le parole per raccontarlo, ogni volta il ricordo cambia.

È difficile da spiegare.

Ho provato a dirlo a Contini, ma lui mi dice che pensando non arriverò a capire. Devo tornare lì e rivedere la ~~porta~~ casa e provare a ripetere i movimenti che ho fatto. Ma io non voglio.

Massagno, 21 agosto

Devo spiegare a Contini che voglio uscire da questa
questa storia
situazione – voglio uscire da questa situazione e tornare alla mia vita. Perciò devo smetterla con i ricordi, concentrarmi sulla possibilità di tornare a scuola, sul mio futuro. Devo spiegarlo anche a Giovanni, lui non sarà contento. Non è colpa sua. Siamo stati sfortunati. Ma io non posso continuare a nascondermi nella ~~pausa vacanza~~

nascondermi in quello che c'è fra di noi, anche se mi piace, lui mi piace, ma è come ~~una nave~~ un'ancora che mi tiene legata a ciò che è successo, all'omicidio, alla paura.

Ecco. Devo dire a Giovanni che ho troppa paura.

Non è nel mio carattere, lo so. Ma ora non sono pronta per lottare.

So che ~~l'uomo~~ l'assassino è un pericolo che non se ne andrà. Ancora non riesco a pensarci con chiarezza, ma mi rendo conto che quel giorno a Corvesco, sotto la pioggia, qualcosa mi ha fatto ripensare a lui. Forse l'ho visto? Perché il ricordo si è già cancellato? So che un uomo mi parlava, ~~sul giallo~~ sull'autopostale, ma non ricordo che cosa diceva.

Ricordo soltanto Peter, lui mi ha spiegato cosa diceva l'uomo.

E ricordo che ho pensato: non sono al sicuro. Infatti Peter è morto a casa mia. Vuol dire che sono raggiungibile, che prima o poi l'uomo tornerà. Ma c'è un momento per lottare e un momento per fuggire. Questo è il momento di fuggire. Quando saprò come gestire la paura e la mancanza, allora potrò cercare la verità. Adesso non voglio più andare a Corvesco, e nemmeno parlare con Contini. Ho bisogno di allontanarmi.

Anche oggi, mi domando: avrò ancora una vita nor-

male? Poi penso che non esiste, una vita normale. Giovanni dice che io ~~penso~~ rimugino troppo. Forse ha ragione. Ma lui non si rende conto.

Devo spiegare a Giovanni che non possiamo più vederci.

4

Il respiro della roccia

Prima di andarsene, Giovanni voleva passare da Contini. Ma continuava a rinviare il momento. Alla fine si trovò a riempire il portabagagli e Contini ancora non l'aveva visto.

« Che c'è? » gli domandò suo padre. « Non vuoi tornare a casa? »

Giovanni rispose con un mugugno.

Verso la fine di agosto, a Corvesco, le case dei villeggianti avevano quasi tutte le imposte chiuse. Come un segno della fine. Dopo un periodo di pioggia, il sole bruciava e gli insetti ronzavano sui prati; ma le giornate erano più corte, dopo cena si stava in casa. I pensieri diventavano autunnali: voglia di città, di traffico, di serate al cinema.

Giovanni odiava quei giorni. Non era un pigro o un sentimentale che rimpiangeva la dolcezza delle vacanze estive. Però si rendeva conto che Natalia sarebbe rimasta per sempre legata alla violenza di quei giorni d'agosto, ai temporali, ai boschi pieni di vita.

Natalia l'aveva piantato. Perché farla lunga? Sono cose che succedono.

« Mi sembri un po' strano, in questi giorni. »

« Non è niente. »

« Hai litigato con Natalia? »

Suo padre non gli faceva spesso domande del genere. Ma l'arrivo di Natalia era stato l'evento dell'estate: sua madre lo guardava con occhi strani, Pietro e Viola lo prendevano in giro, i suoi amici ne parlavano. Giovanni era sotto l'occhio dei riflettori.

« Una specie. »

« Una specie cosa? »

«Una specie di litigio.»

«Devi capire che lei è ancora un po' scossa. Non è facile fidarsi delle persone, dopo che ti è successa una cosa del genere.»

Giovanni non disse niente e infilò una borsa nel bagagliaio. Non è mai facile fidarsi delle persone. Ma lui aveva creduto che con Natalia fosse nato qualcosa di speciale. Non era di sicuro un esperto, però aveva avuto le sue storie estive, al mare, e sapeva che con lei era diverso.

Natalia aveva paura. Si sentiva in colpa perché si erano conosciuti dopo il delitto; anche se fra di loro c'era qualcosa di bello, tutto era sporcato da quella notte, dai ricordi di quella fuga nel bosco. Perciò Giovanni voleva parlare a Contini. Era necessario che saltasse fuori l'assassino, perché Natalia potesse liberarsi dai suoi incubi.

E perché loro potessero tornare insieme.

«Giovanni, ha detto la mamma che posso bere una gazzosa!»

Giovanni guardò sua sorella Viola.

«E allora bevila.»

«Ma devi portarmi tu!»

«Cosa?»

«È l'ultima gazzosa, voglio berla prima di partire, andiamo al grotto, io ho i soldi, vedi? Forse ne puoi bere una anche tu!»

Viola gli saltellava intorno. Giovanni sospirò e chiese a suo padre:

«Finisci tu?»

Lui sorrise.

«Beviti una gazzosa, che fa sempre bene...»

Il grotto Pepito a quell'ora era quasi deserto. Giovanni notò subito Contini. Stava seduto davanti a una tazza di caffè, con una giacca stropicciata e un cappello appoggiato sul tavolo. Stava leggendo un foglio, sembrava una lettera. Ormai Giovanni non ci sperava più, e invece aveva un'ultima occasione. Ma Viola non lo mollava un secondo.

«Sediamoci lì, dove c'è il sasso che respira!»

Il posto preferito di Viola era quello che di solito tutti evitavano. Subito sotto la parete della montagna, dentro una rientranza, come se il tavolo facesse parte della roccia. A Viola piaceva perché da una fessura nella pietra veniva un soffio di aria gelida che non cessava mai, nemmeno nei giorni più caldi dell'anno.

Giovanni l'accompagnò al tavolo e disse:

«Vado a chiedere due gazzose».

«Vengo anch'io!»

Viola era una bambina attenta alle tradizioni. L'ultima gazzosa dell'estate, prima di tornare a scuola, era un momento solenne. Perciò non voleva perdersi nemmeno un istante. Seguì passo passo Giovanni fino all'ingresso, salutò compita Giocondo Bottecchi e ordinò lei stessa le due gazzose. Giovanni cercava un pretesto per parlare insieme a Contini.

«Viola, se mi aspetti qui vado in bagno.»

«Vengo anch'io!»

Ti pareva. Giovanni guardò Giocondo, il quale capì l'antifona.

«Aspetta, Viola, aiutami a scegliere le gazzose più buone.»

«Ma non sono tutte uguali?»

Giocondo fece un'espressione solenne dietro i baffoni neri.

«Eh no, signorina mia... bisogna annusare le bottiglie!»

«Annusare?» disse Giovanni.

«Tu non preoccuparti.» Giocondo gli strizzò l'occhio. «Facciamo noi.»

«Io sono brava ad annusare!»

«Adesso vedremo... accompagnami in cantina.»

Nel frattempo Giovanni si era già allontanato. Quando Contini lo vide avvicinarsi, lo salutò con un cenno del capo.

«Disturbo?»

«Siediti» disse Contini. «Bevi qualcosa?»

«Sono con mia sorella.» Giovanni si sedette sulla panca di sasso. «Oggi torniamo in città.»

«Ti dispiace?»

«Un po'.»

Mentre Giovanni pensava a come entrare in argomento, Contini ripiegò il foglio che stava leggendo e domandò:

«Con Natalia come va?»

«Non ci vediamo più.»

Contini alzò le sopracciglia.

«L'ha voluto lei» spiegò Giovanni. «Me l'ha detto l'ultima volta che ci siamo visti, e poi me lo ha ripetuto al telefono.»

«Cosa ti ha detto?»

«Niente, vuole restare da sola. Troppi brutti ricordi.»

«Forse le passerà.»

«Ecco, è di questo che volevo parlarti...»

Con la coda dell'occhio Giovanni vide che Viola e Giocondo stavano risalendo dalla cantina. Non aveva molto tempo.

«Io vorrei capire cos'è successo il primo d'agosto, cos'ha visto Natalia. Secondo me è l'unico modo per aiutarla. Io ho provato a cercare quei documenti, nel bosco, ma è stato inutile. Allora volevo sapere se sei riuscito a trovare quella donna, Kate, se sei riuscito a capire la sua lettera.»

Giovanni si fermò di colpo. Aveva parlato d'un fiato, tenendo gli occhi bassi. Poi li alzò per cercare una reazione. Contini lo fissò per un paio di secondi, poi disse:

«Hai ragione, non ti ho più fatto sapere. Ma nel frattempo ho chiesto a qualche amico che ho nell'ambiente. Nessuno sa dov'è Kate, ma spero che lei venga a sapere delle mie domande. Può darsi che si faccia viva».

«Fammi sapere se hai bisogno d'aiuto.»

Contini annuì. Giovanni esitò per un paio di secondi, poi chiese:

«Hai più parlato con Natalia?»

«Mi ha detto che vuole lasciarsi alle spalle questa storia. Non ci sarebbe niente di male, tranne per il fatto che... be', l'assassino è ancora in giro.»

«Pensi che voglia farle del male?»

« Ti ricordi quando Natalia e Mankell sono arrivati a casa mia bagnati fradici? C'era quel temporale, un paio di settimane fa, e... »

« Mi ricordo. »

« Ecco. Mankell ha sminuito, ma Natalia era scossa, come se fosse reduce da una brutta esperienza. Allora mi sono chiesto: e se avesse rivisto l'assassino? Se lui la stesse tenendo d'occhio? »

« E Mankell? Perché lui non se n'era accorto? »

« Mankell è stato ucciso. Non so cosa ne pensa la polizia ma per me i due delitti sono collegati, e questo fa sì che Mankell potrebbe essere coinvolto in qualche modo nell'uccisione della madre di Natalia. »

Giovanni aveva in testa mille domande, ma notò che Viola si stava avvicinando con le gazzose. Aveva un'espressione imbronciata.

« Se vuoi posso parlare io con Natalia. Magari a me dà retta. »

« Ma non hai detto che non vi vedete più? »

« Le telefono. »

Contini scuoteva il capo.

« È meglio non insistere, per adesso. »

Giovanni si accorse che Viola era a una decina di passi. Camminava sulla punta dei piedi e mostrava le bottiglie di gazzosa facendo smorfie nella sua direzione.

« Posso farti un'altra domanda? »

Contini annuì.

« Adesso Natalia è... voglio dire, quelli della Commissione tutoria hanno deciso a chi sarà affidata fino ai diciotto anni? »

« L'altro giorno ho parlato con Brenno Bonetti. Naturalmente non si è sbilanciato, ma mi è parso di capire che abbiano deciso per Corrado Bossi, l'avvocato di famiglia. »

Viola non riuscì più a resistere:

« Giovanni! Ha detto la mamma... »

« Arrivo. »

«... che dobbiamo fare in fretta! Perché continui a parlare? Io e Giocondo abbiamo annusato le bottiglie migliori!»

«Annusato?» fece Contini.

«Quelle più buone hanno un odore di buono» spiegò Viola. «Si sente subito. Tu chi sei?»

Giovanni era in imbarazzo. L'ultima cosa che avrebbe voluto era un incontro fra Viola e Contini, con tanto di discussione sull'odore delle bottiglie. Prese per mano la bambina.

«Andiamo, Viola...»

Ma lei si divincolò e si rivolse di nuovo a Contini.

«Abiti qui? Chi sei?»

«Mi chiamo Contini.»

«Tu non la prendi una gazzosa?»

«Che gusto hanno? Mandarino?»

Viola storse la bocca.

«Non mi piacciono al mandarino.»

«Nemmeno a me.»

Alla fine Giovanni riuscì a trascinarla via. Avrebbe voluto prendersi a pugni: aveva fatto una figuraccia dopo l'altra. *Hai bisogno d'aiuto?* Bell'aiuto, da uno che non ha nemmeno l'età della patente. *Se vuoi posso parlare io con Natalia.* Ridicolo!

Viola aveva già versato la gazzosa nelle tazze, ora stava cercando di contare le bollicine. Giovanni seguì con gli occhi l'ex detective che si allontanava e prendeva il sentiero per la parte alta di Corvesco.

«Facciamo a chi beve più in fretta?»

«No, beviamo con calma. È l'ultima gazzosa dell'estate.»

«È vero.» Viola si rattristò. «Quanto manca alla prossima estate?»

«Abbastanza perché ci venga sete.»

Ognuno bevve un sorso della propria gazzosa, con la solennità che si dedica a un cerimoniale. Poi Viola accostò la guancia alla fessura nella roccia, per sentire lo spiffero di aria gelida. Domandò:

«Ma il sasso respira anche d'inverno? Anche quando siamo a Lugano?»

«Lui resta qui» rispose Giovanni. «Ci aspetta.»

«Respira per tutto il tempo?»

«È un sasso. Non ha altro da fare.»

Anche Giovanni accostò la faccia alla fessura e rabbrividì sentendo l'aria pungergli la pelle.

Chiuse gli occhi e cercò di fare ordine nei suoi pensieri. Rivide la faccia di Natalia nel bosco, quando si erano conosciuti, e il suo corpo abbronzato sul bordo della piscina, a Massagno. Poi, come portata dall'aria fredda, venne l'immagine di Natalia il giorno del temporale, a casa di Contini. Mankell sorrideva, togliendosi l'impermeabile, e Contini preparava il tè. Fuori c'era il diluvio. Sul momento Giovanni non l'aveva notato, ma ora si rendeva conto che gli occhi di Natalia erano pieni di paura.

«Mi hanno detto che c'era anche il Contini...»

«Io se fossi la polizia la terrei d'occhio quella ragazza.»

«Era sul terrazzo, controllava la strada. Il dottor Mankell era in salotto.»

«Prima ammazzano sua madre, poi il suo medico...»

«Ma Contini? Non ha visto niente?»

«Ha sentito il colpo, quando stava arrivando il giudice Bonetti. Ma prima lui era lì da solo, c'erano lui e Natalia.»

«Il Contini era sul balcone, lei era sul prato.»

«Da solo, eh? E la polizia lo sa? Non vorrei essere nei suoi panni...»

Contini non le sentiva, le chiacchiere, però sapeva che c'erano. Le intuiva dietro le porte chiuse e negli angoli delle piazze, indovinava il pettegolezzo nel lampo di un'occhiata, nell'esitazione prima di un saluto. Perché ogni volta che c'è uno scandalo salta fuori il nostro Contini? Che cosa c'entra lui con la famiglia Rocchi?

Il gatto grigio lo stava aspettando sotto il portico, con le palpebre mezzo chiuse. Tira una brutta aria, Contini. Lo so, ma non è colpa mia. Contini aprì la porta e il gatto lo seguì trotterellando in cucina. Hai smesso di fare il detective proprio per poterti fare gli affari tuoi. È vero, ma non posso fare finta di niente. Aprì una scatoletta di carne e la versò in una ciotola. Non posso lasciare Natalia nei guai. Be', contento tu. Il gatto cominciò a mangiare e Contini prese una birra dal frigorifero. Mise un disco di Bénabar, alzò il volume e uscì sotto il portico.

Il dondolo di vimini guardava il paese, più in basso. Contini lo girò e lo spostò di qualche metro, in maniera che fosse rivolto verso gli alberi sui lati della casa. Si accese una sigaretta. Il bosco era una parete scura, dalla quale usciva il suono del Tresalti. Là dentro c'era la chiave di tutto.

Però Natalia non voleva più tornare a Corvesco, non voleva rispondere alle domande. E allora non restava che tentare l'altra via: la lettera di Kate, gli agganci con il Tucano. Contini trasse di tasca il foglio che stava leggendo da Pepito.

Caro Contini,

io preferisco scrivere lettere con la penna, senza usare il computer o il telefonino, ho imparato che è più sicuro. Mi hanno dato il tuo numero, mi hanno detto che mi cerchi per farmi domande su dottor Rocchi e dottor Mankell che è morto. Ti prego però di smettere, perché è pericoloso. Io non posso aiutarti, finché signor Savi non decide di raccontare quello che è successo. Ma se io voglio, so come raggiungerti.

Kate

Contini tirò una boccata e buttò fuori lentamente il fumo. Poi ripiegò la lettera e, da un'altra tasca, trasse il biglietto che aveva trovato nel bosco, vicino a casa Rocchi.

UMERI TE   ONO UTILI

KATE (T   NO) - 079 80   14

(CHIAM   NFERMA)

MERO ''TUCANO'': 091   55

NUMERO LUCIANO   I: 4

FICIO PERMESSI: 8 21

Ecco finalmente i punti di contatto. Il Tucano, il foglietto trovato dove Natalia era fuggita e Kate che finalmente usciva allo scoperto, accusando Luciano Savi. Contini non voleva mettere nei guai la donna. Qualche domanda era bastata per spaventarla, se avesse coinvolto la polizia non avrebbe più raccontato niente. Piegò il foglietto e lo ripose in tasca. Fumò in silenzio per qualche minuto.

Contini conosceva cose che la polizia non sapeva. Le lettere di Kate, per esempio, oppure il fatto che Savi si aggirava nei boschi di Corvesco poco dopo la morte di Sonia Rocchi. Faceva bene a non dire niente, a seguire da solo la sua strada, oppure avrebbe dovuto parlare con De Marchi?

Non ancora, pensò. Non ancora.

Prima di ritirarsi, voleva fare un tentativo. Era convinto di avere un certo ascendente su Savi, e magari poteva usare la minaccia di andare alla polizia per farlo parlare. La verità era da qualche parte nei boschi, Contini ne era sicuro, ma se Natalia non voleva più tornare e ricordare, non restava che tastare il polso a Savi.

Forse era lui l'assassino?

Contini non credeva, non gli sembrava il tipo. Ma di sicuro sapeva più cose di quante ne dicesse.

5

Professionisti

14.12
21.12
4.1.

Le automobili avevano i fari abbaglianti accesi. Per entrare nel parcheggio bisognava superare uno scalino di terra battuta, con un colpo di acceleratore, e i fari per un istante puntavano verso l'alto. Erano macchine grosse, con i vetri scuri, come animali da preda.

Contini lasciò la sua automobile lungo il marciapiede, a qualche centinaio di metri. Poi attraversò a piedi il parcheggio, un cortile polveroso di fianco a una vecchia casa disabitata. Sull'altro lato della via c'era un distributore di benzina. Contini si fermò accanto al cancello. Più lontano s'intuivano le luci dell'autostrada e in fondo, sulla collina, quelle dei castelli di Bellinzona.

Il Tucano non si affacciava sulla strada cantonale, ma era nascosto da una siepe. Per arrivare alla porta principale si percorreva un vialetto, poi si veniva scrutati da un addetto alla sicurezza e si poteva lasciare la giacca in un vestibolo dalle pareti scrostate.

Dietro una massiccia porta d'acciaio, cominciava la festa.

Nella pedana al centro si ballava, ma la maggior parte delle persone si limitava a starsene seduta ai tavolini. Contini cercò un posto isolato, ordinò una birra e si guardò intorno. Prima di parlare con Savi, gli sarebbe piaciuto fare due chiacchiere con una delle ragazze. Come immaginava, non ci fu bisogno di aspettare a lungo.

«Sei tutto da solo, stasera?»

«Adesso siamo in due.»

«Mi offri qualcosa?»

Contini le indicò di mettersi a sedere.

«Prima posso farti una domanda?»

Lei aggrottò le sopracciglia. Era una donna sui trent'anni, dalla pelle chiara e gli occhi di un azzurro slavato. Indossava un top scintillante di lustrini sopra una minigonna.

«Perché?»

«Una volta sono venuto qui e ho conosciuto una certa Kate.»

«Io sono Ellen. Non vuoi offrirmi da bere?»

«Kate è andata via?»

Ellen fece il broncio.

«Adesso ti offro da bere» disse Contini, «ma prima voglio sapere di Kate. Io e lei andavamo d'accordo.»

«Non la conosco.»

«È stata male? Anche lei come Vicky?»

Ellen si ritrasse.

«Cosa sai tu di Vicky?»

Contini aveva sparato alla cieca, ma gli era andata bene.

«Kate me ne ha parlato. Era molto spaventata. Io sono un medico, ho pensato che potevo aiutarla.»

«Tu sei il dottore che cercava le fotografie?»

Contini registrò l'informazione. Un altro punto di contatto fra l'inappuntabile famiglia Rocchi e quel torbido nightclub. Chissà i suoi colleghi al giornale, se l'avessero saputo, come si sarebbero scatenati. Si avvicinò alla ragazza, sfiorandole il braccio, finché tra i loro volti non restarono che pochi centimetri. Sembrava che si dovessero baciare.

«Voglio aiutare Kate, e se tu sei sua amica...»

«Io non c'entro.»

Ellen si scostò e si alzò. Sotto il fondotinta, le guance si stavano arrossando. Contini capì che ormai l'aveva persa.

«Allora, Ellen, lo beviamo questo champagne?»

«Bevi da solo. Devo andare.»

Contini le scostò la poltroncina per farla passare. Ellen attraversò la pedana, salì sul palcoscenico e s'infilò dietro il sipario. Se non altro, pensò Contini, ora non mi toccherà più cercare Luciano Savi. Si fece portare un'altra birra e si preparò all'attesa.

Il Tucano era un posto che funzionava senza pubblicità. Aveva una semplice insegna al neon, senza cartelli e senza richiami. A partire da Castione, percorrendo il fondovalle verso nord, capita d'incontrare posti del genere: nascono come i funghi, senza preavviso, e come i funghi marciscono in fretta. Intorno appaiono e scompaiono carrozzerie, saloni di massaggi e negozi di ferramenta. Il Tucano era uno dei pochi a resistere anno dopo anno, incurante della crisi e dei piani regolatori.

Contini stava per finire la seconda birra, quando un uomo uscì dall'oscurità e si sedette al suo tavolo. Contini alzò lo sguardo e vide chi non si aspettava di vedere. Cercò di non mostrare il suo stupore, limitandosi a chiedere:

«Anche lei ama questi posti, commissario?»

«No.» De Marchi posò i gomiti sul tavolo. «Però mi hanno svegliato per comunicarmi che lei era qui.»

«Non mi dica. E perché?»

«Perché lei è sempre in mezzo ai piedi, Contini, lei sta esagerando. Prima salta fuori con un cadavere, adesso ronza intorno a Savi.»

«Ronza?»

«Noi stiamo facendo un lavoro di sorveglianza, e non vogliamo che mandi tutto all'aria. Guardi, se non sparisce il più in fretta possibile da questa storia, rischia di trovarsi in un grosso casino.»

«Ha parlato di sorveglianza?»

«Contini, ma cosa sta cercando?»

«E lei?»

De Marchi sbuffò e posò l'accendino sul tavolo. Non si poteva fumare, ma il commissario aveva bisogno del suo antistress.

«Lo dico per lei, Contini. Questa sua ossessione per il Tucano e per Natalia Rocchi può sembrare molto sospetta.»

«Alla fine mi arresterete.»

«Io non ci scherzerei.»

De Marchi si sporse avanti sul tavolo e lo fissò negli occhi.

«I pezzi grossi sono molto preoccupati, e se lei continua a dare fastidio quelli non ci pensano due volte a sistemarla.»

«Grazie dell'avvertimento.»

«Ora vada.»

«Ma vorrei prima salutare il nostro Savi, almeno dirgli...»

«Contini!»

«... che sono passato di qui.»

«Contini, adesso lei se ne va e non voglio più sentire che si trova immischiato con Savi o con Natalia Rocchi. Altrimenti la incrimineremo, e non sto scherzando. Paghi la sua birra e se ne vada.»

Contini si alzò, posò un biglietto da dieci franchi sul tavolo e disse:

«Ne beva una lei alla mia salute».

Poi si voltò e uscì dal locale.

Avrebbe potuto mettersi a discutere, appellarsi alla libertà di un privato cittadino. Ma non voleva tirare troppo la corda, tanto più che non poteva certo provocare Savi in presenza del commissario.

Appena fuori respirò una boccata di aria fresca. Era una notte serena, non faceva troppo caldo. Davanti all'ingresso c'era il gruppo dei fumatori, uniti da una segreta, e forse un po' forzata, complicità. Un ragazzo con gli occhiali da sole appoggiati sul capo domandò a Contini se avesse una paglia. Contini gli porse una sigaretta e gli chiese:

«Vieni spesso qui?»

«Ogni tanto. Non è male.»

«Bel posto» fece Contini.

Il ragazzo alzò le spalle, come per dire: ho visto di meglio e di peggio.

«Conoscevo una certa Kate» cominciò Contini.

Ma il ragazzo lo interruppe subito:

«No, be', io non conosco nessuno, mica vengo qui tutte le sere».

«Kate?» intervenne un altro fumatore, un tizio gonfio di

muscoli con una cravatta rosa sgargiante. «Ho in mente chi è. Però è tornata a casa.»

«A casa?»

«Lo so io dov'è andata» disse un uomo ancora più muscoloso di Cravatta Rosa. «Mi ha dato il suo indirizzo.»

«Hai tutte le fortune!» fece Cravatta Rosa.

«No, sono uno simpatico...»

Sul braccio sinistro aveva tatuata una farfalla. Doveva risalire alla sua vita prima della palestra, perché le ali erano allargate e stirate dai muscoli tesi. Spense la sigaretta per terra e disse:

«Vabbè, adesso io vado... magari torno più tardi».

Cravatta Rosa e gli altri lo salutarono con un cenno del capo, e Farfalla si avviò verso il parcheggio. Contini finse di aver ricevuto una telefonata e si allontanò dal gruppo.

Ritrovò Farfalla nel parcheggio, grazie al suono pesante dei suoi passi sulla ghiaia. Distinse la sua sagoma scura vicino al muro di cinta e fece per avvicinarsi. Ma quando fu a pochi passi ebbe l'impressione di inciampare, o che gli avessero tolto il terreno sotto i piedi. Una frazione di secondo più tardi, mentre cadeva con le mani davanti a sé, si rese conto che qualcuno l'aveva spinto.

Si graffiò i gomiti atterrando sulla ghiaia. Si girò sul fianco e sentì un soffio davanti a lui, seguito da un forte dolore alla tempia. Batté la testa per terra e poi di nuovo sentì un colpo alla nuca.

Qualcuno lo stava prendendo a calci.

Si rannicchiò e portò le mani davanti alla faccia. Un altro colpo lo raggiunse di striscio. Poi gli strattonarono la camicia e una voce disse:

«Tirati su!»

Contini capì che erano in due. Uno alle sue spalle, quello che gli aveva parlato, e poi uno davanti che lo tempestava di calci. Si rialzò barcollando. Aveva la sensazione che la persona alle sue spalle fosse Farfalla, ma non ne era sicuro. Intuì la massa di due corpi bene allenati, e fece qualche passo indietro. Ma un colpo lo raggiunse sulla guancia e gli fece voltare la testa. Si girò dall'altra parte e sentì qualcosa che gli affondava nello stomaco.

Lo stavano pestando in silenzio, come due professionisti, senza un attimo di respiro e senza bisogno di parlare.

6

L'uomo che non c'era

Il commissario De Marchi non riusciva a decidere se Contini lo prendesse in giro o se fosse davvero strano. Era uscito facendo il gran gesto di lasciare dieci franchi, e poi saltava fuori che prima di andarsene si era scolato due birre. Due birre, che al Tucano costavano otto franchi l'una. Più quella bevuta da De Marchi faceva ventiquattro franchi.

Forse Contini era semplicemente furbo.

Il commissario borbottò fra sé e decise che avrebbe messo tutto nella nota spese. Lasciò un altro biglietto da dieci e una moneta da cinque sul tavolo, poi si diresse verso la parte alta del locale. C'era un punto, nascosto da una tenda, che aveva l'aria di essere il cuore del Tucano.

Prima che il commissario raggiungesse la zona, la tenda si scostò e apparve Savi, con le basette perfettamente allineate ma la faccia scura.

«Ha bisogno di qualcosa?»

«Direi di sì.» De Marchi passò dietro la tenda.

«Mi scusi, commissario.» Savi lo seguì. «Non le sembra di esagerare?»

De Marchi afferrò la tenda e chiuse il varco della zona privé. Poi si girò e fronteggiò Savi, in modo da guardarlo bene negli occhi. Sul tavolino contro la parete brillava una candela rossa.

«Stiamo indagando su questo locale.»

«Lei non si occupa di locali notturni e...»

«Io mi occupo di chi ha ucciso Sonia Rocchi e Peter Mankell.»

«E io cosa c'entro?»

«Per esempio, Mankell ha visitato le ragazze del suo locale.»

«E allora?»

«In più lei, al momento di entrambi i delitti, era da solo in casa.»

«Non è colpa mia!»

«Tutta la sera da solo, e senza testimoni. Due volte. Non le pare strano?»

«È strano che perdete tempo con me invece di cercare l'assassino!»

«Anche Rocchi perdeva tempo con lei, si ricorda?»

«Io non lo conoscevo, gliel'ho già detto. Conoscevo Mankell, d'accordo, ma non quell'altro. Perché mi tormentate?»

«Perché lei non ce la racconta giusta.»

«Non è vero!»

«Il giorno che scopriamo che cosa voleva Rocchi, lei finisce nei guai.»

«Non può saperlo. Lei non sa niente, lei parla a vanvera, solo per spaventarmi. Io non ho fatto del male a nessuno.»

Savi era molto nervoso. Gesticolava, si muoveva nello spazio del privé come una belva in gabbia. O come una preda appena caduta nella rete.

«Avrò anche pagato qualche ragazza in nero, ma da qui a tirarmi dentro in una storia di omicidio ce ne passa. Mi avete già interrogato non so quante volte, perché non mi lasciate in pace?»

De Marchi lo fissò nella penombra. L'oscillazione della candela divenne l'unico movimento. Anche la musica, di là dalla tenda, sembrava più ovattata. Il commissario disse:

«Per un bel po', nessuno verrà lasciato in pace».

Contini provò a rialzarsi e scappare, ma i due gli stavano addosso e lo costrinsero a ripiegare in direzione del muro di cinta. Uno di loro gli sferrò un calcio sullo stinco e Contini cadde contro il muro. Strinse le gambe contro di sé, cercando di riparare la faccia dai colpi.

Si domandò se gridare, se provare a chiedere aiuto. Ma questo avrebbe potuto rendere più feroci i due picchiatori. I calci in faccia lo avevano intontito e sentiva una fitta al fianco sinistro. I due uomini ansimavano, concentrati nello sforzo.

Rotolò su se stesso e allungò le mani per afferrare la gamba che lo prendeva a calci. Riuscì ad aggrapparsi alla caviglia e si buttò avanti con tutto il suo peso. Percepì che l'uomo aveva perso l'equilibrio. Spinse ancora e lo fece cadere. Si buttò su di lui, tirò un pugno alla cieca. L'uomo fece un verso e Contini capì di averlo colpito in faccia.

« Basta » disse uno dei due energumeni. « Va bene così. »

L'altro era sdraiato sulla ghiaia del cortile. Stava cercando di liberarsi, ma in quel momento si bloccò. Allora Contini chiese:

« Cosa volete da me? »

Per tutta risposta quello ancora in piedi gli tirò un pugno sulla tempia. Contini sbatté di nuovo contro il muro.

Luciano Savi non capiva più niente. Prima aveva visto Contini, seduto a un tavolino. Poi, quando stava pensando a come affrontarlo, era apparso il poliziotto che aveva cacciato via Contini. E infine il poliziotto l'aveva minacciato. Perché Savi non era uno stupido: si rendeva conto che stavano per incastrarlo. La morte di Mankell li aveva tenuti lontano per un po', nel senso che aveva impedito a Mankell di raccontare tutto. Ma forse loro non avevano bisogno di Mankell. Forse la polizia sapeva già com'erano andate le cose. Avevano i loro sistemi, i loro metodi scientifici, che ne sapeva lui?

Il poliziotto se n'era andato via, ma Savi non aveva riaperto la tenda. Se ne stava rintanato nel suo buco, e rimpiangeva di essersi lasciato trasportare. Se la sera del primo d'agosto si fosse trattenuto, ora avrebbe potuto raccontare tutto anche lui. La polizia avrebbe capito che il vero colpevole non era lui, avrebbe chiuso il Tucano ma non l'avrebbe incastrato per omicidio.

Si versò un bicchiere di Four Roses, ma non lo bevve. Rimase a guardare il liquido ambrato, a farlo girare fra le mani. Non è colpa mia, pensò, mi hanno incastrato. Però non era il momento di parlare, c'era ancora una possibilità di scamparla: se la polizia era aggressiva, significava che non avevano prove sicure. Bastava resistere a tutti gli interrogatori per farla franca. Savi era sicuro che nessuno avrebbe parlato, perché nessuno era rimasto vivo. Tranne chi era ormai troppo coinvolto.

Purché Ferdi e gli altri gli dessero un po' di tempo. Aprì uno spiraglio nella tenda e guardò il suo locale. Il Tucano non era più quello di una volta: quell'estate era sempre mezzo vuoto, e le ragazze migliori se n'erano tornate a casa. Ma Savi doveva resistere, trattenere il fiato sott'acqua finché non passava la bufera.

Era cosciente che ognuno deve darsi una ragione per vivere, anche senza dirlo ad alta voce. Ormai il Tucano faceva parte di lui, tanto che era disposto a correre ogni rischio pur di conservare almeno una possibilità di tornare alla sua vita. Non cercava la felicità, soltanto la pace. Ma in quel momento si rese conto che non ce l'avrebbe fatta a compiere tutti i gesti banali di ogni giorno senza il Tucano, senza qualcosa da fare. Perciò avrebbe continuato a tenere la bocca chiusa, sperando che tutto andasse per il meglio. Comunque voleva almeno lasciare un segno, qualcosa che potesse chiarire come stavano le cose.

Prese il cellulare e cancellò tutti i messaggi. Del resto, non erano molti: Savi usava il telefono soltanto in caso di necessità. Poi digitò un nuovo messaggio.

Non è colpa mia. Io ho sempre cercato di evitare la violenza. È stato lui, dovete cercare l'uomo che non c'era, quello che si è nascosto. Io ero lì, ma non è colpa mia. Luciano Savi.
MITTENTE: *Luciano Savi*
DESTINATARIO: *Luciano Savi*
INVIO: 25 AGOSTO, ORE 02.05

Per il momento Savi preferì non scrivere nomi, e si limitò a inviare il messaggio a se stesso. Voleva tenerlo lì, in caso di emergenza. Perché se doveva affogare, avrebbe trascinato con lui chi davvero aveva il peso della colpa. Due secondi dopo l'invio, il cellulare mandò un segnale: NUOVO MESSAGGIO. Savi rilesse il suo sms e lo parcheggiò nella cartella MESSAGGI RICEVUTI. Pronto per l'uso.

I due uomini non dissero niente. Si limitarono a indietreggiare, in due direzioni diverse, scomparendo nel buio del parcheggio.

Qualche secondo dopo arrivò un'automobile e si fermò proprio davanti a Contini. Lui rimase lì, contro il muro, con il respiro affannoso e il corpo pieno di dolori. Nessuno si era accorto di niente, avevano fatto un lavoro pulito. Un pestaggio efficace, senza urli e senza troppo sangue.

Il finestrino si abbassò e una voce chiese:

« Come va? »

Contini aveva una pulsazione alle tempie e sentiva una fitta nella parte bassa dello stomaco. Anche la schiena era indolenzita, mentre i gomiti e le mani si erano feriti strusciando sulla ghiaia.

« Non c'è male. »

« Salga sulla macchina. »

Dalle portiere posteriori, come per magia, spuntarono fuori di nuovo i due energumeni. Stavolta Contini ebbe modo di osservarli meglio: Farfalla e Cravatta Rosa, entrambi con un sorriso gentile sulle labbra. Non aveva la forza di fuggire, e non sarebbe servito a niente rifiutarsi. Avevano loro il coltello dalla parte del manico. Domandò:

« Perché? »

« Voglio parlare con lei » disse la voce.

Qualche secondo dopo, stretto fra Cravatta Rosa e Farfalla, Contini stava cercando di spiegare la sua presenza al Tucano.

« Volevo soltanto passare una serata diversa dal solito. »

« Non racconti balle. »

La voce aveva un tono deciso, ma al tempo stesso molto cortese.

« Lei sta indagando sulla morte di Sonia Rocchi e Peter Mankell. Ci sono degli elementi che portano a Luciano Savi e al Tucano. Vorrei sapere quali sono questi elementi, e se anche la polizia ne è a conoscenza. »

« E lei chi è? » domandò Contini.

« Mi chiamo Ferdi. Sono un vecchio amico di Savi, gli chieda di me. »

« È lei che gli procura le ragazze? »

Ferdi non rispose, ma si accese una sigaretta. Poi domandò:

« Allora? Perché tormentate Savi? »

« Lei non lo sa? » fece Contini.

Ferdi non rispose. Contini si rese conto che, qualsiasi pasticcio avesse commesso Savi, si era dimenticato di avvisare chi gli dava lavoro. Forse la cosa poteva rivelarsi utile. Disse:

« La polizia sa tutto. Savi l'ha combinata grossa ».

Ma Ferdi rispose:

« Non cerchi d'imbrogliarmi. Savi non sa gestire un'emergenza, ma io sì, glielo assicuro. Allora, di che si tratta? »

A quel punto Contini doveva dire qualcosa, se voleva uscire da quell'automobile.

« Si tratta di omicidio. Ci sono degli indizi che portano al Tucano. »

« Strano » commentò Ferdi. « La polizia non ha fermato Savi. »

« Forse lo faranno. »

« Intanto, Contini, mi faccia un favore: niente più domande. »

« Anche la polizia sta facendo domande. »

« A questo penseremo noi. Ma lei non è un poliziotto. Lei è vulnerabile, non se n'è accorto? »

Ogni muscolo di Contini se ne stava accorgendo.

« Non vogliamo domande su Kate, né su Vicky, né su

qualsiasi altra ragazza che abbia lavorato al Tucano. Se ne stia a casa e faccia le fotografie per il giornale, okay? »

Ferdi non aveva altro da aggiungere. Farfalla e Cravatta Rosa afferrarono Contini e lo depositarono contro il muro, poi l'automobile partì sgommando sulla ghiaia. Contini si rialzò lentamente, controllando di avere tutte le ossa al proprio posto. Poi zoppicò verso la sua macchina. Era finita, lo sapeva, ormai aveva dato fondo a tutte le sue risorse. Si era trovato per caso in una storia troppo complicata per lui, e tutto perché aveva incontrato una ragazza nei boschi.

Guidò adagio verso Corvesco, con i finestrini aperti. L'aria della notte lo tenne sveglio e gli evitò di finire fuori strada. Aveva una cassetta di Henri Salvador in sottofondo. Alzò il volume, provò a dimenticare i lividi e le ferite. Sotto il sole della Provenza che bruciava ogni dissidio, cancellando il dolore e la lontananza di Francesca e la paura sul volto di Natalia.

Appena arrivato a casa bevve tre bicchieri di acqua fresca. Poi andò in bagno e cercò di riparare come poteva i danni del pestaggio. Aveva la testa invasa dal sonno, ma il dolore lo teneva sveglio. Inghiottì due aspirine, le mandò giù con un bicchiere di grappa e si sdraiò vestito sul letto.

Pensò di telefonare a Francesca. Perché no, in fondo?

Francesca avrebbe potuto aiutarlo. Si sarebbero chiusi in casa, loro due soltanto, e lui avrebbe dimenticato ogni cosa. Magari sarebbe uscito per andare nei boschi, mentre lei leggeva i suoi libri. Avrebbero cucinato qualcosa di buono. Poi la sera avrebbero guardato un film e Francesca gli avrebbe raccontato della sua giornata mentre lui si fumava una sigaretta.

A un certo punto si addormentò.

7

Il cerchio si stringe

Il commissario De Marchi rimpiangeva le lavagne. Quando ci si sporcava i polsi di gesso, ma per fare un riassunto della situazione bastavano pochi secondi. Non si era mai rassegnato a usare il programma Power Point per proiettare le immagini; le poche volte che gli capitava di farlo il computer, forse per vendetta, lo abbandonava sul più bello.

«Ecco, adesso si dovrebbe vedere lo schema.»

Lo schermo rimase buio.

«Dev'essersi inceppato il meccanismo.» De Marchi provò a dare un colpo al computer. «Certe volte si blocca ma poi...»

«Posso darci un'occhiata io?» domandò il procuratore Bazzi.

«Forse» borbottava De Marchi, «muovendo il mouse su e giù...»

Erano nella sala riunioni, al primo piano della sede della Polizia cantonale. Intorno a un tavolo di legno chiaro stavano De Marchi, Bazzi, il capo della Giudiziaria Tettamanti e quello della Scientifica Ferrari, insieme al magistrato dei minorenni Fulvia Parenti e a un paio di altri pezzi grossi.

De Marchi cominciava a sudare freddo.

«Allora, comunque, insomma avevo fatto uno schema che...»

«Mi lasci vedere» propose di nuovo Bazzi.

«Faccia pure!» De Marchi spinse indietro la sedia.

Bazzi si avvicinò alla tastiera, premette due pulsanti e regolò il contrasto. Come per miracolo, sulla parete di fronte al tavolo apparve lo schema del commissario.

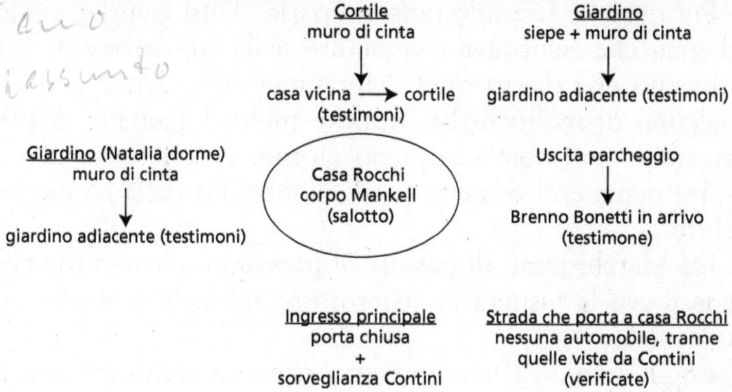

«Come vedete» spiegò De Marchi, «l'omicida non ha lasciato tracce. Non sappiamo né come abbia fatto a entrare né come sia uscito.»

«L'ingresso principale era chiuso» disse Bazzi.

«In più era un giorno d'estate e nelle case vicine la gente se ne stava in giardino, ma nessuno ha visto niente. Contini guardava la strada, e al momento dell'omicidio nel parcheggio stava arrivando il giudice Bonetti.»

«Ma poi sono entrati in casa» intervenne Tettamanti. «In quel momento la via era libera, poteva scappare.»

«Avrebbe corso un rischio enorme. Tra l'altro Contini non ha visto nessuna automobile.»

«Sarà arrivato a piedi.»

«A Massagno? Possibile, ma è un bel rischio! Comunque nel quartiere nessuno ha notato estranei. Certo, è possibile che l'omicida si sia nascosto ore prima in giardino, aspettando il momento per colpire.»

«Un po' azzardato» fece Tettamanti.

«Soprattutto dopo il delitto. L'omicida sarebbe dovuto fuggire a piedi per le strade di Massagno, approfittando dell'unico attimo in cui la via era libera, quando Contini e Bonetti erano davanti al cadavere.»

«Però dev'essere andata così, no?» chiese il procuratore Bazzi. «Non abbiamo altre spiegazioni, o mi sbaglio?»

Per qualche secondo nessuno parlò. Tutti guardavano lo schema, che sembrava elementare nella sua rozzezza. Ma intuivano che dietro quel diagramma doveva nascondersi qualcuno di molto furbo, oppure molto fortunato. Aveva ammazzato un uomo in pieno giorno, e non riuscivano a capire nemmeno come si fosse allontanato dalla scena del delitto.

De Marchi tentò di passare al prossimo schema. Ma appena toccò la tastiera lo schermo piombò di nuovo in un buio totale.

« Scusatemi. » Il commissario provò a trafficare con il mouse. « Avevo un altro schema sull'aspetto psicologico che... ma, insomma, è semplice. Un omicida disposto a correre tanti rischi, al punto che gli è andata bene per caso, è un individuo pericoloso. Ora, la domanda è questa: abbiamo motivo di temere per Natalia Rocchi? »

Fulvia Parenti, il magistrato dei minorenni, si schiarì la voce e disse:

« Se così fosse, perché l'omicida non ne ha approfittato dopo avere ucciso Mankell? Natalia era sola sul prato, e stava dormendo. »

De Marchi si girò a guardarla.

« Natalia era vicina a Contini, l'omicida non sarebbe riuscito a fuggire in tempo. Comunque non sappiamo niente di lui, nemmeno perché abbia ucciso Mankell. »

« O Sonia Rocchi » aggiunse Tettamanti.

De Marchi domandò con un cenno a Bazzi di riavviare il programma. Mentre il procuratore muoveva le mani sulla tastiera, De Marchi disse:

« La mancanza di un movente è il nostro maggior problema. Abbiamo appurato i legami tra Savi e Mankell, oltre che tra Savi e Rocchi. Non ne siamo sicuri, ma è probabile che Enzo Rocchi avesse raccolto materiale, crediamo abbastanza scottante, su Savi e il Tucano ».

« Su questo c'è la testimonianza di Natalia » disse Bazzi mentre lo schermo si riaccendeva.

« Soprattutto » specificò De Marchi, « abbiamo il forte

sospetto che Mankell e Savi non fossero proprio scrupolosi nell'osservare la legge.»

«Come come?» fece Tettamanti. «Non è una cosa da dire alla leggera!»

«Per il momento ho evitato di aprire un'inchiesta specifica» disse Bazzi. «Ma stanno saltando fuori molte scorrettezze da parte di Savi.»

«Nell'ambiente dei night-club c'è chi dice che Mankell gli abbia coperto le spalle» disse De Marchi. «Prove non ne abbiamo...»

«Appunto» fece Tettamanti.

«Però molte ragazze hanno riferito come si svolgevano le visite di Mankell» riprese Bazzi «e diciamo che non era sempre accurato...»

«Ecco» annunciò De Marchi, cliccando sulla tastiera. «Ho qui un riassunto per quanto riguarda Savi.»

LUCIANO SAVI

Pro	Contro
– Legami con Rocchi	– Nessuna prova
– Legami con Mankell	– Non ha precedenti di violenza
– Carattere impulsivo	– Niente tracce scena crimine!
– Forti indizi (niente alibi)	– Mancanza di un movente chiaro
– Irregolarità al Tucano	– Elementi d'accusa ancora indefiniti

NB: Frequenta personaggi di dubbia reputazione

Attenzione: incensurato!

(NB: Prevedere eco mediatica. La stampa comincia a interessarsi al Tucano)

«E questo che cosa vorrebbe dire?» domandò Tettamanti dopo aver studiato i pro e i contro.

«Se è quello che penso io...» disse Fulvia Parenti.

«Esatto.» De Marchi annuì. «Ci siamo riuniti con il procuratore Bazzi e a questo punto... be', anche eventualmente per proteggere Natalia, abbiamo pensato di procedere. »

« Procedere? »

Fu il procuratore Bazzi a rispondere:

« È venuto il momento di arrestare Luciano Savi ».

8

La parola giusta

La sede del giornale era a Lugano. Contini di solito evitava di andarci, e specialmente quel giorno avrebbe preferito curare le sue ossa rotte a Corvesco, sdraiato sull'amaca con una birra fresca. Invece dovette trascinarsi fino alla redazione di Bellinzona, dove scoprì che il direttore lo convocava d'urgenza a Lugano.

«Non so cosa vuole» disse Gianni Schiavo. «Però sembrava incazzato.»

«È la storia della Rocchi» gridò Giorgia dall'ufficio vicino. «Mi sa che hai commesso il Grande Errore!»

Contini guardò Schiavo, che sedeva alla scrivania con i piedi sul tavolo. Il caposervizio fece un sogghigno.

«Il Grande Errore è passare da cronisti a protagonisti. Noi raccontiamo, ma tu sei implicato nel caso.»

«Come implicato?»

«È inutile, Contini.» Schiavo si alzò e gli diede una pacca sulla spalla. «Tu hai troppo la tendenza a metterti nei guai per fare il giornalista.»

Contini salutò i suoi colleghi e andò a Lugano. In autostrada mise una cassetta di Gilbert Bécaud e cercò di non fare piani per il futuro. Natalia non voleva parlare con lui, gli amici di Savi lo prendevano a botte, ora anche il direttore gli avrebbe chiesto di starsene tranquillo. E lui, come sempre, avrebbe fatto finta di niente.

Attraversò i corridoi senza fretta. Camminava adagio, cercando d'ignorare la pulsazione che gli stringeva la testa e le fitte alla schiena. Le porte degli uffici erano tutte spalancate, i redattori si gridavano domande da una stanza all'altra o facevano ressa intorno alla macchina del caffè.

Erano le tre del pomeriggio, l'ora in cui si cominciava seriamente a scrivere. Contini salutò con un cenno del capo un paio di giornalisti che conosceva. Passò accanto alla sala degli operatori tecnici, dove si curava l'impaginazione del giornale. I tecnici li conosceva meglio, perché per un po' aveva lavorato con loro. Mise dentro la testa e domandò:

« Come va? »

« Contini » rispose un uomo brizzolato. « Sei tornato con noi? »

« Vedremo. »

Contini si ritrasse. In fondo al corridoio, finalmente, si trovò di fronte all'ufficio del direttore. Bussò, scambiò due battute con la segretaria e fu introdotto alla presenza di Gianrico Roberti.

« Non ci siamo, Contini. »

Il direttore non perdeva quasi mai tempo a salutare.

« Buongiorno » disse Contini.

« Si sieda pure. »

Contini avanzò nell'ufficio ingombro di carta e giornali vecchi, si appoggiò alla poltrona di pelle davanti alla scrivania.

« Stiamo facendo una figuraccia » disse Roberti. « Quando l'abbiamo assunta ha detto che avrebbe smesso con la sua attività d'investigazioni. »

Contini si concentrava nel respirare. Quando allargava i polmoni sentiva un dolore nella parte bassa del torace, dove la sera prima era stato colpito da un paio di calci più robusti degli altri.

« La polizia non si fida più di noi e anche i suoi colleghi sono perplessi. »

« Perché? » Contini domandò.

« Perché lei ha trovato la ragazza nei boschi, ha avuto accesso ad alcune riunioni riservate, ha scoperto il cadavere di Mankell e oggi si presenta con la faccia di chi è stato coinvolto in un pestaggio. »

Gianrico Roberti era un uomo grande e grosso, con la

testa a forma di cuspide e gli occhi infossati. I suoi colleghi lo definivano un bravo giornalista con un pessimo carattere.

«Ho avuto un piccolo incidente» disse Contini «e per caso mi sono trovato un po' coinvolto nel...»

«Un po' coinvolto?» lo interruppe Roberti. «Per caso? Starà scherzando! Lei ha cercato nei boschi, si è appiccicato a quella ragazza... ma non la biasimo, badi bene, non la sto criticando!»

«Ah no?» Contini era un po' confuso.

«Anzi, avrei potuto complimentarmi per il suo fiuto e la sua tenacia. Avrei potuto promuoverla a praticante redattore, perfino, se lei mi avesse dato anche solo uno straccio di notizia!»

«Ma sono cose riservate, non...»

«Riservate! Lei lavora in un giornale, non esistono cose riservate. Io devo farmi prendere per il culo dai miei colleghi perché gli altri giornali ci fregano le notizie di cui lei, Contini, è il protagonista!»

«Be', protagonista è una parola grossa...»

«Ma perché non mi ha telefonato quando ha scoperto il corpo di Mankell? Perché sono venuto a saperlo dalla radio?»

Contini si limitò a fare un respiro profondo, cercando di non allargare troppo i polmoni.

«Le ripeto, così non va. Accendo la radio e sento che era presente anche Elia Contini, che lavora per il nostro giornale anche se il nostro giornale è l'ultimo a sapere le cose. Si rende conto?»

Contini disse:

«Sì».

«Speriamo.» Il direttore afferrò una graffetta sulla scrivania e cominciò a stortare il filo di ferro. «Questo vuol dire che, visto che lei non vuole portarci notizie, deve perlomeno restare fuori dal caso Rocchi.»

«In che senso?»

«Non voglio più sentire il suo nome in un servizio televisivo, non voglio leggerlo sugli altri giornali. Se ciò accadrà, saremo costretti a licenziarla. È tutto chiaro?»

Contini stava per rispondere che c'era un uomo pronto a uccidere. L'assassino sapeva che il suo destino era appeso a un filo, dipendeva dalla memoria di Natalia. Ma perché pronunciare parole inutili?

«Lei deve stare fuori dal caso Rocchi. Senza più incontrare la ragazza, senza ficcare il naso nei locali notturni.»

«A meno che...»

«Non c'è nessun 'a meno che'.»

«E se vi porto uno scoop?»

Roberti non era uno stupido. Posò la graffetta sulla scrivania, guardò Contini negli occhi e disse:

«Lei non lo farebbe mai, lo sappiamo entrambi».

Contini non disse niente.

«Perciò faccia quello che le dico» concluse il direttore «e dimentichi Natalia Rocchi.»

Agostino Zacchi non si stupiva mai. Ne aveva fatto la sua regola di vita, era il suo modo per resistere agli oltraggi della sfortuna. Era uno psichiatra e aveva imparato che la cosa essenziale è restarsene tranquilli. Basta una piccola ossessione, un'emozione sbagliata a far crollare un'intera esistenza. Guardò Natalia Rocchi e le disse:

«Il modello animale dello 'choc inevitabile' è stato molto studiato. L'esposizione a questo trauma produce un'ampia gamma di effetti comportamentali e fisiologici».

Natalia aveva un'espressione perplessa.

«In particolare» proseguì Zacchi, «dopo un evento traumatico si riscontra un disagio cronico soggettivo e un deficit nell'apprendimento della risposta di fuga di fronte a nuove situazioni avverse. In poche parole, se lei si trovasse di nuovo sottoposta a uno choc inevitabile, rischierebbe di soccombere.»

«Ah» disse Natalia.

«Ma il suo caso sembra lieve. Di solito si riscontra una

diminuzione nella motivazione all'apprendimento, sempre negli animali, e pure... »

« Mi scusi » lo interruppe Natalia.

« Dica. »

« Cosa c'entrano gli animali? »

Il dottor Zacchi si concesse un mezzo sorriso. La paziente aveva cominciato a reagire. Il caso era interessante: la semiafasia e la parziale amnesia erano elementi insoliti. Perciò, e non soltanto per la raccomandazione dell'avvocato Bossi, aveva accettato di ricevere Natalia con poco preavviso.

« Vede, signorina Rocchi, la questione può essere puramente fisica: la deplezione di dopamina e noradrenalina crea una modulazione della memoria a breve termine, per mezzo della connessione tra locus coeruleus e amigdala... »

« Mi scusi, non capisco niente. La memoria mi torna o no? »

Zacchi aveva usato volutamente un linguaggio oscuro, per verificare lo stimolo all'apprendimento. Era un uomo piccolo e sempre in movimento, ma quando voleva sapeva incutere un certo timore. Prese un appunto sul quaderno che teneva aperto davanti a sé e disse:

« In parole povere, lo choc da lei subito ha creato in lei una sorta di dissociazione, che in realtà è un meccanismo di autodifesa. Lei si rifiuta di ricordare, inconsciamente, perché i ricordi potrebbero farle male. In particolare, lei ha perso alcune parti di memoria episodica, mentre le resta intatta quella procedurale ».

« Continuo a non capire. »

« Lei ha dimenticato i ricordi esprimibili a parole, cioè i fatti che le sono accaduti, però ricorda tutto ciò che è più facile mostrare che dire, come comportamenti, reazioni automatiche, gesti abitudinari. »

« Quindi io potrei ricordare dove ho nascosto quei documenti, se tornassi a Corvesco? »

Zacchi annuì. Natalia si stava lasciando andare, riusciva senza pensarci a costruire frasi complesse, con tanto di subordinate ipotetiche. A lui non interessava il lato poliziesco della cosa, ma gli premeva assecondare il punto di vista della paziente.

«Forse tornando lì potrebbe ricordare i gesti che ha compiuto.»

«Ma non riuscirei a raccontarli.»

«Non deve arrovellarsi a cercare la parola giusta.» Zacchi parlava con tono rassicurante. «Quando scrive di getto, quando parla senza pensarci le parole escono più facilmente, giusto?»

«È vero.» Natalia era pensierosa. «Ma se vado a Corvesco, non rischia di tornare l'afasia completa?»

«Non penso. Più che altro, anche quando dovesse riuscire a esprimerli, i suoi ricordi emozionali ed episodici rischiano di essere distorti.»

«Sempre autodifesa?»

Zacchi s'illuminò.

«Vedo che mi ha seguito! Si tratta di frammenti di ricordi intrusivi, che non si riescono a collocare adeguatamente in un coerente contesto spazio-temporale. Perciò lei non riesce a isolare il ricordo dell'uccisione di sua madre, ma le sembra che sia accaduto più volte...»

Natalia s'incupì. Abbassò lo sguardo e disse:

«Cerco di non pensarci più».

Zacchi prese un altro appunto. Era una reazione prevedibile. In un primo tempo, aveva accarezzato l'idea di una terapia ipnotica, ma si stava rendendo conto che Natalia era molto vicina a sbloccarsi. Il fatto di cominciare una psicoterapia poteva essere il fattore scatenante. Ma anche tornare sul luogo del delitto, come vuole la tradizione, poteva innescare una dinamica di recupero.

«Creda a me, signorina, se insiste con lo sfuggire ai suoi ricordi, non riuscirà mai a liberarsene. Li accolga, provi ad afferrarli.»

«Non è facile.»

«Lo so. Ma poi, una volta afferrati, basterà allargare le mani e voleranno via...» Zacchi mosse le mani nell'aria, come se fossero farfalle. «Vedrà che ce la faremo.»

Natalia alzò gli occhi e disse:

«Dobbiamo fare in fretta. So che l'uomo...» Fece una pausa. «So che l'assassino mi sta cercando.»

Il dottor Zacchi prese un altro appunto sul quaderno nero.

9

Una ragazzina matura

«Pensi di riuscire a vivere da sola?»

«Non lo so.»

Natalia si guardava le mani, nella penombra del salotto. Dalle fessure tra le gelosie trapelava il sole, mentre dai giardini dei vicini venivano grida e rumore di acqua smossa. Gli ultimi tuffi in piscina.

«Il tuo tutore sarà l'avvocato Bossi» diceva Bonetti «e lui ti aiuterà con tutte le questioni economiche e burocratiche. Abbiamo pensato che fosse meglio così, visto che tra un anno sarai maggiorenne.»

«Lo so.» Natalia non alzava gli occhi. «Corrado me l'ha spiegato. Lui è un bravo avvocato ed è... era amico dei miei genitori.»

Bonetti si chinò verso di lei. Sedeva dall'altra parte del tavolino, vestito con giacca e cravatta, e come sempre dava un'impressione di pallida efficienza. Natalia non voleva deluderlo, ma non aveva niente da dirgli. Avrebbe avuto bisogno di qualcuno che la potesse capire, un'amica che non facesse domande o una vecchia zia molto saggia.

«Il problema» disse Bonetti «è che ti toccherà abitare da sola.»

Lei non aveva vecchie zie sagge con cui bere tè e mangiare pasticcini. Doveva accontentarsi di un ex giudice con gli occhiali come due fondi di bottiglia. Bonetti cercava soltanto di essere gentile, e Natalia lo rassicurò:

«Ho i miei amici, e i cugini di Berna verranno qui per un po'. Poi c'è la scuola, e l'anno prossimo andrò all'università. Be', se ci sono i soldi».

Bonetti tossicchiò.

«Non preoccuparti, Natalia, vedrai che sistemeremo queste cose. Vedrò di dare una mano all'avvocato Bossi. Lo sai, anch'io conoscevo i tuoi genitori. Farò in modo che tu possa avere una vita normale.»

«La ringrazio.»

Bonetti era imbarazzato. Si alzò e camminò per il salotto, cercando di darsi un contegno.

«Mi ha detto l'avvocato Bossi che hai cominciato la psicoterapia.»

«Sì.»

«Dev'essere utile, vedo che parli sempre meglio.»

«Sì. Certe volte penso che dovrei tornare a Corvesco. Cercare la verità.»

Bonetti si fermò di scatto.

«Te l'ha detto il medico?»

«Non proprio... ma dice di non fuggire dai ricordi.»

«Va bene, certo.» Il giudice non riusciva a nascondere la sua preoccupazione. «Ma con prudenza. La polizia non ha arrestato il colpevole, e per il momento ti prego di segnalare all'avvocato Bossi, o anche a me, i tuoi spostamenti. È per la tua sicurezza, capisci?»

Natalia annuì, come una ragazzina matura.

È così che mi vedono gli altri, pensò dopo aver accompagnato il giudice Bonetti alla porta. Io sono la povera Natalia, che ha perso i genitori e ha vissuto quella terribile esperienza. Ma lei non voleva essere una ragazza cresciuta in fretta, non voleva che il dolore la facesse maturare.

Prima di quell'estate ci teneva a comportarsi in modo responsabile, a dimostrare di essere adulta. Ora invece si trovava a rimpiangere tutti i momenti stupidi, le risate con le amiche, le serate passate a guardare un film dopo l'altro, le notti in bianco.

Natalia aprì le gelosie della portafinestra e uscì in giardino.

Prese una sdraio e si distese di fianco al gazebo. Indossava soltanto un paio di calzoncini e una maglietta, era piacevole sentire il caldo sulla pelle. Il sole si rifletteva sull'acqua della piscina, dalla quale veniva un odore di cloro. Natalia ebbe l'impressione che il giardino avesse catturato l'estate e che non sarebbe mai cambiato niente. La siepe era ancora verde splendente, l'erba fresca, le bocche di leone fiorite. Stava per assopirsi, quando il cellulare mandò un segnale di messaggio ricevuto.

Ciao! Volevo soltanto sapere come stai, ma non voglio disturbarti. Hai tempo per fare due chiacchiere?
MITTENTE: *Giovanni Canova*
DESTINATARIO: *Natalia Rocchi*
INVIO: 26 AGOSTO, ORE 16.12

Natalia rimase per qualche secondo ferma con il telefono in mano. Aveva detto a Giovanni che non dovevano più vedersi, e lui le inviava un messaggio. Be', in effetti un messaggio non era vedersi. Però se cominciava a cedere...

Ferma! Stai ragionando come una ragazzina matura. Cresciuta in fretta. Saggia per la sua età.

Natalia mosse le mani sulla tastiera.

«Pronto, Giovanni?»

«Natalia!»

«Ho visto il tuo messaggio. Ho pensato di chiamare.»

«Hai fatto bene, io... come stai?»

«Bene. Sono a casa, prendo il sole.»

«Come va con le parole? La logopedia?»

«Bene. Ora faccio anche psicoterapia. Sto migliorando.»

Natalia sentì la fatica di parlare al telefono. Le parole uscivano più lentamente, intervallate da momenti di vuoto. Giovanni disse:

«Mi sembri un po' stanca».

«Ho parlato molto. Prima c'era il giudice Bonetti.»

«Ah, per via della tutela. Avete risolto?»

«Sì.»

«Ma ti sto facendo troppe domande. Senti, Natalia, ho pensato a quello che mi hai scritto.»

«Sì?»

«Che vuoi stare da sola per un po'. Mi va bene. Volevo

solo dirti che, se hai voglia di parlare a qualcuno, io ci sono sempre.»

Natalia cercò le parole per esprimere quello che sentiva, ma era troppo complicato. Si limitò a mormorare:

«Grazie».

Poi, dopo un paio di secondi, aggiunse:

«Io parlo volentieri con te. Anche se adesso mi trovo bene da sola».

«Ma certo» fece Giovanni. «Certo.»

«Avevo pensato di tornare a Corvesco, di provare a ricordare. Ma...»

Per un attimo Natalia si perse. Poi ritrovò il filo:

«Ma penso che per me la cosa migliore è stare da sola».

Giovanni taceva.

«Forse» disse Natalia «in questo modo posso abituarmi.»

«Abituarti?» chiese Giovanni.

«A stare da sola.»

«Ah, certo» Giovanni ripeté. «Certo.»

La vita per i proprietari di night-club era dura. Il governo minacciava di eliminare il permesso temporaneo di tipo L per artiste e ballerine; e questo, insieme alla crisi economica, faceva presagire tempi oscuri. Possibile che Ferdi e i suoi scagnozzi avessero l'acqua alla gola e fossero implicati negli omicidi? O che lo fosse Luciano Savi?

Contini aveva in testa queste domande mentre saliva verso il Tresalti, con cinque nuove zattere infilate nelle tasche del giubbotto. Le ultime che aveva lanciato si erano perse nelle rapide.

Le ossa gli facevano ancora male. Ecco cosa si guadagna a voler fare il detective. Però almeno aveva raggiunto una conclusione: qualunque fosse il movente degli omicidi, era certo che Savi e i suoi amici ne sapevano qualcosa. Stavano proteggendo qualcuno? Forse l'assassino era uno dei loro, forse lo stesso Savi: c'erano molti elementi contro di lui, a partire dal fatto che lo aveva sorpreso nei boschi intorno a Corvesco.

Contini si arrampicò su un masso che sporgeva sopra il ruscello e gettò le zattere nell'acqua, una alla volta. Le guardò affondare e risalire, e vorticare nella schiuma prima di venire catturate dalla corrente. Poi tagliò attraverso i prati per tornare a casa, mentre il sole si posava in obliquo sull'erba. Di solito quei momenti di solitudine, a camminare sulle tracce di una volpe o a cercare le zattere nel ruscello, gli permettevano di restare sereno. Per lo spazio di qualche ora dimenticava Francesca e Natalia, i morti ammazzati e i problemi al giornale.

Ma negli ultimi tempi le domande non cessavano. Contini non riusciva a smettere di riepilogare i fatti, cercando moventi e opportunità anche quando se ne stava nei suoi boschi.

Perciò non poteva ritirarsi.

Doveva andare fino in fondo a quella storia, doveva capire che cosa aveva visto Natalia per lasciarsi alle spalle tutte le domande. Poi avrebbe finalmente affrontato Francesca e poi...

Calma, una cosa alla volta.

Erano le otto e mezzo del mattino, prima di andare al giornale aveva tempo di passare al Tucano. Non gliene importava niente delle minacce di Ferdi né di quelle del direttore. Voleva vederci chiaro: avrebbe tirato Savi giù dal letto e lo avrebbe fatto parlare. Guidò da Corvesco fino a Castione, cercando conforto nella voce allegra di Charles Trenet.

Per non dare nell'occhio, decise di lasciare l'automobile lontana dal night-club. Però prima volle fare un giro di ricognizione nel quartiere. E fu una buona idea, perché notò le macchine della polizia soltanto all'ultimo momento.

Strinse le mani sul volante e si fece attento.

Davanti al Tucano stava una macchina senza insegne ma poco più in là, in un parcheggio laterale, c'era un'automobile di pattuglia. Contini si avvicinò camminando sul lato opposto della strada. Era preoccupato perché i movimenti della polizia intorno al Tucano non parevano accordarsi con un arresto. Troppi poliziotti in borghese, troppa gente con l'aspetto di un tecnico. Davanti all'ingresso c'era un capannello di persone, di cui soltanto un agente in divisa. Contini li affiancò e chiese:

« È successo qualcosa? »

« Non c'è niente da vedere! » disse l'agente.

Ma c'era nervosismo negli sguardi, nei gesti. Contini stava per fare un'altra domanda quando si aprì la porta del Tucano e ne uscì il commissario De Marchi.

« Contini! Cosa ci fa qui? Non le ho detto di starne fuori? »

« Volevo solo parlare con Savi. Non l'avrete arrestato... »

De Marchi non rispose. Contini mormorò:

« Dov'è Savi? »

« Non dica niente. Anzi, non si muova da qui! »

« Ma cos'è successo? »

De Marchi lo guardò fisso.

« Non lo indovina? Savi si è sparato un colpo in testa. »

QUINTA PARTE

Mistero

1

Ho fatto il poliziotto

Contini bevve il caffè e appoggiò la tazza nel lavandino. Ignorò il gatto grigio che cercava qualcosa da mangiare, andò in corridoio e si fermò davanti alla porta sul retro. L'aprì, respirò l'aria che veniva dal bosco.

C'era qualcosa di sbagliato.

Così aveva detto Natalia, ricordando la morte di sua madre. Qualcosa di sbagliato, ma dove? Secondo la polizia, Luciano Savi aveva ammazzato Sonia Rocchi e Peter Mankell, prima di togliersi la vita sparandosi con una pistola militare trovata su internet. Però non avevano prove dell'acquisto, non avevano prove di niente. Infatti la versione dei fatti non era ufficiale, anche se pareva l'unica possibile.

Restavano molte domande. Contini tornò in cucina e aggiunse qualche riga a una lettera che stava scrivendo.

Vorrei che lei potesse aiutarmi a capire. La morte di Savi mi ha colto di sorpresa, non riesco a spiegarmela. La domanda è: perché Savi avrebbe ucciso Sonia Rocchi e Mankell? La stampa dice che i due avevano le prove dei suoi maneggi con le ragazze, ma la cosa non mi convince. E perché poi si sarebbe tolto la vita?

Lo vede? Continuo a scrivere la parola «perché». Invece dovrei disinteressarmi di tutto questo affare. Il commissario De Marchi mi ha interrogato per due ore, era veramente furibondo. Il fatto che io sia passato dal Tucano poco dopo la scoperta del suicidio lo ha fatto inferocire, così mi ha tenuto in ballo. Alla fine però ha dovuto arrendersi: non hanno niente contro di me, non possono impedire a un privato cittadino di andarsene in giro a fare domande.

Ho sbagliato. Ho fatto il poliziotto, intralciando i professionisti, invece di occuparmi della mia vita. Proprio come se avessi bisogno di un dramma, di morte e abbandono per le passeggiate nel bosco, per le mie volpi e le canzoni, le zattere, per i cactus che faccio crescere in salotto. Ho lasciato che Francesca se ne andasse, ho rifiutato la pace che avevo costruito e mi sono cercato una guerra. Lo so, nemmeno lei può aiutarmi a capire, anche perché forse una vita senza drammi è già un dramma.

Il gatto grigio balzò sul tavolo con aria spazientita. Contini lo guardò agitare la coda e spalancare le fauci. A un certo punto, invece di lamentarsi, è meglio pensare al cibo. Contini si alzò e rovesciò un po' di carne nella scodella sul pavimento. Forse hai ragione tu, gatto. Forse mi manca il coraggio di vedere le cose semplici. Le cose come sono.

Contini lasciò il gatto a fare colazione e andò a prendere una boccata d'aria. Era un mattino di fine agosto, con il cielo azzurro un po' stinto e un profumo dolciastro di more. Andò a piluccare un paio di frutti dal cespuglio in fondo al giardino. Mentre li mangiava, decise di tornare al punto dove aveva cominciato a non capire. Rientrò in casa, indossò un paio di calzoni di fustagno, un giubbotto e un vecchio cappello.

Uscì dal retro e prese il sentiero del bosco.

Camminò fra i castagni che cominciavano a mettere i frutti, poi s'inoltrò fra i pini e gli abeti. Dopo avere superato l'alpeggio e la cresta rocciosa e poi di nuovo il Tresalti, si fermò qualche secondo sulla riva.

« Chivalà? »

« Prova a indovinare » disse Contini.

« Ma guarda! » Il vecchio Giona sogghignò. « È tornato Contini con una faccia da funerale. »

Contini si tolse il cappello per asciugarsi il sudore.

« Scommetto che hai letto i giornali. »

«Ho visto che il caso è risolto, come dite voialtri.»

L'eremita portava il solito berretto dei Chicago Bulls, un consunto giaccone militare e un fucile da caccia a tracolla.

«Più o meno...»

Presero il sentiero che portava alla stamberga di Giona. Contini riassunse gli ultimi avvenimenti, comprese le due lettere scritte da Kate e l'aggressione degli scagnozzi di Ferdi. Giona commentò:

«Se non riesci a farti picchiare non sei contento».

«E in più il direttore del giornale se l'è presa con me.»

«Povero Contini...»

Giona camminava in fretta, saltando sui sassi con l'agilità di una capra. Contini seguitò a raccontare. Quando sentì che Natalia non aveva più voluto tornare a Corvesco il vecchio Giona si rabbuiò. Avanzò con passo più lento, incerto, finché si voltò e si decise a sputare il rospo:

«Avete fatto uno sbaglio. Tutti parlano troppo».

«Come?»

«Guarda, siamo arrivati.»

Il sole illuminava l'erba sullo spiazzo davanti alla baracca di Giona. Il vecchio portò fuori due seggiole di tela che dovevano risalire agli anni Cinquanta, poi propose a Contini di «degustare un aperitivo». Contini accettò, sapeva che con Giona non bisognava mai avere fretta.

Parlarono per un po' di volpi e di boschi, poi Giona riferì a Contini un paio di chiacchiere di paese. Come facesse a mantenersi tanto informato era un mistero. Ogni tanto qualcuno andava a trovarlo, ma nessuno gli raccontava pettegolezzi: era lui che assemblava un pezzo qui un pezzo là, come un meccanico che conosce a memoria un vecchio motore.

Mangiarono un risotto allo zafferano, accompagnato da un mezzo litro di Merlot. Poi Contini si accese una sigaretta e Giona tirò fuori un sigaro. Infine, con in mano un bicchiere di grappa, Contini domandò:

«Perché hai detto che tutti parlano troppo?»

Giona buttò fuori una nuvola di fumo prima di rispondere.

«I poliziotti vanno a curiosare al Tucano, avviano indagini sulla prostituzione, interrogano sospetti o fanno cose da poliziotti. Ma pensavo che almeno tu restassi insieme a Natalia.»

«Io ci ho provato!»

«Eppure sembrava che vi mancasse poco.» Giona aveva preso a mormorare tra sé, nascosto dal fumo. «Un ritardo, ogni volta c'è un tempo morto. Ma non riesco a capire chi sia l'uomo che non si vede...»

Contini cominciò a sentire un'avvisaglia di mal di testa.

«L'uomo che non si vede?»

«Forse anche lui arriva in ritardo.»

«Senti, Giona...»

Ma l'eremita ignorava le interruzioni, continuando il suo monologo.

«Non sono delitti di rabbia, è qualcuno che sa calcolare i tempi. Perciò Natalia tarda a ricordare, perché è stata ingannata. Ma il silenzio, il ricordo che non torna... bisogna cercare quello che Natalia ha taciuto, non quello che ha detto! Bisogna trovare...»

Giona s'interruppe di colpo. Spalancò gli occhi e disse:

«Non riesco a capire».

«Non sei l'unico» fece Contini.

«Però sono sicuro che il silenzio sia importante. Anche per te. Vuol dire che qualcosa sta maturando, capisci?»

Contini aprì la bocca, poi la richiuse. Era vero? Forse tutte quelle parole non dette erano il segno di uno stupore, di qualcosa che stava nascendo. In fondo tutto viene dal silenzio. Ma Contini dubitava che la filosofia di Giona potesse dargli un aiuto concreto. Eppure di solito il vecchio aveva un buon fiuto. Gli domandò:

«Ma a questo punto io cosa posso fare?»

Giona si chinò in avanti sulla seggiola e parlò a bassa voce:

«Stai attento. Anche se Savi è morto, tu stai attento a Natalia».

2

I morti parlano

Cara Francesca,

forse una lettera è la cosa migliore. Tu lo sai che non sono un gran parlatore, mentre per iscritto

Per iscritto? Ma scherziamo?

Tu lo sai che non sono un gran parlatore, mentre se posso scrivere riesco a capire meglio ciò che voglio dire.

Un po' tortuoso, ma nella bella copia avrebbe cercato di snellire.

Negli ultimi tempi non ti ho telefonato, come abbiamo deciso, ma ho pensato molto al passato e al futuro. Già il fatto di pensarci, al futuro, lo rende in un certo modo più concreto, come se esistesse già, come se

Come facesse a cacciarsi in certe frasi, Contini non lo capiva. Cancellò le ultime righe e cercò di restare con i piedi per terra.

Negli ultimi tempi non ti ho più telefonato, ma ho pensato a noi due e a ciò che abbiamo costruito insieme. Sarebbe un peccato cancellare la storia prima che giunga alla fine, perché

No.

Sarebbe un peccato abbandonare. Mi rendo conto che ho sbagliato molte cose, e forse avrei dovuto essere più chiaro.

Non ci riusciva, a essere chiaro. Forse la ferita era ancora troppo fresca, o forse non c'erano ferite e lui tentava di trovarne una. Come un adolescente. Ultimamente scriveva troppe lettere, e magari dopotutto con Francesca non aveva staccato abbastanza per trovare le parole giuste.

Contini era uno specialista nell'arte del distacco.

Non aveva provato a telefonare a Natalia, sebbene quel mattino Giona gli avesse consigliato di farlo. Lei aveva preferito sparire, e Contini non voleva essere un ex detective ossessionato che perseguita una ragazzina.

A interrompere quei pensieri funesti, dal corridoio venne uno squillo. Quando era a casa Contini teneva il cellulare su una mensola accanto all'ingresso, sotto il vecchio telefono nero appeso al muro. Si alzò e andò a vedere che cosa fosse accaduto. Lesse: NUOVO MESSAGGIO. Di solito non aveva l'abitudine di ricevere sms.

Quando capì di che si trattava, dimenticò di finire la lettera a Francesca.

La scienza non ha mai certezze.

Questa era una delle cose che aveva imparato De Marchi in vent'anni di lavoro. Arrivano con i grafici, con le tabelle, con i dati precisi e puliti dei riscontri, ma non ti diranno mai: quest'uomo è stato ucciso dalla tal persona nel tal modo. La scienza parla di probabilità, ma De Marchi sapeva che con le probabilità non si va da nessuna parte.

«Non le chiedo di spiegarmi la posizione» disse il commissario accennando al cadavere di Savi. «Si è sparato da seduto o era in piedi, non importa. Ma è sicuro che è morto sul colpo?»

«Sembra che lo sia» rispose il dottor Pessina.

«Sembra o è?»

«Di sicuro non può aver sparato un altro colpo.»

De Marchi si passò una mano sulla fronte.

«E l'ora precisa l'avete stabilita?»

«Per questo non serve guardare il corpo.» Pessina si allontanò dal cadavere, quasi temesse d'importunarlo. «Abbiamo i riscontri delle prime misurazioni...»

Il dottore prese una cartella appoggiata su un mobile di metallo, poco distante dal tavolo sul quale era disteso il cadavere.

«Vede? Quando avete trovato il corpo la temperatura rettale era di ventinove gradi e mezzo. Saranno passate dieci ore, come si nota anche dalla diminuzione della trasparenza cornea e soprattutto dalla rigidità.»

«È possibile che fra la morte e il ritrovamento qualcuno abbia sparato un altro colpo?»

Pessina posò la cartella e tornò ad avvicinarsi al cadavere.

«Non a lui. Nel corpo di quest'uomo è passato un solo proiettile.» Il medico legale fece una pausa. «E di questo sono sicuro.»

Luciano Savi aveva un colore grigiastro, gli occhi chiusi e la barba che cominciava a spuntare intorno alla virgola curatissima delle basette. Era diverso da come lo ricordava De Marchi: più piccolo, forse, o più definito, con i lineamenti più nitidi e scolpiti. Visto dal lato sinistro, un po' da lontano, sembrava soltanto addormentato.

De Marchi salutò Pessina e prese l'ascensore per risalire alla luce del sole. Il corpo di Savi non diceva niente al medico legale: semplicemente, senza preavviso, si era sparato un colpo alla tempia.

Ma prima di morire Savi era riuscito a lanciare un messaggio.

Per questo il commissario era andato di persona da Pessina, e per questo il caso era ancora aperto. I tecnici avevano scoperto che dalla pistola con cui Savi si era sparato erano partiti due colpi, però avevano trovato un solo proiettile. La cosa aveva insospettito il commissario.

Esiste un sistema risaputo per camuffare un omicidio in suicidio. Prima si spara un colpo alla vittima e poi le si fa impugnare la pistola per sparare un secondo colpo in aria o da qualche parte: in questo modo dai test risulta che la vittima ha premuto il grilletto. Ogni volta che la polizia scopre un suicida con una pistola che ha sparato due volte, sente squillare un campanello d'allarme.

In più, dai tabulati telefonici di Mankell risultavano parecchie chiamate rivolte al cellulare di Savi. Come se i due condividessero un segreto, pensava il commissario. Un segreto di cui aveva trovato una traccia nell'ultimo messaggio di

Savi: un sms spedito a se stesso e lasciato nel cellulare, come un promemoria.

> *Non è colpa mia. Io ho sempre cercato di evitare la violenza. È stato lui, dovete cercare l'uomo che non c'era, quello che si è nascosto. Io ero lì, ma non è colpa mia. Luciano Savi.*
> MITTENTE: *Luciano Savi*
> DESTINATARIO: *Luciano Savi*
> INVIO: 25 AGOSTO, ORE 02.05

Due giorni prima di morire, Savi aveva sentito il bisogno di scrivere quelle parole. Non sembravano il messaggio di un suicida, ma di uno che ha qualcosa da nascondere.

Il procuratore Bazzi stava raccogliendo prove per affibbiare a Savi gli omicidi; e gli inquirenti cercavano un movente nei guai finanziari del Tucano. Ma De Marchi cominciava a preoccuparsi. La Scientifica non riusciva a spiegare come Savi fosse riuscito a uccidere Mankell senza lasciare nessuna traccia: non risultava che avesse mai messo piede nel salotto dove Mankell era stato ammazzato. E i ragazzi quel salotto l'avevano esaminato a fondo.

Insomma: in mancanza di fatti, Bazzi e gli altri stavano elaborando teorie. Staremo a vedere, pensò De Marchi. Se per caso saltava fuori che Savi era morto ammazzato, tutte le loro teorie sarebbero state inutili.

3

La fortuna di Kate

Uno può lasciare la macchina alla stazione di Chiasso, se è disposto a pagare il parcheggio. Poi s'incammina lungo il corso San Gottardo o scende da via Motta, attraversa piazza Elvezia ed è in Italia.

Non cambia niente. Prima sei in Svizzera, poi varchi il confine di Stato e sei in Italia. Si tratta di una banalità, molti lo fanno più volte al giorno: un saluto svogliato alle guardie, le mani in tasca, un passo più veloce per lasciar passare un'automobile. Ed ecco l'Italia.

Anche se pare una formalità, un confine è sempre un confine. Vanno e vengono opere d'arte, milioni di euro o di franchi, lavoratori e turisti, gente in cerca di fortuna. Oppure la frontiera aiuta a scomparire. E Kate vuole andarsene, pensò Contini mentre si faceva strada nella folla, Kate vuole scrollarsi di dosso la Svizzera.

Kate non ha trovato fortuna.

Prima di prendere un volo che da Milano l'avrebbe portata chissà dove, e con chissà quali soldi, Kate aveva una faccenda da risolvere. Perciò aveva scritto un sms a Contini e lui, in un giorno di festa popolare, vagava in mezzo ai musicisti e alle ragazze tirate a lucido. In piazza Indipendenza c'era un gruppo che si esibiva sopra un palchetto. Il cantante aveva un codino di capelli grigi e gli occhiali da sole, benché fossero le nove di sera. Gli altri musicisti erano tutti adolescenti, tranne il batterista che aveva la stessa età del cantante. Contini si domandò come fosse nato quel miscuglio, sulle ceneri di quali sogni di successo.

La musica rimbombava dalle casse degli altoparlanti. Contini scansò un bambino in monopattino e attraversò la piazza fino all'edificio della Posta. Da lì provò a guardarsi intorno.

A pochi passi dalla dogana, Chiasso riusciva a diventare un villaggio. Tavoli di legno sulla piazza e ragazzini che correvano fra i paracarri, bambine munite di gelato, vecchi signori con le scarpe lucide. I passanti assaggiavano un bicchiere di rosso, compravano i biglietti della lotteria. Contini sapeva che il Ticino è pieno di occasioni simili: sagre, feste, ricorrenze, carnevali invernali ed estivi, ogni occasione è buona.

Anche Contini non disse di no a un bicchiere di Merlot. Poi riprese a camminare verso sud. La gente andava in direzione opposta, ogni tanto qualcuno lo urtava per sbaglio. C'erano turisti, branchi di adolescenti e qualche famiglia.

Ma nessuno assomigliava a Kate.

Del resto, Contini non sapeva nemmeno com'era fatta. Perciò camminò fino alla dogana e, quando arrivò davanti alle guardie, aspettò. Kate gli aveva detto: mi farò riconoscere.

Dopo qualche secondo, gli arrivò un messaggio sul cellulare. Era il nome di un ristorante italo-cinese di Ponte Chiasso. Contini non era sicuro di voler provare la cucina italo-cinese, ma si rassegnò e varcò il confine. Il ristorante era in una via trafficata, piena d'insegne e di semafori. La festa del villaggio era lontana poche centinaia di metri, ma pareva un altro mondo. Contini entrò nel ristorante e domandò:

«C'è un tavolo per Contini?»

Kate lo stava aspettando.

Era una donna alta, dalla pelle nera, con gli zigomi che le ingentilivano il volto e un abito di raso grigio con il collo stretto. Portava una collana di pietre rosse. Contini si sedette di fronte a lei e disse:

«Finalmente».

«Grazie di essere venuto qui.»

Kate aveva un leggero accento straniero, che Contini non riuscì a identificare. Stava bevendo una birra cinese. O era italo-cinese?

«So che invece di fare tutte quelle lettere potevo chiamare subito.»

«Non c'è problema» disse Contini. «Anch'io scrivo lettere.»

«Quando sento che Savi è morto, penso: non parto senza parlare di Vicky. Ma non voglio chiamare la figlia di dottor Rocchi, troppo giovane.»

«Ha fatto bene a chiamare me.»

Contini si sedette di fronte a Kate. Indovinava in lei un miscuglio di stanchezza e ansia, come se avesse fretta di lasciarsi qualcosa alle spalle. Perciò non perse tempo e le chiese:

«Lei sa che cosa c'era sui documenti raccolti da Rocchi?»

«Non bene.» Kate lo guardava fisso. «Ma c'erano le prove. Perché Savi non lo avete preso prima?»

«La polizia non ha i documenti.» Contini alzò la mano per chiamare un cameriere. «Ora le spiego.»

Kate ordinò involtini primavera e pollo fritto al curry, Contini anatra arrosto con salsa piccante. Birra e riso alla cantonese per entrambi. Mentre aspettavano, Contini le disse dell'afasia di Natalia e dello smarrimento dei documenti nel bosco. Infine precisò:

«Comunque io non sono un poliziotto. Non arresto nessuno».

«E cosa sei?» gli domandò Kate.

«Non lo so. Un amico di Natalia.»

Kate lo fissò imperturbabile. Non fece altre domande, aveva l'aria di una che non voleva né dire né sapere troppo. Però fra loro cominciava a crearsi una certa sintonia. Contini le domandò:

«Tu non hai visto le prove raccolte da Rocchi?»

«Alcune cose vengono da me, le ho prese io. Insieme a Rocchi abbiamo cercato i nomi degli uomini di Vicky...»

«Te li ricordi?»

«A memoria no, ma se mi dici un nome penso di sì. Certi erano clienti regolari. Poi c'erano i documenti di Vicky, anche quelli finti, e le cose firmate da Mankell e fotografie di Vicky dopo le botte di quel porco.»

«Cos'è successo a Vicky?»

«Vicky era un'amica mia, lo sai? Ho scattato io le foto. Con il telefono.»

Contini notò che Kate tendeva a girare intorno al punto. Sicuramente aveva paura, anche se avvertiva in lei una certa noncuranza. Lo sguardo fermo, i gesti pacati, Kate parlava come se raccontasse una vecchia storia, una favola che entrambi conoscevano già. Contini intuiva che la ragazza un po' gli assomigliava, e che come lui aveva imparato a difendersi dalle intrusioni. La calma era un modo per eludere gli attacchi. E per vincere la paura. Contini aspettò che il cameriere servisse la birra, poi domandò:

«Chi ha fatto del male a Vicky?»

«Uno dei suoi uomini. L'ha picchiata e l'ha picchiata ancora, e allora lei stava male, quasi morta. Poi Savi e Mankell hanno avuto paura e Vicky è tornata a casa. Ma Rocchi sapeva, e loro hanno paura perché lui ha preso i documenti. Vicky li ha dati a lui prima di andare.»

Contini cominciava a capire.

«Ora Vicky dov'è?»

«Non so. Nessuno lo sa. Vicky è tornata a casa, lontano, è andata via.»

Kate era vicina al limite. Aveva già detto molto, e di sicuro stava rischiando. Ma in assenza dei documenti di Rocchi, era l'unica a poter raccontare ciò che era accaduto al Tucano.

«Kate, chi ha picchiato Vicky?»

«Non lo so chi è.»

«Ma quando è successo? Perché Savi e Mankell hanno avuto paura?»

«Perché avevano troppe cose da nascondere. Ma questo ormai è passato, io sono venuta solo per dirti una cosa.»

Contini mangiava la sua anatra con coltello e forchetta. Li posò sul piatto e alzò gli occhi a guardare Kate.

«Dovete trovare quei fogli, o cercare con la polizia gli

uomini di Vicky. Savi è morto, ma devono pagare anche gli altri.»

«Kate, se io ti accompagnassi alla polizia non...»

«Ormai Vicky non c'è più, Savi è morto. Io fra una settimana prendo l'aereo e vado. Non voglio tornare in Svizzera e non voglio polizia.»

«Savi è morto, ma restano altri. Ferdi, per esempio...»

Kate si rabbuiò.

«Cosa sai di Ferdi? Io non voglio parlare!»

«Ma se fossi disposta a testimoniare...»

«Io non ho fortuna, in questi mesi. Parlo con Rocchi e Savi mi caccia, poi non ho lavoro. Adesso basta, adesso voglio tornare a casa.»

Contini fece per replicare quando gli squillò il telefono. Stava per rifiutare la chiamata, poi vide il numero del direttore. Accennò a Kate di aspettare e si allontanò di qualche passo.

«Pronto.»

«Contini?»

Dietro la voce di Gianrico Roberti c'era la tivù accesa. Contini disse:

«Sono io. Buonasera».

«Senta, Contini, non può dire di non essere stato avvisato.»

Contini non replicò.

«Io gliel'avevo detto, ero stato chiaro. Non voglio che lei s'immischi con questa storia del Tucano, a meno che sia per darci informazioni. Non voglio sentire che un nostro collaboratore... è ancora lì?»

«Ci sono.»

«Perché lei era a Castione quando la polizia ha scoperto il corpo? Perché sono venuto a saperlo da Teleticino?»

Contini immaginò che fossero domande retoriche. Ma Roberti insisteva:

«Allora? Ha una spiegazione da darmi?»

«Forse un giornalista mi ha visto. Ero lì per fare due domande a Savi.»

« Ma si rende conto? In più, se mi permette, non è che il suo rendimento al lavoro sia il massimo, in questi giorni. Cosa le succede? »

« Ho altre cose per la testa. »

« Noi abbiamo un editore, abbiamo degli obblighi, anche per rispetto dei suoi colleghi a questo punto sono costretto a interrompere i nostri rapporti di lavoro. Le daremo i tre mesi di preavviso. Mi sta ascoltando? »

« Sì. »

« Mi dispiace, Contini. Avevo tentato di metterla in guardia. »

« Non si preoccupi. »

« Se vuole una lettera di raccomandazione, io... »

« Le faccio sapere. Buona serata. »

Appena chiusa la conversazione con il direttore, Contini si voltò a guardare Kate. Il suo posto era vuoto. Per un secondo pensò che fosse andata in bagno, poi si avvicinò e notò che aveva scritto due righe sul tovagliolo, nella sua grafia larga e decisa.

Mi dispiace ma ho detto tutto. Ora vado, lascio qualcosa per il conto. Buona fortuna. Kate

L'ultima lettera di Kate.

Accanto al tovagliolo aveva lasciato una banconota da dieci euro.

Contini decise di non inseguirla, di non cercarla. Le aveva già chiesto molto, e non aveva più la forza per giocare al poliziotto. Aveva perso Francesca, e ora anche il lavoro. E perché? Non lo sapeva nemmeno lui. In quel momento si domandò se lasciare perdere tutto. Che cosa gliene importava del Tucano e dei documenti di Rocchi? Poi pensò alle parole di Giona, al silenzio di Natalia e a ciò che voleva dire.

Prese il cellulare e chiamò il numero della ragazza.

Non rispondeva. Entrò in funzione la voce registrata della segreteria telefonica, e Contini lasciò un messaggio dopo il segnale acustico.

«Ciao, Natalia, sono Contini. Ho appena parlato con Kate, quella che ha scritto la lettera, ti ricordi? Ho capito che anche se Savi è morto la verità non la conosciamo ancora, ci sono altre persone che hanno gravi responsabilità. Te la senti di tornare a Corvesco? Chiamami, se vuoi.»

Contini premette il pulsante di fine conversazione. Poi tornò a sedersi, cercò il cameriere e si fece portare un'altra ciotola di salsa piccante.

4

Eurosport

Natalia guardava Eurosport. Era l'unica cosa che riusciva a calmarla, che le faceva dimenticare la sua solitudine.

In realtà non si era mai interessata di sport, anzi, preferiva senz'altro ascoltare musica nella vasca da bagno o starsene al sole con un romanzo giallo. Ma in quel periodo aveva messo da parte i romanzi gialli. Non solo perché non voleva leggere di morti, ma anche perché le sfuggivano alcune parole. Si sentiva umiliata. Le cose stavano peggiorando: il giorno dopo la morte di Savi i progressi si erano bloccati. Quel mattino, durante la logopedia, Natalia si era messa a piangere.

Tutto si era risolto. Savi aveva ucciso sua madre e Mankell; mancavano i dettagli, ma la polizia li avrebbe procurati presto. E allora perché Natalia era tornata indietro? Stava per cominciare la scuola e lei era ancora in mezzo alla palude. Il terreno che aveva guadagnato metro dopo metro era sprofondato. Allora Natalia accendeva la tivù, toglieva l'audio e guardava gli incontri di snooker, le gare di trattori o le partite di calcio femminile. Non si era mai resa conto che lo sport, almeno, è un'attività che si può fare in silenzio.

Non stava più in giardino, e nemmeno in salotto. Aveva portato il televisore in cucina, insieme a una poltrona. Si metteva in un angolo, di fianco al camino spento, e guardava Eurosport bevendo bicchieri di latte.

Quando squillò il campanello, stava spalmando del burro su una fetta di pane nero. Davanti a lei, sullo schermo della tivù, una donna colossale si stava cimentando nel lancio del peso. Andò ad aprire con il coltello in mano e si trovò di fronte una ragazza dalla pelle scura, che le sorrideva. Era Barbara. Millenni prima erano andate in vacanza insieme, secoli prima Natalia era stata ospite nel suo appartamento a Ginevra.

«Ciao!» Barbara guardò il coltello. «Va tutto bene?»

«Pane e burro» fece Natalia. «Vuoi?»

Si sedettero l'una di fronte all'altra. Barbara si muoveva con cautela, come se temesse di rompere qualcosa. A Natalia però non diede fastidio: non era quel tipo di delicatezza premurosa che finisce per ottenere l'effetto contrario di ciò che si prefigge. Era l'imbarazzo di chi cammina per terre inesplorate.

«Lo so, Natalia, che vuoi stare tranquilla. Ma domani devo tornare a Ginevra e... ecco, non rispondi più al cellulare.»

«Di giorno lo lascio spento.» Natalia stava imburrando una fetta di pane anche per Barbara. «Mi dispiace.»

«L'importante è che stai bene.»

Natalia non rispose, non alzò gli occhi dal pane.

«Non vuoi accendere il cellulare?»

«Dopo.»

«Ma dove lo tieni?»

«In tasca.»

La donna avanzò di due passi, girò su se stessa, fece un saltello e lasciò partire il peso. Le due ragazze seguirono il volo sullo schermo, finché il peso atterrò vicino a una linea tracciata sull'erba. Barbara disse:

«Facciamo due passi?»

Andarono in bus fino alla stazione di Lugano e poi scesero la scalinata verso il centro. A entrambe piaceva camminare. Era un giorno di sole e nuvole. Natalia respirava a pieni polmoni, apprezzava il fatto di essere all'aria aperta. C'era un po' di vento che arricciava le onde del lago e gonfiava gli ombrelloni in piazza della Riforma.

«Sei migliorata» disse Barbara. «Adesso parli come prima.»

«Quasi.»

Barbara faceva del suo meglio, ma Natalia non riusciva più a rientrare in quel mondo. Chiacchiere sui ragazzi, sui telefilm. La normalità era più lontana di un miraggio.

«Adesso con chi starai?» chiese Barbara.

«Per un po' vengono dei miei parenti. Poi da sola.»

«Perché non vieni a trovarmi a Ginevra, quando hai vacanza?»

«Grazie. Volentieri.»

Stavano camminando sul lungolago verso il parco Ciani. Davanti ai noleggi dei pedalò c'erano gruppi di turisti colorati e in fondo, vicino al chiosco, ciondolavano bambini aggrappati a lattine di Coca-Cola o di Fanta. Natalia pensò che comunque era meglio di Eurosport.

«Sono contenta che sei passata a trovarmi.»

«Almeno ci vediamo, prima che io parta.»

Entrarono nel parco Ciani.

«Ho conosciuto uno» disse Natalia.

Barbara la guardò.

«Come si chiama?»

«Giovanni.»

«Com'è, ti piace?»

«Non lo so. Mi trovo bene con lui, ma ho bisogno anche di stare sola.»

Era difficile da spiegare. E non voleva nemmeno provarci. Le bastava il suono della ghiaia sotto i loro piedi, gli strilli dei bambini nel parco giochi e quell'odore di lago che arrivava a zaffate sotto gli alberi.

Ma c'era qualcosa che non andava.

Natalia indicò a Barbara una panchina che guardava verso il lago e si sedettero l'una di fianco all'altra. Dopo un po', Natalia tirò fuori il cellulare e lo accese. Subito cominciò a emettere dei suoni.

«Chiamate senza risposta» disse Natalia.

«Io ho provato un po' di volte.»

«Hai parlato alla segreteria?»

«No, perché?»

«Qualcuno ha lasciato un messaggio...»

Natalia corrugò le sopracciglia.

«È Contini.»

«E chi è?» domandò Barbara.

Natalia non rispose. Stava ascoltando il messaggio.

5

Caratteri diversi

Giovanni Canova apprezzava l'eleganza dei caratteri. Prima di cominciare la formazione da tipografo non aveva mai badato ai gruppi stilistici, alle forme o alla tipometria. Invece ora sognava di creare un nuovo tipo di carattere. Non come fanno i grafici, che si perdono negli svolazzi, ma un carattere che restasse impresso anche nella mente.

Times, Courier, Helvetica... ogni stile era un mondo. Giovanni valutava la presenza o l'assenza di grazie, la proporzionalità, distingueva un carattere chiaro da uno chiarissimo, un tondo, un corsivo ben fatto, un larghissimo. A casa nel suo computer aveva un programma che misurava i caratteri, segnando le parti ascendenti e discendenti, e che suggeriva possibili varianti. Il programma inoltre generava una serie di files per riprodurre qualsiasi corpo nella scala richiesta.

Per il momento, però, Giovanni era soltanto un apprendista.

Di solito si occupava di tagliare la carta per la stampa, o della manutenzione delle macchine offset: pulizia dei calamai e revisione dei cilindri. Qualche volta seguiva il fissaggio delle pellicole nella sviluppatrice, oppure sorvegliava il funzionamento del mettifoglio. In genere gli piaceva lavorare con le macchine. La precisione dei dettagli e la fluidità del processo di stampa gli davano soddisfazione.

Quel giorno di fine agosto la scuola non era ancora iniziata, così Giovanni poteva cominciare ad ambientarsi nel suo futuro luogo di lavoro. La Tipografia Offset Martini, con sede a Grancia, vicino a Lugano, aveva appena comprato una Heidelberg Speedmaster 102, con controllo di qualità Heidelberg CPC 24. Giovanni seguiva passo passo il signor Martini, che gli presentò i colleghi e gli parlò del lavoro.

«Ricordo quando avevamo ancora i compositoi. C'erano questi grandi cassetti con dentro i caratteri di piombo o di legno.»

Giovanni conosceva già quella tiritera. Da un lato era invidioso: poter toccare un carattere, poterlo tenere in mano... ma dall'altro, aveva sentito che il piombo era dannoso per la salute.

Anche il signor Martini amava le macchine. Mentre gliele presentava, le accarezzava con la mano; e diede un buffetto affettuoso perfino alla macchina del caffè. Inserì un paio di franchi. Disse:

«Serviti pure. Io prendo solo un po' d'acqua».

«Grazie» fece Giovanni, che era sempre timido in un ambiente nuovo. «Posso prendere un caffè?»

«E come no!» Il signor Martini sorrise. «Siamo qui per questo...»

Mentre aspettavano che la macchina sfornasse il caffè, parlarono degli studi di Giovanni e delle sue aspirazioni.

«Sì, è una buona idea studiare i caratteri. Hai provato a fare disegni?»

«Un po'» fece Giovanni.

«Al giorno d'oggi io consiglio sempre ai giovani di studiare grafica, perché ormai con la fotocomposizione il mestiere in tipografia è meno variato, capisci, meglio avere più frecce al tuo arco.»

Giovanni stava per dire qualcosa, quando sentì squillare il suo cellulare. Rosso di vergogna si frugò in tasca, borbottò due parole di scusa.

«Prego, prego» disse il signor Martini.

Giovanni fu stupito di sentire la voce di Natalia.

«Stai lavorando?» gli domandò.

«Non proprio, diciamo che... oggi sono qui per guardare.»

«A Lugano?»

«Sì.»
«Io sono a Massagno.»
Natalia fece una pausa.
«Ho un favore da chiederti.»
«Certo.» Giovanni si allontanò dal signor Martini. «Dimmi.»
«Voglio andare a Corvesco. Voglio sapere dove sono i documenti.»
«Ma...»
«Contini ha scoperto delle cose. Ci vieni con me a Corvesco?»
«Io... certo. È una buona idea. Domani o dopo io...»
«Voglio andare adesso. Puoi chiedere a tuo padre se ci accompagna?»
«Ah.» Giovanni inghiottì. «Sì, adesso. Io... ma non dovresti chiedere all'avvocato, come si chiama, al tuo tutore?»
«Glielo chiederò. Tu puoi partire subito?»
«Penso... penso di sì. Devo sentire mio padre. Ma perché tanta fretta?»
«Non lo so.» Natalia si fermò, cercò le parole giuste. «Ho una sensazione. Non posso aspettare. Ho bisogno che tutto sia chiaro, capisci?»

6

Una piccola volpe

Contini aspettava. Kate era fuggita via, Francesca non si faceva sentire, il giornale era un capitolo chiuso. Non gli restava altro che ciondolare in salotto, insieme al gatto grigio. Oppure poteva farsi un giro nel bosco.

Meglio il giro nel bosco.

In fondo, tutto quanto gli era successo era l'occasione per ripartire. Indossò gli abiti da volpi, prese la macchina fotografica e s'incamminò. Un uomo da solo con il suo passo, nel folto della vegetazione o nelle radure in salita, con l'erba lisciata dal vento. Era il momento di tornare all'essenziale. Sono qui, pensava Contini, ora. Che problema c'è?

Ma come sempre squillò il telefono.

« Ciao, ti disturbo? »

Era Natalia.

« No. Hai ascoltato il mio messaggio? »

« Sì. » Natalia esitò. « Quello che hai detto mi ha fatto pensare. »

« Vuoi tornare a Corvesco? »

« Sì. »

« Quando arrivi? »

L'investigatore impaziente. Dopotutto la storia non era ancora finita. Probabilmente Natalia non avrebbe scoperto niente, ma se il vecchio Giona aveva ragione, se c'era una possibilità...

« Ti faccio sapere » rispose Natalia. « Ho chiesto a Giovanni di accompagnarmi, ci porta suo padre. »

« Volete che venga con voi? »

L'investigatore ficcanaso. Natalia rifletté per qualche secondo.

«Ci facciamo un giro, poi ti chiamo.»

«Allora ci vediamo più tardi. Ma non allontanatevi troppo nel bosco.»

L'investigatore paterno.

«Va bene» disse Natalia. «A dopo.»

«Io non c'ero.»

«Io non c'ero dove?»

«Al pestaggio.»

«Quale pestaggio?»

«Non so, quando hanno picchiato la ragazza.»

«Quale ragazza?»

«Oh, io non lo so, commissario. Non c'ero.»

Magnaccia, cantanti, fotografi dagli occhi sfuggenti, pugili falliti e vecchie ragazze. De Marchi aveva interrogato in rapida sequenza una folla di reietti. Era il sottobosco che cresceva intorno al Tucano e agli altri night-club ticinesi, un ambiente dove si parlava a bassa voce e ogni cosa aveva almeno due significati.

Sulle prime voleva lasciar perdere, era inutile sprecare tempo a cercare un legame speciale tra Savi e Mankell. Come diceva il procuratore: avranno pagato Mankell per firmare un paio di certificati. Ma poi un addetto alla sicurezza aveva accennato a un pestaggio, un episodio di violenza che sarebbe avvenuto al Tucano e che Savi avrebbe messo a tacere con l'aiuto di Mankell.

Purtroppo non c'erano prove e non c'erano testimoni.

«Commissario, siamo quasi colleghi. Cioè, massimo rispetto, capisce?»

Davanti a De Marchi c'era una massa di muscoli che a ogni movimento faceva scricchiolare la sedia. Il commissario non riusciva a immaginarselo con la divisa della Securitas. Ma se lo immaginava bene vestito di nero che prendeva a botte i clienti insolventi di un bordello.

«Sì, certo. Colleghi.»

De Marchi appoggiò la mano sull'accendino, al centro della scrivania. Era stanco, era sempre più stanco.

«Qualcuno le ha parlato di un pestaggio. Voglio sapere chi.»

La massa di muscoli, che si chiamava Alan Esposito, si strinse nelle spalle.

«Non è che qualcuno me ne ha parlato. Succede che dei clienti si lasciano andare e poi si vergognano. Non è mica una cosa nuova.»

«Si lasciano andare?»

«Non lo so, è quello che ho pensato. Savi era uno che non voleva scandali. Glielo dico perché siamo tutt'e due del mestiere.»

«Va bene.» De Marchi strinse l'accendino nel pugno. «Mi racconti tutto ancora una volta.»

«Ho lavorato lì per due settimane, un po' di mesi fa, quando c'era bisogno di gente. Come operatore di sicurezza.»

Operatore di sicurezza. De Marchi prese nota: anche i buttafuori hanno la loro facciata rispettabile.

«Comunque ero uno esterno, mica mi davano confidenza. Cioè, una sera Savi viene lì e mi fa: è successo qualcosa. Io gli faccio: cosa? E lui: tu puoi andare a casa.»

Esposito tacque, con l'aria di chi ha detto tutto.

«E sei andato a casa?» fece De Marchi.

«Non subito. Prima di andare sono passato su dove ci sono le stanze delle ragazze... cioè, il posto dove si riposano dopo gli spettacoli che...»

«Vai avanti.»

«Ecco, insomma, ho visto che qualcuno aveva menato una ragazza, una certa Vicky. Sentivo gridare, e piangere, e poi è arrivato lì Savi e mi fa: non ti ho detto di sparire? E io sono sparito.»

Fine della storia. Il commissario insisté ancora per venti minuti, tanto per scrupolo. Esposito era il testimone che aveva visto di più, e non aveva visto niente. Per il resto, De Marchi aveva raccolto voci imprecise, dicerie, addirittura un paio di storie inventate di sana pianta. Quella ragazza,

Vicky, sembrava scomparsa dalla faccia della terra. Nome fasullo, documenti fasulli, era sempre la solita storia.

Non c'erano dubbi, diceva il procuratore. Savi si era ammazzato e questo metteva fine alle ipotesi, era il momento di cercare le prove. Ma De Marchi aveva troppe domande per la testa.

Forse la verità era in quei documenti raccolti da Rocchi, che a sentire sua figlia erano scomparsi nel bosco. Di certo non era nelle parole di Alan Esposito. Le uniche persone che sapevano davvero com'era andata erano forse i coniugi Rocchi, di sicuro Mankell e Savi. Ed erano tutti morti.

Era una piccola volpe. Camminava con prudenza, era una delle prime volte che si avventurava da sola, lontano dalla radura dov'era cresciuta e dove c'era la tana rassicurante, con le sue uscite di sicurezza. Contini la osservò con il binocolo, poi provò ad avvicinarsi facendo un largo giro.

La volpe si era immobilizzata sul pendio di una collina. Il terreno era cosparso di noccioli e ciuffi di erba alta. Il volpacchiotto doveva avere all'incirca quattro mesi. L'età giusta per diventare adulto. Contini pensò che avesse annusato una preda, o sentito un movimento sotterraneo.

Di solito le volpi cacciano di notte, ma i cuccioli sono impazienti. Contini armeggiò con lo zoom: voleva essere pronto quando la volpe avrebbe spiccato il balzo. Cercava di tenere la mente vuota, concentrandosi sui gesti da compiere e sui movimenti dell'animale.

Ma i pensieri andavano per conto loro. Contini si domandava quali ricordi avrebbe trovato Natalia a Corvesco, quali sentieri avrebbero seguito lei e Giovanni. Era giusto lasciarli soli, loro due? Ma forse la presenza di un adulto li avrebbe infastiditi.

La volpe avanzò lentamente. Poi rimase ferma, con una zampa sollevata e il muso teso in avanti. Pronta a balzare su una preda. Contini sospettava che facesse un po' di scena, imitando i gesti della madre. Tentare un assalto sarebbe stato un gesto ardito: le talpe di pomeriggio dormono, non si fanno acciuffare dai cuccioli.

Contini puntò la macchina fotografica. La volpe era immobile. Il vento frusciava nel bosco, smuovendo le fronde degli alberi più alti. Sulla destra c'era un canalone che portava al Tresalti, a sinistra il paesaggio si allargava verso la collina. Sulla collina c'era la volpe.

Il lampo arrivò proprio nel momento dello scatto. Contini intravide un movimento, la volpe scattò avanti e atterrò vicino a un mucchio di terra. Niente, non aveva preso niente. La talpa non c'era più, dopo avere sporto il muso non aveva perso tempo a rintanarsi. Il volpacchiotto si leccò una zampa con aria imbarazzata. E Contini era sempre lì, fermo con il dito sull'interruttore. Non aveva scattato la fotografia perché un attimo prima del balzo, senza preavviso, gli era venuta un'idea.

Il silenzio e il ritardo. Natalia che non riesce a raccontare, l'assassino che arriva invisibile a casa Rocchi. Tutto era chiaro. E anche il suicidio di Savi rischiava di essere una messinscena.

Contini si alzò e ripose la macchina fotografica nella custodia. Doveva chiedere l'aiuto di Kate, prima che prendesse l'aeroplano. Le inviò un messaggio con una lista di nomi, chiedendole se uno di loro avesse frequentato Vicky. Non sarebbe stata una prova, ma era meglio di niente.

Un assassino per le tre vittime. Una sola mano che uccideva Sonia Rocchi, Peter Mankell e Luciano Savi. E allora Savi era innocente, non aveva ammazzato nessuno. Perché nell'ombra, con il giusto attimo di ritardo, c'era un'altra persona che agiva con astuzia. Un uomo pieno di paura, e un assassino senza pietà.

Contini lasciò perdere le volpi e tornò in fretta verso Corvesco.

7

L'investigatore confuso

Francesca. Dall'alto, avvicinandosi a casa, Contini vide brillare al sole la sua automobile. Tutto insieme, come sempre. Per quanti stratagemmi uno possa mettere in atto, la vita non ti lascia mai tranquillo. Il momento di solitudine nel bosco era durato poco: ora Contini aveva un assassino da stanare e una donna da placare.

Scese dal sentiero sul retro, girò intorno alla casa e la vide, seduta sotto il portico. Il guaio era che aveva poco tempo e molte cose da chiarire. Doveva fare subito qualcosa, chiamare Natalia, avvisare la polizia. Dire a Francesca che i loro guai non erano importanti, erano soltanto fantasmi.

« Ciao, Contini. »

Francesca indossava una gonna corta, di colore azzurro cupo, e una camicia a maniche lunghe dello stesso colore. Aveva un foulard giallo intorno al collo e un mezzo sorriso sulle labbra.

« Francesca » disse Contini. « Francesca, che cosa ci fai qui? »

« Bella accoglienza. » Francesca si alzò.

« Scusami. » Contini si avvicinò, lei lo baciò sulla guancia. « È che non mi aspettavo di vederti. »

« No? »

Francesca pronunciò il monosillabo a fior di labbra, e Contini si arrestò nel gesto di aprire la porta. Si girò verso di lei, disse:

« Però speravo di vederti ».

Entrarono in salotto, Contini preparò un caffè. Girava intorno a Francesca con circospezione, come un archeologo di fronte a un manufatto raro. Lei gli disse:

«Ti vedo un po' nervoso, Contini. Hai fatto qualche casino?»

«È questa storia di Natalia Rocchi, sai, mi ha dato da pensare.»

«Ma in che veste? Per il giornale?»

Contini ebbe un'incertezza. Poi disse:

«Ho indagato un po' a titolo personale».

«Ah.»

«Volevo sapere perché Natalia taceva e perché quella sera...»

Contini s'interruppe. Stava sbagliando tutte le mosse. Francesca voleva sapere del loro futuro, non gliene importava niente delle sue velleità da detective. Specialmente quando lui stesso aveva voluto smettere e cambiare lavoro, e cambiare vita.

«Ma tu come stai? Lavori, fai supplenze o...»

«Qualche ora qui e là.»

«Bene, voglio dire, per cominciare. Poi apriranno i concorsi, no?»

Incredibile. Stavano facendo conversazione in salotto, come due vecchi compagni di scuola. Contini non riusciva a recuperare il terreno perduto.

«Vedremo» diceva Francesca. «Come alternativa, potrei approfittare di questo periodo per imparare finalmente l'inglese.»

Il cellulare di Contini mandò uno squillo. Kate. Prima di rendersene conto, stava già leggendo il messaggio. Sbirciò Francesca e si giustificò:

«Scusami, è urgente».

Era una conferma: Kate aveva riconosciuto il terzo dei quattro nomi sulla lista, e questo confermava la teoria di Contini. E quindi...

Ma non era il momento di pensarci. Disse:

«Allora vuoi imparare l'inglese? Cioè, vuoi fare un corso e...»

«No, pensavo di andare un anno negli Stati Uniti.»

«Ah.»

L'investigatore confuso. Troppe cose in poco tempo. Francesca disse:

« Ma non ho ancora deciso. Non so se ho voglia di partire ».

Per questo era venuta a casa sua. Per questo lo guardava come chi aspetta una risposta. Ma era giusto che dipendesse da lui?

« Andresti a studiare all'università? »

« Magari potrei trovarmi un lavoro. »

Contini doveva dire qualcosa. La conversazione fra loro era stata come un trampolino, che lo aveva portato in quel punto preciso.

Ma era una giornata senza pace. Mentre Contini cercava le parole, squillò il telefono fisso di casa. Il ricevitore senza fili era disperso in mezzo al disordine del salotto, quindi Contini si alzò e, scusandosi di nuovo con Francesca, andò all'apparecchio appeso in corridoio.

« Pronto. »

« De Marchi. È lei, Contini? »

« Sono io. »

Francesca, gli Stati Uniti, l'esitazione, tutto svanì per lasciare posto all'urgenza del momento. De Marchi aveva un tono sbrigativo:

« La chiamo per via di quella storia del Tucano ».

« Sì, io... »

Il commissario ignorò l'interruzione.

« Ho sentito un paio di testimoni che mi hanno detto di avere incontrato di recente anche lei. E visto che ha promesso di restare fuori da... »

« Lasci perdere. Ho anch'io qualcosa da dirle, ed è urgente. »

« Che c'è? Se è un'altra delle sue... »

« Ho una domanda. È possibile che Savi sia stato ucciso? »

« Ucciso? » De Marchi fece una pausa. « Lei sta scherzando, Contini. »

« Penso di sapere chi ha commesso i tre delitti. »

«Ha detto tre?»

«La stessa persona potrebbe aver ucciso Sonia Rocchi, Mankell e Savi.»

De Marchi tacque.

«Commissario? È ancora lì?»

«Ci sono» De Marchi borbottò. «Mi dica.»

Ernesto Canova sbirciò nello specchietto retrovisore il volto di Giovanni. La ragazza sedeva davanti, con lo sguardo assorto. Ernesto intuiva che c'era qualcosa, una corrente di tensione, ma non riusciva a capire di che si trattasse.

Giovanni non era mai stato un adolescente difficile, eccetto qualche brusco cambio d'umore. Ma nelle ultime settimane sembrava perso in un altro mondo. Non parlava mai di quella ragazza, ma Ernesto intuiva che era lei il centro di tutto. I mutismi, le risposte, i colpi di testa... Giovanni faceva così perché era in pena per lei.

Poco male: aveva diciassette anni ed era innamorato.

Tuttavia dietro la vicenda di Natalia Rocchi c'era pur sempre l'ombra di fatti violenti, di segreti pericolosi. I due ragazzi volevano soltanto approfittare di una giornata di sole per una passeggiata nei boschi? O stavano ancora ruminando quella brutta storia del primo d'agosto?

«Be', ragazzi, come mai questa gita a Corvesco?» domandò senza rivolgersi a nessuno dei due in particolare.

«Così» disse Giovanni. «Per cambiare aria.»

Allora Ernesto parlò a Natalia.

«Un po' d'aria fresca è la cura migliore, non è vero?»

«Sì» rispose lei.

Adolescenti. Era come parlare alla parete di un bunker.

«È un po' tardi, ma per fortuna è una bella giornata. Mentre fate due passi, ne approfitto per ripulire il giardino e tagliare l'erba.»

Giovanni disse:

«Vuoi che ti do una mano?»

« Ma figurati! » Ernesto sorrise. « Sei in compagnia, oggi, no? Voi due andate pure a divertirvi, non ci metterò molto. »

« Quanto? » domandò subito Giovanni.

Ernesto cercò il suo sguardo nello specchietto.

« Oh, non so. Perché, dove pensavate di andare? »

Fu Natalia a rispondere:

« Nel bosco. Voglio cercare un posto che mi ricordo ».

8

Una reputazione da proteggere

«Stavo guardando una volpe.»

«Contini, io non ho molto tempo...»

«Mi lasci parlare, vedrà che sono cose importanti.»

De Marchi sbuffò ma non disse niente.

«Le dico subito che non ho prove, commissario. Soltanto un paio d'intuizioni. Ho visto questo cucciolo di volpe saltare, ripetendo i gesti imparati dalla madre, e arrivare in ritardo di un soffio.»

De Marchi borbottò qualcosa. Contini lo ignorò.

«Allora ho pensato alla morte di Mankell, e mi sono chiesto: ma la polizia ha trovato una traccia? Savi è stato davvero in quella casa?»

De Marchi non rispose.

«Forse Savi non ha mai messo piede nel luogo del delitto» disse Contini. «Allora ho pensato al fatto che intorno alla casa era pieno di gente. Eppure l'assassino, chiunque fosse, si è allontanato senza farsi notare. Mi sembrava impossibile. E però... se non si fosse mai allontanato? Se l'assassino fosse rimasto lì?»

«Ma se non c'era nessuno!»

«Errore. C'eravamo io e Natalia, che stava dormendo in giardino.»

«Vuole confessarmi di essere l'assassino?»

«C'era anche una terza persona.»

«Una terza persona? Ma cosa dice?»

«L'assassino è arrivato in ritardo, è questo che mi ha fatto capire. Come il mio volpacchiotto. Non c'è alibi migliore di un ritardo, no?»

«Lei è pazzo.»

«La terza persona, arrivata dopo Mankell, è il giudice Bonetti.»

De Marchi fece un versaccio.

«Guardi, non ho voglia di scherzare.»

«Non sto scherzando.»

«Ma lo sa che Bonetti ha un alibi di ferro? Proprio lei, Contini, era sul balcone e ha visto arrivare il giudice al momento dell'omicidio!»

«Bonetti è l'unica persona arrivata lì dopo Mankell, quindi è l'unico che può averlo ucciso. Questa è logica, commissario.»

«Ma Bonetti è arrivato *dopo* l'omicidio, lo dice anche lei!»

«Ho visto l'auto sulla strada, ma non ho visto chi guidava.»

Contini fece una pausa. Poi riprese a parlare più lentamente:

«Al volante non c'era Bonetti. A guidare era un altro, un complice. Quando è arrivato a casa Rocchi l'altro si è nascosto e Bonetti, appena uscito di casa, ha finto di essere sceso in quel momento dall'automobile».

De Marchi rimase zitto per un momento. Poi chiese:

«Cioè, Bonetti avrebbe fatto finta di arrivare quando invece era già lì?»

«Esatto. Semplice ma efficace, giusto?»

«È un delirio.» De Marchi si spazientì. «Lei si diverte con le parole ma non ha nessuna prova, nessun movente!»

«Mi faccia parlare per due minuti, poi potrà mandarmi a quel paese.»

Contini aspettò. Il commissario fece un grugnito d'assenso.

«Prima di avere l'infarto il dottor Rocchi ha scoperto gli intrallazzi del suo collega, di Mankell. Allora ha fatto delle indagini sul Tucano e ha cominciato a raccogliere indizi, con l'aiuto di un paio di ragazze che lavoravano per Savi. Io ho parlato con una di loro, che mi ha detto di un pestaggio ai danni di un'altra ballerina, e... commissario?»

De Marchi aveva bofonchiato qualcosa.

«Niente. Prosegua.»

«La ragazza mi ha fatto capire che un cliente ha perso il controllo e ha picchiato una sua amica. Rocchi stava appunto raccogliendo le prove di questo episodio. Sua moglie ha poi trovato i documenti e quando è stata uccisa stava probabilmente cercando di capire che cosa fossero.»

«Non vedo cosa c'entri il giudice Bonetti.»

«Il cliente che ha picchiato la ragazza. Un uomo con una reputazione da proteggere, disposto a tutto pur di salvare la sua rispettabilità. Un insospettabile, capisce? Uno come lei, commissario...»

«Ora basta. Io...»

«... o come il giudice Bonetti. La ballerina di cui le dicevo mi ha confermato che il nome di Bonetti era riportato nei documenti raccolti da Rocchi. Il vecchio giudice era un fedele cliente del Tucano.»

«La ballerina? E come si chiama questa ballerina?»

«Non vuole parlare con la polizia.»

«Questa sì che è una prova» fece De Marchi. «La testimonianza di una prostituta senza nome riferita da un ex investigatore privato.»

«Le ho detto che non ho prove. Ma tutto coincide: Bonetti è sempre arrivato con l'attimo giusto di ritardo, un momento dopo lo sparo di Mankell e un momento dopo la lite fra Savi e Sonia Rocchi.»

«Come dice?»

«Questo è il punto centrale. La ripetizione dei gesti. Sembrano uguali ma non lo sono, come nel caso del mio volpacchiotto che imita la madre.»

De Marchi emise un brontolio.

«Natalia ha visto un uomo litigare con sua madre e poi colpirla. Allora fugge e quando torna vede sua madre a terra, con accanto un uomo che la uccide. Insomma, i ricordi si sdoppiano, come se l'omicidio fosse avvenuto due volte, e Natalia non riesce più a spiegarsi, a raccontare.»

«Contini, io avrei da fare.»

«Ma la verità è proprio in questo silenzio: Natalia ha visto due uomini diversi! Prima Savi litiga con Sonia e la malmena. Quando Sonia cade a terra, Savi si accorge di Natalia e la insegue... finché non la perde di vista. Allora lui va via, se ne torna a casa sua, e quando Natalia rimette piede nello studio vede un altro uomo che, chino su sua madre, le dà il colpo di grazia... questo è il silenzio di Natalia, è questo che non riusciva a dire! »

« Mi faccia riassumere: quindi Savi avrebbe gettato a terra Sonia Rocchi ma senza ucciderla. E secondo lei, dopo che Natalia gli è sfuggita... »

« ... è scappato via da Corvesco. Magari lui stesso credeva di essere il colpevole. Ma in realtà, quella stessa sera, anche il giudice Bonetti era a Corvesco, probabilmente si è avvicinato di nascosto per spiare il colloquio fra Sonia e Savi. E quando ha visto Sonia distesa a terra, con i documenti lì vicino, non ha saputo resistere: l'ha uccisa. Poi però è tornata Natalia, che è riuscita a scappare nel bosco con i documenti. »

« E Mankell? Perché poi uccidere anche Mankell? »

« Forse aveva deciso di confessare. Allora Bonetti, con l'aiuto di Savi, ha messo in piedi quel trucco dell'automobile. Era Savi che guidava. »

« Ma perché mai Savi avrebbe dovuto aiutarlo a... »

« Perché credeva di essere colpevole, di aver ucciso Sonia! Non poteva rifiutarsi di dare una mano a Bonetti, e cioè anche a se stesso. Ma Bonetti sapeva che, con Savi che poteva parlare, non sarebbe mai stato tranquillo. »

Il commissario taceva. Contini intuì che stava rielaborando la sua teoria, verificando se dopotutto potesse reggere. Non c'erano prove, era tortuosa e poggiava su poche intuizioni; ma spiegava ogni cosa. E, dentro di lui, Contini sentiva che Bonetti non era mai stato chiaro, fin dall'inizio, quando come presidente della Commissione tutoria era andato oltre i suoi normali compiti. Voleva tenere d'occhio Natalia.

« Lo sa » disse De Marchi « che Bonetti era un amico dei Rocchi? »

« Sarà per questo che Rocchi è venuto a sapere che Bonetti frequentava il Tucano... e che maltrattava le ragazze. »

«Contini, si rende conto che potrebbe beccarsi una denuncia per...»

«E lei si rende conto che a Bonetti manca poco per la totale impunità?»

«Come dice?»

«Le ragazze del Tucano chissà dove sono finite. Rocchi, Savi e Mankell sono morti. Ma Natalia è ancora viva, commissario, e giorno dopo giorno le sta tornando la memoria...»

Gli aeroplani lasciavano un segno nell'azzurro chiaro del cielo. Poche automobili sulle strade, finestre chiuse nelle case dei turisti. A Corvesco l'estate restava nel verde delle montagne e nel sole, anche se dopo Ferragosto il paese stava tornando al suo ritmo autentico.

Giovanni apprezzò la calma, i sentieri puliti, l'ordine che governava ogni cosa. Era il Villaggio Svizzero da cartolina, ma senza sforzo, come se tutto avvenisse con naturalezza. Forse era davvero così. Ma allora perché stavano cercando le prove di un assassinio?

Anche nel Villaggio Svizzero da cartolina ci sono risentimenti e paure, armi ben conservate, pronte per l'uso, stanze che nessuno ha il coraggio di aprire. Giovanni guardò Natalia avviarsi sul sentiero del bosco ed ebbe un sentimento di angoscia. Non avrebbero dovuto essere lì, non era giusto che qualcuno li avesse privati della spensieratezza.

«Allora, che cos'hai?» Natalia si girò a guardarlo. «Qualcosa non va?»

«Hai avvisato che siamo qui? L'hai detto all'avvocato, il tuo tutore?»

«Sì, non era contento ma fa niente.»

Giovanni si preoccupò.

«Come non era contento? Perché?»

«Non so.» Natalia alzò le spalle. «Dice che è una perdita di tempo, e di stare lontani da Contini che è matto.»

Erano partiti da casa Rocchi, ai margini del bosco, e

Natalia si era sforzata di muoversi come aveva fatto la notte del delitto.

Quando era fuggita dall'assassino era buio, e correndo nel bosco non aveva badato alla direzione. Ma ora la memoria le forniva nuovi appigli, le parole tornavano come doni inattesi: l'immagine dell'acqua (TORRENTE RUSCELLO TRESALTI), quella di una scarpata (DIRUPO DISCESA), quella dei fogli stretti nella sua mano (DOCUMENTI FUMO PAURA) e la faccia di un uomo sul corpo di sua madre (SAVI ASSASSINO MORTE). Qualcosa però ancora le sfuggiva...

«Penso che abbiamo fatto bene a venire qui» disse a Giovanni.

Lui la sbirciò di sfuggita.

«Mi ricordo... ora mi ricordo. Io ho nascosto i documenti, qui vicino.»

Natalia si fermò. Aveva le guance arrossate, un tremito ai bordi delle labbra. Giovanni le sfiorò un braccio.

«Tutto bene?»

«Sì, è... è difficile da spiegare. Le parole stanno tornando. È come quando stai con gli occhi bendati, e poi togli la benda e ti sembra strano.»

Ripresero a camminare. Il sentiero cominciava a farsi più ripido. A un certo punto Giovanni si accorse che Natalia era rimasta indietro e si fermò ad aspettarla ai bordi di una radura. Quando si avvicinò, le chiese:

«Come va? Ti sei ricordata di qualcosa?»

«No.» Natalia gli mostrò il telefono. «Mi sono fermata perché mi ha chiamato il giudice Bonetti.»

«Ah sì? E cosa voleva?»

«Corrado gli ha fatto sapere che siamo venuti qui, e lui ha voluto controllare che non ci fosse di mezzo Contini. Poi gli ho detto che mi sto ricordando del primo d'agosto. Alla fine era contento.»

«Vedi?» Giovanni sorrise. «Basta avvisarli, così non si arrabbiano.»

«Ha detto perfino che gli è venuta un'idea, che forse può darci una mano a trovare il posto giusto.»

«Lui? E come?»

«Non so. Ha detto che è in zona per lavoro, se lo aspettiamo può venire con noi fin su al villaggio abbandonato... come si chiama già?»

«Valnedo» disse Giovanni. «Ma chissà cosa gli è venuto in mente...»

«Forse qualcosa che gli aveva detto Mankell, o qualcosa che ho detto io e che non mi ricordo.»

«Può darsi. E allora cosa vuoi fare?»

«Non so. Ha chiesto se puoi tornare giù a prenderlo in paese, oppure spiegargli la strada.»

Giovanni sbuffò e si tolse lo zaino. Prese la borraccia, bevve un sorso e la passò a Natalia. Disse:

«Senti, cerchiamo di non perdere troppo tempo. Tu continua a camminare verso Valnedo, e se ci arrivi puoi aspettarci lì».

«E tu?»

«Io torno indietro a prendere il giudice da questa parte. Poi risaliamo verso Valnedo passando per l'altro sentiero, così arriviamo prima.»

«Okay.» Natalia chiuse la borraccia. «Ma tu dovrai fare tutto il giro.»

«Non c'è problema.»

Giovanni mise la borraccia nello zaino, se lo pose sulle spalle e si avviò. Natalia rimase sola. Intorno a lei il sole filtrava in mezzo alle foglie e si posava sull'erba della radura, leggero come una ragnatela. Prima di avviarsi restò ferma per un minuto, ad ascoltare il soffio del vento e i suoni degli uccelli. Dentro di lei stavano tornando tutte le parole, come un'ondata sulla terra secca. Ma più vedeva con chiarezza, più si sentiva strana; e ogni cosa le sembrava misteriosa.

9

Sono stata qui

« Commissario, mi scusi, può aspettare un momento? »

« Che c'è? »

« Arrivo subito. »

Contini lasciò penzolare la cornetta del telefono e tornò in salotto.

Francesca non c'era.

La chiamò. Andò a guardare in cucina e vide che aveva appoggiato la tazza vuota nel lavabo. Uscì sotto il portico, scese la scaletta e guardò verso il parcheggio. La Renault di Francesca era sparita.

Se n'era andata.

Lui l'aveva piantata in asso per parlare con De Marchi e lei se n'era andata. Contini si bloccò davanti al portico, con lo sguardo fisso verso il parcheggio. Se n'era andata. E voleva andare ancora più lontano, partire, studiare l'inglese negli Stati Uniti. Contini non avrebbe mai imparato l'inglese, non sarebbe mai andato negli Stati Uniti.

Contini era uno di quelli che restano a casa.

Alla fine si riscosse e rientrò sotto il portico. Camminò lentamente fino al corridoio, raccolse la cornetta e disse: « Sono qui ».

« Contini, le ripeto che non ho tempo da perdere. »

« Non le sembra opportuno fare almeno una verifica? »

« Mmm... lei gioca col fuoco. »

« In un certo senso coincide anche con l'idea che mi sono fatto di Savi, che era un istintivo e non un calcolatore. Perché l'omicidio di Sonia e quello del dottor Mankell sono tanto diversi? Perché la prima volta Savi ha sì commesso un gesto impulsivo e violento, com'era nel suo stile, ma poi è scappato prima di terminare l'opera.»

«Non ci sono prove.»

«Però è plausibile. Bonetti è stato più cauto di Savi, più furbo. Approfittando della confusione di Natalia, ha lasciato che Savi credesse di avere ammazzato Sonia. Poi ha escogitato un piano per eliminare Mankell... be', ma ne abbiamo già parlato.»

«E cosa si aspetta che faccia?»

«Controlli, almeno.»

«E come? Mica posso andare da Bonetti e raccontargli questa storia!»

«Lei non ci crede?»

Il commissario esitò prima di rispondere.

«Vorrei delle prove. Perché pensa che Savi sia stato ucciso?»

«Diciamo che è morto proprio al momento giusto. E vista l'abilità dell'assassino nel pianificare i tempi mi è venuto il dubbio. Savi poi era l'ultimo che poteva parlare.... tranne Natalia, se riuscirà a ricordare.»

«Sono tutte supposizioni» disse De Marchi.

«Ma non è possibile almeno sentire con discrezione cosa dice Bonetti?»

«Non ho abbastanza elementi. E nemmeno lei.»

Contini intuiva che De Marchi era rimasto colpito dalla sua teoria. Non voleva dargli ragione apertamente, forse per non dire troppo al telefono, ma non poteva neppure trascurare la pista Bonetti.

«Guardi, Contini, con lei non c'è mai da annoiarsi.»

«È una specie di complimento?»

«Domani provvederemo alle verifiche, poi le farò sapere.»

«Non si può fare più in fretta? Potrei andare io da Bonetti e...»

«Lei se ne stia buono e ci lasci lavorare. Va bene?»

«Certo. Buona giornata, commissario.»

Appeso il ricevitore sulla forcella, Contini rimase per

qualche secondo fermo in corridoio. La casa era silenziosa. Ripensò alle parole del vecchio Giona: la verità che si nasconde in quell'attimo di ritardo, nel silenzio di Natalia, nell'attesa della parola giusta.

Alla fine di quella storia Contini aveva perso tutto quello che poteva perdere. Però provava uno strano senso di pace.

Magari era quella la chiave. Il solo modo per non farsi travolgere: starsene un po' zitti. Non per forza a lungo, anche solo qualche minuto al giorno. Senza parlare, scrivere, guardare immagini.

Stare in silenzio.

Ma poi il tempo del silenzio finisce. Contini diede un buffetto al gatto che dormiva sull'amaca e uscì di casa. Guidò velocemente da Corvesco al fondovalle, cercando di escogitare una linea d'azione. Natalia era a Corvesco con Giovanni, per il momento era al sicuro. Non voleva chiamarla e spaventarla, però era essenziale non perdere di vista Bonetti.

Pur non avendo prove, Contini sentiva che la sua teoria era giusta. Quando il ritardo della volpe gli aveva dato l'idea, finalmente il motore degli omicidi si era rivelato: un uomo che ha fatto un errore, che non ha saputo trattenersi dallo spalancare il proprio abisso.

Il te suffisait que je t'aime. Dal mangianastri la voce di Aznavour ritmava i suoi pensieri. Era inutile pensare a Francesca o fare piani per il futuro. *Fais comme au temps des années d'or, et souviens-toi qu'hier encore il te suffisait que je t'aime.* Ora contava soltanto Bonetti e il pericolo che incombeva su Natalia. Inutile anche decidere che cosa dire a Bonetti. Avrebbe improvvisato sul momento.

Camminando verso Valnedo, Natalia pensò ai falsi ricordi. La memoria che inganna se stessa. Magari le stava succedendo proprio quello, visto che non riusciva a isolare nella mente la morte di sua madre. Eppure non le mancavano le parole: era in grado di esprimere il proprio dolore per la morte di suo padre, lo chiamava *solitudine* e *rimpianto* e *tristezza*. Poi c'era sua madre che si era messa in mente quelle cose sul Tucano: *prostitute*, *inganno*, *violenza* e *medici*.

Forse mancava ancora la parola giusta.

Sua madre moriva uccisa, picchiata da un uomo che respirava forte, un uomo che gridava. Ma le immagini della fuga di Natalia sfociavano ancora nella morte di sua madre, come se fosse stata uccisa più di una volta. Perché? Qual era l'inganno?

Il sentiero girò intorno a uno sperone roccioso, poi tagliò in diagonale attraverso la boscaglia. Alla fine c'era un largo spiazzo con la chiesetta di San Rocco, vicino ai ruderi di Valnedo. Natalia si avvicinò con tutti i sensi all'erta. Voleva trovare le tracce di se stessa, di quella Natalia che aveva vissuto nel bosco, che aveva tagliato tutti i legami con il mondo.

Sono stata qui.

Non sapevo parlare, non ricordavo niente.

Si era rifugiata all'interno della sacrestia con le provviste rubate al villaggio. Sembravano passati dieci anni, eppure si trattava di poche settimane. La notte passata nella chiesetta era una serie d'immagini confuse, frammiste al freddo e alla necessità di nascondersi.

Di che cosa, di chi avevo paura?

Davanti alla chiesetta c'era una fontana, il fruscio dell'acqua riempiva lo spiazzo ed era l'unico segno di vita, insieme alle piante che stavano divorando i resti delle case. Natalia si avvicinò, entrò dal retro nella chiesa, intinse le dita nell'acqua santa e abbozzò un segno della croce. Poi rimase seduta per un po' su uno degli ultimi banchi.

Alla fine un rumore proveniente dall'esterno attirò la sua attenzione. Uscì strizzando gli occhi per la luce del sole. Si guardò intorno ma il paese era sempre uguale. Ancora qualche anno e sarà scomparso, pensò. Oppure durerà per cent'anni. Che cosa ne sapeva lei?

Era infastidita dalla sua incapacità di concentrarsi. Ora che non le mancavano le parole, le mancava però la forza di tornare indietro. Pensò a Giovanni, che stava facendo l'impossibile per lei, e al giudice Bonetti che addirittura sarebbe venuto fin lì per aiutarla. Non voleva deluderli. Giovanni era una promessa per il futuro, una sensazione da conservare chiusa dentro di sé, in attesa di tempi sereni. E il giudice si era fatto in quattro per lei. Corrado Bossi, che era il suo tutore ufficiale e che dopotutto era stato l'avvocato di famiglia, era più distante: si occupava soltanto degli aspetti burocratici. Ma Bonetti, pur essendo magari un po' brusco, le era sempre rimasto vicino.

Le venne in mente il suo ritorno a casa, dopo la fuga nei boschi. Le domande del commissario, il quale poi aveva tentato di spiegarle che sua madre era morta. E Bonetti subito lo interrompeva, con veemenza: ehi, ma che fa, lasciatela respirare... Sentì che la testa si stava facendo leggera, come se si staccasse da lei, e la terra traballava. Si appoggiò alle pareti della chiesetta, aspettando che passasse il capogiro.

In quel momento, durante il primo interrogatorio, in quel momento lei sapeva la verità.

Non se n'era mai resa conto, aveva creduto di aver dimenticato. Invece in quel primo interrogatorio come in un lampo aveva rivisto la scena, anche se le mancavano le parole. Era successo all'improvviso, dopo la domanda del poliziotto e l'intervento di Bonetti. Non ragionava più, era invasa dal sonno e dalla paura. Poi si era addormentata, piano piano era tornata ai gesti di ogni giorno... e aveva dimenticato.

Che cosa le era sfuggito?

Natalia era a un passo dal tornare indietro, risentiva le voci dei poliziotti e di Contini, rivedeva la faccia preoccupata del giudice Bonetti e di Giovanni. Proprio quando stava per riafferrare il filo perduto, udì un rumore di rami spezzati provenire dal basso.

A Valnedo si giungeva dal sentiero che aveva percorso Natalia o da quello che avrebbero seguito Giovanni e Bonetti, una scorciatoia che si arrampicava tra le rocce. Dal limite del paese, guardando in basso, si poteva scorgere chi stava camminando sulla scorciatoia.

Natalia si affacciò e sulle prime non vide nessuno. Poi, guardando meglio, vide arrancare alla base del costone di roccia il giudice Bonetti. Natalia si rallegrò che fossero arrivati tanto presto... anche se, osservando meglio, si accorse che mancava Giovanni. Che strano, pensò sporgendosi oltre il muro dell'ultima casa. Nessun altro in vista. Brenno Bonetti era solo, e stava salendo verso Valnedo.

10

Era necessario?

Aznavour, il sole contro il vetro dell'automobile, il ronzio del motore, i cartelli verdi e blu, le case, gli ombrelloni aperti ai bordi dei parcheggi. Contini notava ogni dettaglio, lui che di solito tendeva a essere distratto. Ma di solito gli piaceva anche guidare lentamente, mentre quel giorno premeva il piede sull'acceleratore. Senza nemmeno rendersene conto.

Non c'era nessun pericolo immediato.

Natalia era a Corvesco, con Giovanni, e il giudice Bonetti nella sua villetta a Monte Carasso, vicino a Bellinzona. Prima o poi si sarebbero incontrati, perché Bonetti non poteva permettersi di vivere nell'incertezza. La sua tranquillità dipendeva dalla memoria di Natalia. Giorno dopo giorno, alzarsi il mattino e chiedersi: sarà oggi che la ragazza ricorderà, sarà oggi che verrò incriminato?

No, Contini era sicuro che Bonetti avrebbe portato a termine il suo piano. Un tentativo di rimediare al terribile scatto di violenza nato chissà come, sull'onda di un incontro sessuale fuori dalla norma. Nel mese di agosto Bonetti aveva ucciso per salvarsi, giocando tutte le carte a sua disposizione. Aveva sfruttato il suo ruolo per tenere d'occhio Natalia e, con metodo, aveva cancellato le tracce del passato.

Uscì dall'autostrada a Bellinzona Nord. Non aveva telefonato perché preferiva cogliere il giudice alla sprovvista. Si domandò se telefonare invece a Natalia, senza raccontarle di Bonetti ma soltanto per verificare che stesse bene e che fosse a Corvesco. Dopotutto, non si è mai troppo prudenti.

Fece un tentativo, ma Natalia non gli rispose.

Poco male, pensò, la chiamerò più tardi. L'importante

era tenere d'occhio Bonetti, per una volta anticipare le sue mosse.

Monte Carasso è un piccolo comune attaccato a Bellinzona. Si attraversa il fiume e si trova una manciata di case, addossate contro la montagna. Belle case famigliari, con vie tranquille dove giocano i bambini. Sopra la strada, i vigneti erano quasi pronti per la vendemmia. Contini passò di fianco al vecchio monastero e parcheggiò in una strada che scendeva verso la pianura.

Brenno Bonetti abitava in una villetta in stile moderno, con il tetto piatto, le pareti di cemento dipinto di giallo chiaro e una finestra rotonda a fare da oblò.

Contini si avvicinò a piedi e suonò il campanello.

Bonetti non aveva più l'età per fare certe scarpinate. Si fermò, si tolse gli occhiali. Cavò di tasca un fazzoletto e si asciugò la fronte, gli occhi, il collo scottato dal sole. Sperava che su al villaggio abbandonato ci fosse una fontana. Aveva trovato la scorciatoia grazie alle indicazioni ricevute in paese, e sapeva che Natalia lo aspettava lassù, da sola.

Era un piano d'emergenza, ma poteva funzionare. Bonetti faceva leva soprattutto sul fatto che non c'erano prove. Se fosse accaduto qualcosa a Natalia, la sua presenza sarebbe parsa soltanto un'altra bizzarra coincidenza. Il povero vecchio giudice Bonetti aveva capito male le indicazioni, si era trovato sulla scorciatoia, aveva raggiunto Natalia e... oh, santo cielo, l'aveva trovata in fin di vita!

Era necessario?

Bonetti non riusciva a non tormentarsi. Sapeva che avrebbe dovuto fare i conti con la coscienza per il resto dei suoi giorni. Ma il tempo è un medico, e c'è sempre il modo di espiare. Era giusto buttare via una intera vita alla luce del sole per un solo, misero sbaglio commesso nell'ombra?

Era necessario?

La domanda si ripresentava a ogni passo, mentre cercava di non guardare in alto. Purché riuscisse ad arrivare in tempo, e il cuore non gli si spaccasse su quel maledetto sentiero da capre. Era necessario? Sì, era eticamente giusto salvare la sua vita, la sua reputazione. Aveva sbagliato a lasciarsi andare con Vicky e a insistere quando lei gli aveva gridato di smettere. O forse era sbagliato indulgere alle proprie fantasie sessuali, correre sul confine fra i sogni e la realtà?

No, in fin dei conti non era sbagliato. Ognuno ha i suoi mezzi per ingannare la morte. Ognuno ha i suoi pozzi di pensieri inconfessabili. Bonetti era stato sfortunato: era successo un incidente. Se solo avesse potuto, sarebbe tornato indietro e si sarebbe tenuto lontano dal Tucano.

Non aveva ucciso Vicky, dal punto di vista penale avrebbe potuto cavarsela con poco. Ma non sarebbe più riuscito a guardare in faccia i suoi amici, le sue sorelle, tutte le persone che lo stimavano.

Le cose avevano cominciato ad andare male quando Savi aveva coinvolto il dottor Mankell. Poi Rocchi si era insospettito, aveva raccolto le prove, sua moglie aveva telefonato a lui e a Savi. A quel punto, Bonetti era già pronto a tutto. Ma non avrebbe mai pensato di dover uccidere. Aveva seguito Savi, aveva spiato il suo incontro con Sonia e alla fine, davanti all'occasione di metterla a tacere, non aveva saputo resistere.

Dove aveva trovato la forza di uccidere? E poi di mantenere la freddezza, di uccidere ancora, di calcolare i tempi e le probabilità... dove aveva trovato la pazienza di resistere?

Bonetti non voleva perdere la faccia. Tutto il Cantone avrebbe riso di lui, lo avrebbero preso per un vecchio pervertito e un sadico picchiatore di donne. Sarebbe dovuto emigrare, fuggire in un paese dove non era nessuno. Bonetti voleva restare uno stimato giudice in pensione, con i suoi amici e il suo giro di conoscenze, con la dolcezza di sentire il suo dialetto e di avere davanti agli occhi il paesaggio della sua terra.

La salita si faceva più dura verso la fine. Bonetti si fermò una seconda volta per asciugarsi il sudore, poi si voltò a controllare se per caso stesse arrivando Giovanni. C'era soltanto il bosco, il sentiero che si perdeva fra le rocce. Bonetti si tolse la giacca e la ripiegò sul braccio.

Come le altre volte, avrebbe fatto di tutto per evitare il peggio. Non era un pazzo assassino. Se Natalia non mostrava nemmeno un segno di ripresa, se l'afasia e l'amnesia continuavano, Bonetti era pronto a rinunciare. Ma dentro di sé sapeva che non era così, che non poteva permettersi di rischiare.

A un certo punto il sentiero girò intorno a un cespuglio e poi si allargò. Il giudice fece un respiro profondo e, senza pensarci, alzò gli occhi verso la meta. Le case diroccate erano ancora lontane, ma s'intravedeva qualche pezzo di muro. Bonetti fu colpito da qualcosa di anomalo, un movimento che invase il suo campo visivo. Guardò con più attenzione e la riconobbe.

Era lei, era Natalia.

Era lassù accanto a un muro di sassi. Lo stava salutando con larghi cenni delle braccia. Bonetti prese il fazzoletto e lo sventolò, ricambiando il saluto.

Giovanni arrivò nella piazza di Corvesco. Non vide traccia del giudice Bonetti, eppure avrebbe già dovuto essere lì ad aspettarlo. Bevve un sorso d'acqua alla fontana, andò a controllare se Bonetti non fosse sul sagrato della chiesa o più in là, accanto alla fermata dell'autopostale.

Aspettò qualche minuto, poi gli venne in mente che Bonetti sapeva dove abitava, forse era andato direttamente a casa Canova. Tagliò in diagonale la piazza e camminò fino ai margini del paese. Il cancello era aperto. Giovanni si tolse lo zaino all'ingresso, poi attraversò la sala e uscì dalla portafinestra che metteva in giardino. Suo padre stava spingendo lungo il prato una falciatrice elettrica, con il filo intorno alle spalle. Giovanni lo chiamò, ma suo padre non poteva sentirlo. Allora si piazzò di fronte a lui e gli indicò di spegnere il motore.

«Che c'è? Non siete andati a fare una passeggiata?»

«Sono tornato a prendere una cosa in macchina.»

«Vuoi le chiavi? Sono sul tavolo, in cucina.»

«Grazie. Senti, non è che hai visto il signor Bonetti?»

Giovanni aveva parlato in fretta, con un tono casuale. Non voleva spiegare a suo padre che stavano cercando i ricordi del primo d'agosto e che il giudice si era offerto di aiutarli. Era tutto troppo complicato.

«Bonetti?» fece suo padre. «Non so chi...»

«Ma sì, quello che faceva il giudice, è stato anche qui, ricordi la Commissione tutoria che doveva decidere per Natalia?»

«Ah, sì... no, non l'ho visto, non ho visto nessuno. Perché?»

«Devo correre da Natalia. Se vedi Bonetti, mi chiami?»

«Va bene.»

Ernesto Canova si strinse nelle spalle e riavviò il motore.

Giovanni tornò nella piazza principale. Pensò di telefonare a Natalia per avvisarla del ritardo, ma poi si ricordò che intorno alla zona di Valnedo non c'era campo, per colpa delle rocce. Provò anche a chiamare Bonetti, ma aveva il cellulare spento. Gli lasciò un messaggio in segreteria, poi andò a sedersi all'ombra. Non gli restava che aspettare, sperando che Bonetti avesse capito il luogo dell'appuntamento.

11

Ci vuole pazienza

Natalia restò a guardare Bonetti che avanzava tra le rocce. Si appoggiò al muro, misurò con lo sguardo la valle stretta e poi alzò gli occhi verso il cielo, verso le montagne brune in lontananza. Sentiva un rimescolio dentro di lei, come un'accozzaglia di voci e d'immagini sfasate, tutte risalenti ai giorni dopo il primo d'agosto.

Adesso che aveva ritrovato le parole, si rendeva conto che le parole non bastano. Era sul punto di trovare la verità, lo sentiva, le mancava tanto così. Ma aveva paura degli inganni, dei falsi ricordi.

Seduta ai piedi del muro, notò che Bonetti ormai era a poche centinaia di metri. Presto le avrebbe spiegato la sua idea. Magari avrebbe saputo aiutarla a ricostruire quegli attimi decisivi, le prime ore confuse dopo che Contini l'aveva riportata a casa. Risentiva le domande di De Marchi, la sua voce bassa: *Natalia, Natalia sua madre...* è morta, Natalia gridava nel pensiero, mia madre è morta! E Bonetti che interrompeva: *Ehi, aspetti un attimo*. Di colpo Natalia si rivide nell'atto di raccontare l'omicidio, il secondo omicidio.

Il secondo omicidio?

Natalia chiuse gli occhi. Vide un uomo spingere sua madre, vide Savi... era lui, era Savi che la spingeva contro la scrivania.

Ma allora...

C'era qualcosa di sbagliato. Il primo uomo? Il secondo uomo?

Quella non era più la sua storia, le immagini avevano preso una luce nuova e le parole risuonavano nella sua testa come se qualcuno le stesse pronunciando di fianco a lei.

Risentì la voce di Bonetti. *Ehi!* Poi vide l'uomo, l'uomo chino su sua madre e il fumo... fumo negli occhi...

Il posacenere.

Natalia vede l'uomo alzare il posacenere e colpire sua madre all'altezza del volto. Poi è Natalia che stringe il posacenere, accanto al corpo di Sonia. Natalia che raccoglie i documenti per terra, e che brandisce il posacenere quando vede l'uomo sulla soglia. *Ehi!* Natalia vuole fuggire. *Ehi, fermati!* Lei non riesce a muoversi, l'assassino si avvicina. *Vieni qui, che cosa fai?* Quell'uomo le parla, poi la insegue, corre dietro di lei nel bosco... e quell'uomo è il giudice Bonetti.

Di colpo fu tutto chiaro. Ricordò di aver assistito al litigio con Savi, e di aver visto sua madre cadere. Dopo essere sfuggita a Savi era tornata ed era stata sorpresa da Bonetti.

Bonetti! Ma perché, com'era possibile?

Ricordò di aver nascosto i documenti e il posacenere in un buco fra le rocce, sulla riva del Tresalti, e di averli protetti dalla pioggia con un cumulo di pietre. Erano ancora lì, nessuno li aveva ritrovati! Ora forse sarebbe riuscita a ritrovarli e il giudice Bonetti...

Non c'era tempo!

Bonetti stava risalendo il pendio. Era a pochi metri da lei.

Giovanni era stufo di aspettare. Bonetti non si vedeva e non rispondeva al telefono. Quando aveva chiamato Natalia aveva detto di essere sulla strada per Corvesco, a quel punto avrebbe dovuto essere arrivato da un pezzo. La piazza era vuota, percorsa soltanto da un soffio di vento che increspava l'acqua della fontana.

Era il solito posto, con i vasi di fiori alle finestre, il cartello giallo della Posta e la cabina del telefono. Giovanni aveva lasciato lo zaino contro un muro e camminava avanti e indietro. Non era entusiasta dell'arrivo di Bonetti. Era contento che potesse aiutare Natalia, ma non gli piaceva il fatto che avrebbero dovuto dividere con lui la loro intimità.

Chissà quando sarebbe riuscito a restare un'altra volta solo con lei. Era una bella giornata di fine agosto, erano loro due soli nei boschi, Natalia era ottimista e anche lui si sentiva fiducioso. L'ultima cosa di cui avevano bisogno era un ex giudice sulla sessantina, con i suoi consigli e quei suoi occhi enormi dietro le lenti degli occhiali.

Giovanni si sforzò di non essere ingiusto. Bonetti stava venendo lì per aiutarli. Ma allora perché tardava? E perché non rispondeva al telefono?

« Giovanotto, che ci fai qui tutto solo? »

Giovanni riconobbe la signora Peduzzi, sbucata fuori da un vicolo con un foulard sulla testa e il bastone a tastare il terreno.

« Aspetto qualcuno... »

« Eh, ci vuole pazienza! »

La signora Peduzzi cominciò una lenta traversata della piazza, diretta alla fermata dell'autopostale. Faceva tre o quattro passi con gli occhi a terra, poi alzava lo sguardo per misurare la distanza, che quasi impercettibilmente si riduceva.

Giovanni sbuffò e si appoggiò contro un paracarro, davanti all'ingresso della chiesa. Poi però gli venne un'idea: con i suoi andirivieni, prima o poi la signora Peduzzi veniva a conoscenza di tutto ciò che accadeva a Corvesco. La raggiunse in mezzo alla piazza.

« Mi scusi, lei per caso non ha visto il signor Bonetti? Un uomo sulla sessantina, con gli occhiali, non molto alto... »

« Il giudice? » lo interruppe lei. « Lo conosco, lo conosco. Non so più quanti anni fa c'era stato il processo per quei terreni che stanno sotto i monti di Co, e mi ricordo che eravamo in tribunale a Bellinzona... »

« Ma oggi non l'ha visto qui in giro? »

« È strano che me lo chiedi, perché io non l'ho visto, ma la signora Manetti della macelleria mi ha detto che l'ha incontrato. Cioè, lui è passato dalla bottega perché... »

« L'ha incontrato? Allora è qui! »

«Mi ha detto che le ha chiesto la strada poco fa, era qui per una passeggiata con degli amici e...»

«Passeggiata?»

«Giovanotto, se non stai a sentire come faccio a parlare?»

Giovanni si zittì.

«Voleva sapere la strada per Valnedo, aveva mancato un appuntamento e voleva raggiungere gli amici sul sentiero che arriva da dietro, anche se secondo me sarà tutto rimboschito, ormai nessuno taglia più le piante...»

Giovanni ascoltò finché la signora Peduzzi non arrivò a una specie di punto fermo. Poi la salutò, recuperò il suo zaino e si avviò verso Valnedo.

Probabilmente Bonetti aveva capito male, aveva creduto che entrambi lo attendessero a Valnedo e si era incamminato. E non rispondeva al telefono perché in tutta quella valle non c'era campo. Giovanni gli era andato incontro per niente, quindi, e ora avrebbe dovuto farsi un'altra scarpinata per guadagnare il tempo perduto.

Bonetti avrebbe raggiunto Natalia prima di lui, e lei gli avrebbe spiegato l'equivoco. Giovanni sperò che lo aspettassero prima di verificare l'idea del giudice, qualunque fosse.

Da Corvesco il sentiero saliva oltre le case più discoste, passava non lontano dalla casa di Contini e poi immetteva nella valle che portava al villaggio abbandonato. Giovanni camminava in fretta. Mentre stava per entrare nella valle, sentì squillare il telefono.

Appena in tempo, prima della zona senza campo. Diede un'occhiata allo schermo e riconobbe il numero di Contini.

«Pronto, Contini?»

«Sono io.»

«Sai che sono appena passato da casa tua?»

«Natalia è lì con te? Perché... poi arrivo, ma...»

La ricezione era disturbata. Giovanni si accorse che sullo schermo c'era una tacchetta su cinque.

«Come?»

« Natalia... controllare... spaventarti, ma poi ti spiego. »

Giovanni si tappò l'orecchio libero con una mano e premette il cellulare contro l'altro orecchio.

« Non sento bene, mi dispiace. Natalia cosa? »

« Natalia è lì con te? »

« No, è su a Valnedo. Ma va tutto bene. Hai bisogno di qualcosa? »

« No, tranquillo. Avevo un'idea, volevo parlare con lei. »

« Non ti sento più. Sai che anche il giudice Bonetti ha avuto un'idea? »

« Come? »

« È qui anche lui, era in zona per lavoro. Ha chiamato e... »

« Dov'è Bonetti? Non sento bene. »

« Bonetti è con Natalia, sì, mi aspettano a Valnedo. »

« Ascoltami! Bonetti ha ucciso... ma tutti e tre le... »

« Cosa? »

« Lo so che è difficile da... Bonetti ha... ma è così, devi correre da lei! »

« Bonetti ha fatto cosa? »

« Ho scoperto che Bonetti vuole fare del male a Natalia... lei può ricordare cose pericolose per... in tempo a... »

« Non capisco! »

« ... a casa sua, ma non c'era nessuno. »

« Non sento, vuoi che torno indietro? »

« Vai da Natalia! Rimani con lei ma... hai capito? »

« Vado da Natalia, sì, ma... »

« Devi stare attento, lui può... e... a... »

La voce di Contini si ridusse al suono di qualche vocale e poi scomparve. Giovanni rimase con il cellulare silenzioso di fianco all'orecchio. Si domandò se tornare indietro, verso il paese, per avere una ricezione migliore. In quel modo avrebbe potuto chiarire quella storia delirante di Natalia in pericolo e di Bonetti pericoloso, Bonetti addirittura che aveva ucciso qualcuno... ma aveva capito bene?

Giovanni esitò per qualche secondo, poi decise di non

tornare indietro. Bevve un sorso d'acqua e riprese a salire verso Valnedo, raddoppiando la velocità. In quel momento non era necessario che lui capisse quello che stava succedendo. Non c'era bisogno di dubitare o di fermarsi a riflettere. C'era una sola cosa da fare: stare accanto a Natalia.

12

Valnedo

Natalia fissò Bonetti per un paio di secondi, poi si voltò indietro e scappò verso il villaggio. Sentiva dietro di lei il suono delle pietre smosse dai piedi dell'uomo. Dietro di lei. Ancora una volta. Con i polmoni in affanno e il cervello che gira su se stesso. Le stesse parole: corri, scappa più lontano che puoi. Ancora una volta. Con i polmoni e il cervello.

Si rese conto che non avrebbe fatto in tempo a raggiungere il bosco, né tanto meno il sentiero all'altro capo di Valnedo. Si slanciò fra le case diroccate, i sassi scivolosi di muschio e l'intrico dei rampicanti. Con i polmoni vuoti, il cervello vuoto. Sentì la voce di Bonetti:

«Natalia! Natalia, sei qui?»

Natalia si gettò attraverso la porta di una delle case. Restava soltanto un varco rettangolare, mezzo sprofondato nel terreno. All'interno le pareti erano un rifugio precario, come se dovessero crollare da un momento all'altro. Ma avevano resistito centinaia di anni, sopportando il vento e la neve e la morsa delle piante. Natalia si rannicchiò in un angolo. Un po' più in alto, nella parete, c'erano tre squarci che un tempo erano finestre. Natalia alzò lo sguardo.

«Ehi! Natalia, dove sei?»

Il suolo era cosparso di foglie secche. Con gli anni il terreno era cresciuto: le finestre ad altezza d'uomo erano probabilmente quelle del primo piano. Ma che cosa importava? Natalia chiuse gli occhi. Era come se qualcosa la stesse trascinando via. Non poteva sentire la voce di Bonetti. Come se il tempo non fosse passato. Una casa robusta, messa in piedi con giorni di fatica pietra dopo pietra. L'odore del camino, il pavimento di terra battuta e fuori il suono degli animali, le voci delle donne sedute sulla soglia.

Di colpo, Natalia aprì gli occhi e scosse la testa con violenza.

Non doveva cedere. Valnedo era un paese morto. Erano tutti morti, tutti, nessuno poteva aiutarla. Si avvicinò alla finestra e sbirciò fuori. Bonetti era in piedi in mezzo al sentiero. La stava chiamando.

« Sono qui! » E si guardava intorno con un sorriso nervoso. « Natalia, sono arrivato in anticipo! Ma dove ti sei cacciata? »

Natalia si aggrappò al bordo della finestra. Del buco, non della finestra. Del buco che una volta era una finestra. I piedi puntati sul pavimento, le mani appoggiate alla parete.

« Natalia! Sono io, non aver paura! »

Un uomo fermo nel sentiero. È crollato tutto. Tutti sono morti e adesso rimane lui, sotto il sole.

« Perché ti nascondi? Sono qui! »

Dalla tasca di Bonetti uscì un oggetto strano. Natalia si sporse per vedere meglio e le parve di notare la forma scura di una pistola. Bonetti infilò l'arma nella tasca della giacca, poi indossò la giacca. Infine cominciò a controllare le case del villaggio. Non ne trascurava neppure una. Era metodico, aveva cominciato dal fondo e si stava avvicinando al rifugio di Natalia.

Allora è vero, pensò Natalia, allora è vero davvero, non è un falso ricordo, un inganno. Bonetti. Lui. Bonetti ha ucciso mia madre.

È stato lui.

Bonetti ha ucciso mia madre e adesso è qui per cercare me.

Alla fine la realtà aveva superato i suoi sforzi per ricordare e per raccontare. Non c'era più l'uomo che la inseguiva nel bosco, la paura senza nome. C'era il giudice Bonetti con una pistola in mano.

« Natalia, dai, non abbiamo tempo... fatti sentire! »

Casa dopo casa, Bonetti si stava avvicinando.

Ne mancavano cinque.

Natalia si allontanò dalla finestra e tornò alla porta. Si allungò per dare un'occhiata e vide che Bonetti stava controllando la quart'ultima casa. Devo scappare, pensò, devo trovare un posto qui intorno dove non mi possa prendere. Si rifugiò all'interno, strisciando all'indietro, e così facendo fece rotolare una pietra.

S'immobilizzò.

Poi, dopo qualche secondo di calma, la voce di Bonetti: « Avanti, Natalia, fai la brava ».

Ha capito che sono qui. Natalia si ritrasse nell'angolo più lontano. Mi ha sentita, sa che sono in una di queste case. Adesso verrà avanti piano piano e quando mi troverà... quando mi troverà...

Non riuscì a trovare le parole.

Contini vide il poliziotto quando era ormai troppo tardi.

Da Monte Carasso era tornato a Bellinzona Sud, e avvicinandosi a un semaforo aveva provato di nuovo a chiamare Natalia e Bonetti. Ma i due cellulari erano spenti: a Valnedo non c'era campo. Contini era preoccupato. Se aveva visto giusto, e credeva proprio di sì, Natalia era sola con l'assassino. Sola con l'uomo che per non uscire allo scoperto aveva già ammazzato tre persone.

Non c'era tempo da perdere. Contini aveva telefonato a De Marchi, e proprio in quel momento aveva notato la macchina della polizia.

« Pronto » diceva De Marchi. « Pronto? »

Subito Contini aveva abbassato il telefono, ignorando il commissario.

« Ehi, Contini, è lei? »

Contini spense il telefono, ma il poliziotto gli si avvicinò e gli fece cenno di abbassare il finestrino.

« Può venire da questa parte, per favore? »

« Certo » fece Contini, « certo ma... »

« Da questa parte. »

Contini si spostò sul bordo della strada, mentre le automobili sfilavano di fianco a lui. Non poteva permettersi di restare bloccato. Il poliziotto gli indicò di andare ancora più avanti, e poi di parcheggiare.

«Sarei un po' di fretta. Ero al telefono con un vostro collega, e...»

«Spenga il motore, per cortesia.»

Contini ubbidì.

«Patente e libretto di circolazione, prego.»

Aveva ancora una patente cartacea, un fogliaccio bluastro e consunto che il poliziotto, abituato al formato tessera, guardò con malcelato disprezzo. Anche il libretto di circolazione era un problema: Contini non ricordava neppure che aspetto avesse. Comunque doveva essere da qualche parte fra le audiocassette, le scartoffie e le mappe geografiche.

«Il libretto non lo trovo...»

Il poliziotto alzò le sopracciglia.

«Lei sa perché l'abbiamo fermato, signor Contini.»

Era una via di mezzo fra una domanda e un'affermazione.

«Per il telefono?»

Il poliziotto annuì.

«Ma era un vostro collega, il commissario De Marchi.»

«Non importa l'identità dell'interlocutore.»

«Ho visto che eravamo fermi in colonna e...»

«Il traffico fluiva, signor Contini, e lei ha commesso un'infrazione.»

«Sì, ma vede, ho chiamato giusto per avvisare che ero partito.»

«Mi dispiace, signor Contini. Siamo qui proprio per questo.»

Fermati, pensò Contini. Non bisogna mai discutere con i poliziotti.

«D'accordo, faccia quello che deve. Ho un po' di fretta.»

«Voglia attendere dentro il veicolo, prego.»

Il poliziotto si allontanò e Contini rimase lì con le mani sul volante. Si domandò se chiamare subito De Marchi, ma rischiava di passare per un provocatore. Prese il portafogli e aspettò il ritorno della legge.

«Sarebbero cento franchi, signor Contini. Li paga subito o le mandiamo la contravvenzione a casa?»

«Subito, eccoli qui.»

«Grazie.»

«Posso partire ora?»

«Voglia aspettare la ricevuta, prego.»

La ricevuta! Ci mancava soltanto la ricevuta! Aprì la portiera, per spiegarsi meglio e per convincere quell'idiota che aveva fretta. Ma il poliziotto gli ordinò con un gesto di chiuderla.

«Voglia rimanere all'interno del veicolo, prego.»

Più tardi si sarebbe appoggiata contro la parete, più tardi avrebbe ascoltato quei sussurri, la storia di una casa piena di vita e di odori. Adesso doveva difendersi. Ma perché allora continuava a pensarci? Perché aveva la testa piena di voci e di persone che non c'erano?

Natalia era stanca. Bonetti era a tre case da lei. Avrebbe guardato fra le rovine della prima, poi della seconda. E alla fine l'avrebbe scoperta, rannicchiata contro il muro. Le si chiudevano gli occhi, stava cadendo fuori dalla realtà, come se intorno a lei Valnedo stesse tornando in vita. Non era una vittima sola con un assassino ma una ragazza seduta accanto alla finestra, in una casa di montagna, a godersi gli ultimi giorni d'estate.

Più tardi, più tardi avrebbe dormito.

Voleva soltanto chiudere gli occhi e lasciarsi andare, ma ora doveva invece tenerli aperti. Anche se Bonetti l'avesse trovata, avrebbe potuto correre fuori, gridare aiuto. Provò a prepararsi, ma dentro di lei sapeva che non ce l'avrebbe fatta. Era di nuovo muta, come i primi giorni dopo il delitto. Natalia nel bosco senza parole. E aveva sonno. Molto sonno.

Bonetti uscì dalla casa, abbassando la testa sotto l'arco della porta. Non la chiamava più, si limitava a cercarla. Fece pochi passi e arrivò davanti alla casa vicina a quella dove stava Natalia. Gli bastò dare un'occhiata all'interno per accorgersi che era vuota.

13

Una decisione difficile

Davanti alla scrivania c'era il muro, e sul muro una carta da parati. Era più adatta a una stanza d'albergo che all'ufficio di un poliziotto: tanti piccoli rombi di foglioline intrecciate, con qualche fiore giallo, rosso e viola che sbocciava qua e là. Il commissario De Marchi stava fissando la carta da parati già da un paio di minuti.

Non era una decisione facile da prendere. Brenno Bonetti era stato un giudice, un deputato in Gran Consiglio. Dopo essere andato in pensione, ancora si dedicava alla tutela dei minori e, in generale, alla cosa pubblica. Come avrebbe reagito di fronte all'accusa di avere ucciso tre persone?

Be', a sentire Contini stava per ucciderne una quarta. De Marchi doveva ammettere che c'era una logica. Anche un rispettabile ex giudice può avere tentazioni inconfessabili, deviazioni dalla normalità da nascondere a ogni costo. Il commissario aveva una certa esperienza, e sapeva quanto fosse facile superare il confine: l'euforia sessuale, l'alcol, il gesto di sfogo di chi finalmente si toglie una maschera.

No, non era una decisione facile.

Contini gli aveva telefonato dall'automobile. Era stato fermato da un agente della stradale, poi era ripartito in fretta e furia e, infrangendo tutti i limiti, era quasi arrivato a Corvesco.

De Marchi poteva mandare una pattuglia. Ma se poi la teoria di Contini si fosse rivelata soltanto un bel castello di parole? Qualcuno nei piani alti avrebbe chiesto la testa del commissario, e certo non sarebbe stata una buona difesa ammettere di avere seguito i consigli di un ex investigatore.

Però il commissario non voleva giocare con la vita di Natalia. Se esisteva anche soltanto una minima possibilità...

Che fare? De Marchi cercava una soluzione nella carta da parati, e intanto il tempo passava. Dopotutto, se davvero Natalia e Bonetti erano soli, lassù sopra Corvesco, era comunque una cosa strana. De Marchi riuscì a distogliere gli occhi dal disegno ipnotico delle foglie e dei fiori. Si alzò, aprì la finestra. Era la fine del pomeriggio. Dal portone d'ingresso uscivano funzionari con la cravatta slacciata, e cominciavano a entrare i poliziotti del turno serale.

De Marchi si decise. Avrebbe inviato una pattuglia. Magari commetteva un errore, ma almeno avrebbe avuto la coscienza a posto. Purché alla fine la teoria di Contini non si dimostrasse un abbaglio. E soprattutto, purché non arrivassero tardi. I suoi agenti avrebbero dovuto salire a Corvesco e poi trovare il villaggio abbandonato. Contini conosceva meglio il territorio, magari sarebbe arrivato prima lui.

De Marchi chiuse la finestra. Tornò dietro la scrivania, fece una telefonata e riprese a fissare la carta da parati. Adesso non gli restava che aspettare.

14

Troppo tardi

Natalia si alzò e cercò di nascondersi nell'angolo più scuro della casa. I cumuli di pietre intorno a lei evocavano l'antica suddivisione delle stanze. Si lasciò cadere fra le foglie, pensò: che schifo, sarà pieno d'insetti. Poi le venne quasi da ridere. Come se gli insetti fossero un problema, ormai, lui che l'aveva raggiunta era... anche la memoria la stava abbandonando. Fece uno sforzo per ricordarsi il nome dell'uomo.

Brenno Bonetti.

Sentiva i suoi passi che si avvicinavano, vide la sua figura nel vano della porta. Provò a concentrarsi, ma davanti ai suoi occhi scorrevano immagini sfumate, come nei sogni che si fanno con la febbre. Giovanni avrebbe potuto aiutarla. Ma dov'era? Natalia aveva le palpebre pesanti, gli occhi le facevano male e desiderava soltanto chiuderli. Il sonno era un abbraccio, un luogo caldo e accogliente.

Ogni tanto si riscuoteva, spalancava gli occhi. Poi cambiava posizione, la sua mente divagava e con gli occhi chiusi era lontana da lì. Intravide come nella nebbia il corpo di lui. Dell'uomo. Di Bonetti che entrava nell'angolo dove si era nascosta. Sentì il fruscio dei rami spezzati e delle foglie. Rami. Foglie. Alcune parole tornavano, altre scivolavano via.

Lui era lì. Bonetti davanti a lei. La stava guardando. Natalia si piantò le unghie nel palmo della mano.

« Ah, eccoti qui. »

Non poteva chiudere gli occhi. Devo stare sveglia, devo scappare. Bonetti si chinò sopra di lei. Natalia si sollevò con fatica, appoggiandosi con la mano al muro, e di colpo sentì un rumore di passi sulla destra. Guardarono entrambi verso la finestra. Ma Bonetti fu più rapido ad affacciarsi.

Natalia lo vide storcere il labbro. Poi Bonetti fece un passo indietro e infilò la mano sotto la giacca.

Giovanni sperava che non fosse troppo tardi. Avrebbe voluto fermarsi a riflettere, prendere con calma una decisione. Ma qualsiasi cosa stesse accadendo lassù a Valnedo, sarebbe finita in fretta. E Giovanni voleva essere lì: il tono di Contini l'aveva allarmato.

Non saliva di corsa, perché in montagna non si corre, ma con un buon passo. I battiti del cuore appena sotto la soglia, i muscoli delle gambe che si allungavano con scioltezza.

Il giudice Bonetti voleva far del male a Natalia.

Sembrava impossibile.

Giovanni quell'estate ne aveva viste parecchie di cose impossibili. Si era innamorato di una ragazza in un bosco, poi era rimasto coinvolto in un'indagine per omicidio e aveva fatto amicizia con un ex detective. E forse non era finita.

Prima di raggiungere il paese rallentò il passo. Voleva poter contare su tutte le sue forze. Natalia era sola con Bonetti. Gli sembrava di conoscerla da anni, Natalia, d'indovinare i suoi pensieri a distanza. Questo l'aveva stupito più di ogni cosa. Anche agli inizi, quando non riusciva a parlare, il silenzio di Natalia era per lui come un luogo ospitale, dove sentirsi a casa.

E adesso? Giovanni non provò nemmeno a rispondere ai suoi dubbi. Si limitò a superare l'ultimo gradino e ad affacciarsi sul pianoro di Valnedo.

Non c'era nessuno. Con gli occhi passò rapidamente in rassegna i cumuli di pietre e i faggi, i noccioli, i rampicanti che avviluppavano le case. Camminò piano fino al centro del paese. Provò a chiamare:

« Natalia! »

Nessuna risposta. Ma con la coda dell'occhio percepì un movimento.

« Natalia, dove sei? »

Da una delle case all'altra estremità del paese uscì un uomo. Giovanni ebbe un sussulto. Era il giudice Bonetti.

«Giovanni, finalmente sei arrivato!»

Stava sorridendo, camminava verso di lui e sorrideva. Forse dopotutto Contini si era sbagliato. Forse era tutto un equivoco. Giovanni avrebbe potuto fare come se niente fosse e salutare Bonetti.

Ma se invece Contini aveva ragione? Meglio non rischiare. Si arrampicò fino a una delle case ancora in piedi e dalla soglia domandò a Bonetti:

«Dov'è Natalia?»

«Non lo so» rispose Bonetti. «Sono arrivato qui e non c'era nessuno.»

«Avevamo appuntamento in paese.»

«Ho preferito cominciare ad avviarmi, non cammino svelto come te.»

Mentre parlava, Bonetti si avvicinava a lui. Sempre sorridendo. Sempre gentile. Giovanni non sapeva più che cosa dirgli.

«Ma scendi giù» lo esortò il giudice. «Andiamo insieme a cercare Natalia! Dev'essere qui intorno, no?»

Proprio in quel momento Giovanni la vide. Una macchia di colore sulla soglia della casa da cui era uscito il giudice. Era la sua maglietta azzurra, era lei. Se ne stava appoggiata con una mano al vano della porta, come se non stesse bene. Giovanni la guardò, poi guardò Bonetti. Bastò un secondo, e negli occhi del giudice lesse la paura. Allora non ebbe più dubbi. Lo vide voltarsi di scatto, poi si ricompose e disse:

«Ehi, è Natalia! Ma da dove è sbucata?»

Giovanni mosse un passo indietro.

«Avevate appuntamento qui?» domandò il giudice, che teneva una mano infilata sotto la giacca.

«Perché Natalia sta male?» chiese Giovanni.

«Sta male?» fece Bonetti, voltandosi per un secondo verso la ragazza. «Come fai a sapere che sta... ehi, ma dove sei finito?»

Giovanni corse fra i resti del paese, scavalcando due muretti e aggirando le rovine di una casa più grande delle altre. Si rintanò in fondo, accanto a una specie di vasca, forse la base di una fontana. Sentì la voce di Bonetti che lo chiamava. Contini aveva ragione, c'era qualcosa di sbagliato.

« Giovanni! » diceva il giudice. « Giovanni, torna qui! »

Giovanni fece un giro e spiò il giudice dall'alto. Bonetti si avvicinò a Natalia. Lei guardava nel vuoto, immobile davanti all'ingresso.

« Vieni dentro, su! » le ordinò Bonetti.

« Giovanni! » tentò di gridare Natalia. « Giovanni, attento a... »

Ma Bonetti la prese per il braccio e la trascinò all'interno. Giovanni rimase fermo nel suo nascondiglio, con lo sguardo fisso sul vano nero della porta. Non doveva farsi prendere dal panico. Prima o poi Contini sarebbe arrivato, lui doveva guadagnare tempo. Sperando che Bonetti non osasse fare del male a Natalia.

Tornò indietro adagio verso la fine del paese. Da lì non scorgeva più la casa dove stavano Bonetti e Natalia. Però vedeva il sentiero al centro del villaggio, e dopo un paio di minuti sentì il suono di un passo. Si sporse a guardare e notò Bonetti che si era spinto al centro del villaggio.

« Giovanni, ma dove sei finito? »

Giovanni non rispose. Se si fosse fatto vedere, non avrebbe esitato a... Giovanni non osava neppure pensarci. Ma se davvero Bonetti era uscito pazzo, bisognava aspettarsi il peggio.

« Giovanni, sto perdendo la pazienza. »

Bonetti camminava tra una casa e l'altra. Giovanni strisciava addosso ai muri, si teneva nell'ombra dei cespugli. Forse Bonetti avrebbe provato a cercarlo, lasciando Natalia. Giovanni era preoccupato: quando l'aveva intravista sulla soglia della casa gli era parsa stordita, come sotto l'effetto di uno stupefacente.

« Coraggio, dai, che cosa ti succede? »

Giovanni si domandò se distrarre il giudice e provare a fuggire con Natalia. Ma era rischioso. Se davvero Bonetti aveva già ucciso, avrebbe potuto farlo di nuovo, forse aveva perfino con sé un'arma.

« Lo sai che se non esci subito, per Natalia sarà peggio. »

Ecco. Bonetti stava rinunciando alla sua maschera. Voleva dire che era disperato, che non avrebbe resistito a lungo.

« Senti, ragazzo... stai facendo uno sbaglio, lo sai? »

Bonetti aveva sempre la mano sotto la giacca. Giovanni sospettava che là sotto ci fosse un'arma. Era tardi, era davvero troppo tardi. Il giudice aveva gli occhiali un po' storti sotto la fronte lucida di sudore. Giovanni lo spiava da pochi metri, e si rese conto che stava per crollare.

« Giovanni ti do dieci secondi, non di più, hai capito? Hai capito? »

15

Un'altra vita

Brenno Bonetti, una vita al servizio degli altri. Che ci faceva lì uno stimato avvocato e poi giudice, un uomo di parola e di concordia, che cosa cercava in un villaggio abbandonato con una pistola sotto la giacca?

Era come se tutto si svolgesse in un'altra vita, come se a un certo punto Bonetti fosse piombato nell'irrealtà. Non sapeva più come avesse fatto a ridursi in quello stato. Santo cielo, pareva un film western: il villaggio abbandonato, la pistola, la ragazza e il giovane eroe... ma la nota stonata era lui, era il giudice Brenno Bonetti. Una vita al servizio degli altri.

Bella vita. Basta poco, a rovinare una persona. Bonetti sapeva che era colpa sua, in fondo, però era anche sfortunato. Non era certo l'unico a cui piacessero le donne giovani e i giochi sessuali. E non era l'unico ad avere perso il controllo... forse aveva sbagliato a insabbiare la cosa. In Ticino non s'insabbia niente, tutti prima o poi vengono a sapere tutto.

Bonetti era fermo davanti al rudere nel quale si era rifugiato Giovanni. Sapeva che non avrebbe più potuto indugiare. A quel punto doveva prendere una decisione e portare a termine ciò che aveva cominciato. Poi avrebbe potuto cambiare, lasciarsi alle spalle il passato. Oppure poteva dichiararsi sconfitto e pagarne le conseguenze.

Com'è che aveva deciso di ammazzare Sonia Rocchi?

Non era stato un piano programmato. Aveva spiato l'incontro fra Sonia e Luciano Savi, pronto a intervenire se necessario oppure a dileguarsi. Era là fuori sul balcone quando Savi aveva colpito Sonia e quando poi aveva inseguito Natalia nel corridoio. Entrare, vedere la donna ancora stordita, scaraventarle addosso il posacenere... in quegli attimi non aveva nemmeno formulato un pensiero. Aveva agito e basta.

E ora eccolo lì, a contare i secondi come un maestro da commedia.

«Giovanni» si sentì gridare. «Giovanni, mi senti? Hai dieci secondi per venire fuori, non uno di più!»

Ma Giovanni non rispondeva. Toccava a Bonetti prendere l'iniziativa. Magari c'era un modo per non usare la violenza?

Bonetti immaginò di portare la pistola alla tempia e di spararsi.

Non lo poteva fare.

Non dopo aver ucciso tre persone. Bonetti strinse il calcio della pistola sotto la giacca. Non osava immaginare se stesso nell'atto di fare del male a quei ragazzi, ma si costrinse a cancellare tutti i pensieri. Come la sera del primo d'agosto, come quando aveva messo a tacere Mankell e Savi.

Si voltò di scatto, andò alla casa dove aveva lasciato Natalia. La ragazza era spaventata, vittima di nuovo dell'afasia e di una strana forma di torpore. La strinse per un braccio, la fece alzare e la sospinse fuori con lui. Natalia tentò di divincolarsi, ma soltanto per un paio di secondi. La presa sul braccio era troppo ferma, e Natalia troppo confusa.

Bonetti la condusse lungo il sentiero fino alla casa dove si era nascosto Giovanni. Non l'aveva visto uscire, e a meno che fosse scivolato fuori dal retro era ancora lì dentro. Del resto, poco importava. Bonetti aveva Natalia, perciò Giovanni non poteva allontanarsi.

«Ci siamo ragazzo... eccoci qui. Ecco Natalia! Allora, cosa dici?»

«Sono qui» rispose Giovanni.

La voce veniva dall'interno. Il ragazzo era rimasto fermo, non sapeva più che fare. C'era una nota di panico nella sua voce quando gridò:

«Signor Bonetti, che cos'ha contro di noi?»

«Niente» rispose Bonetti. «Siamo qui per parlare.»

«Allora lasci andare Natalia. Venga qui e parliamo.»

Giovanni non osava mostrarsi sulla soglia. Probabilmente sperava che Bonetti trascurasse Natalia per occuparsi di lui.

«Sto arrivando, Giovanni...»

Bonetti non lasciò andare Natalia, ma entrò con lei all'interno del rudere.

16

Siamo ancora in estate

Il sole che passava in mezzo alle foglie, a zigzag, il sole che rimbalzava contro i muri e s'infilava nelle fessure. Natalia notava tutti i piccoli dettagli. Le foglie accartocciate sul terreno, i rami nel vano delle finestre.

Aveva notato Giovanni, aveva tentato di metterlo in guardia.

Lo sforzo di volontà non bastava a superare lo choc. Natalia era lucida, si rendeva conto di quanto le stava accadendo; ma le parole apparivano distorte, un'accozzaglia di suoni. E il sonno rendeva pesante ogni gesto.

Dalla voce di Giovanni aveva intuito la sua angoscia, aveva capito che pure lui sapeva di Bonetti. Dal tono di Bonetti, pur senza comprendere le parole, Natalia seppe che era allo stremo. E dal modo in cui l'aveva strattonata fuori lungo il sentiero non si aspettava niente di buono.

Vedeva tutto, immaginava tutto. Ma non poteva fare niente.

Appena tentava di formulare un concetto, non riusciva a fissare la mente sulla cosa da esprimere. Voleva gridare a Giovanni di fuggire lontano, ma le venivano tutte insieme altre parole, altre immagini: tipografia, bosco, fuochi d'artificio, Tucano, documenti, Sonia, polizia, pesci, pioggia, autopostale... non c'era fine.

Perciò Natalia si lasciò spingere fino al nascondiglio di Giovanni e non reagì quando Bonetti la spinse all'interno. Vide che stringeva la pistola con la mano, sotto la giacca, lo vide che fissava Giovanni.

E Giovanni si rifugiò in un angolo.

Tutto avveniva in maniera meccanica, ma era soltanto

perché a Natalia non sfuggivano i dettagli. Bonetti la tenne vicina, poi disse a Giovanni:

«Tirati su!»

Giovanni alzò le mani davanti a sé:

«Ehi, aspetti...»

Ma il meccanismo non si fermava. Bonetti disse:

«Fermo!»

Poi la spinse avanti, mandandola quasi a sbattere contro Giovanni. Il sole entrava di sbieco e dipingeva strisce chiare sui muri. Bonetti disse:

«State fermi tutti e due!»

In quel momento un'ombra si staccò dalla parete e afferrò Bonetti da dietro, proiettandolo contro il muro. Natalia fu stupita di riconoscere Contini. Lo scatto fu improvviso, come se il meccanismo si fosse rotto.

«Ehi, ma...» fece Bonetti.

«Non fare sciocchezze» disse Contini a bassa voce.

«Ma...»

Contini obbligò Bonetti a girarsi e lo tenne stretto contro il muro. Nello stesso tempo domandò:

«Tutto bene?»

«Sì» rispose Giovanni. «Natalia, stai bene?»

Natalia annuì, con un gesto lento. Sentiva il bisogno di sedersi. Aveva addosso una stanchezza che le appesantiva le braccia e le gambe. Guardò Giovanni e disse:

«Andiamo».

«Sì.» Giovanni accennò alla porta. «Meglio uscire di qui.»

Contini teneva Bonetti ancora stretto alla parete, benché non stesse opponendo nessuna resistenza.

«Lasci stare, Contini... ormai è finita.»

«La pistola» fece Contini.

«È qui.» Bonetti indicò verso il basso. «Le assicuro che non ho l'intenzione di fare del male a nessuno.»

Contini prese la pistola e fece un passo indietro. Bonetti si spazzolò la giacca con la mano e domandò:

«Possiamo andare a sederci fuori?»

Contini gli indicò di precederlo. Bonetti aveva le spalle curve, il volto di un colore grigiastro. Uscirono tutti alla luce del sole e si guardarono in faccia.

«Avete chiamato la polizia?» chiese Bonetti.

«Dovrebbero arrivare» disse Contini.

Natalia si domandò se parlare a Bonetti. Quell'uomo aveva ucciso sua madre, era entrato con prepotenza nella sua vita e l'aveva sconvolta. Ma si limitò a fissarlo negli occhi per qualche secondo, poi entrambi distolsero lo sguardo. Natalia disse a Contini:

«Forse so dove sono i documenti».

Contini annuì.

«E mi ricordo che c'erano delle fotografie, delle lettere su ragazze maltrattate. Mia madre mi aveva detto qualcosa.»

Le parole uscivano lentamente, però uscivano. Faceva fatica a muovere i muscoli della bocca, come quelli delle gambe e delle braccia.

«Da quelle testimonianze saremmo risaliti a Bonetti» fece Contini. «Ma direi che ora non ne abbiamo più bisogno.»

«C'è anche il posacenere» aggiunse Natalia.

Contini la guardò senza capire.

«Con il posacenere lui ha...»

«Ho capito.»

«Non c'è bisogno di tutto questo» intervenne Bonetti. «Ormai...»

Lasciò la frase in sospeso, poi abbassò lo sguardo e chiese di nuovo:

«Quando arriva la polizia?»

Natalia e Giovanni si allontanarono e andarono al limitare del paese. Sul sentiero non si vedeva nessuno. Natalia si appoggiò al muro dal quale aveva seguito l'arrivo del giudice, quando ancora nella sua mente era tutto confuso. Ora invece sapeva ogni cosa, e si rendeva conto del cammino che aveva percorso.

«Sei stanca?» le domandò Giovanni.

«Un po'.»

Natalia ricordava ogni momento della sua fuga nei boschi, o così le pareva. Quelle ore permeate di silenzio, sola con se stessa. E poi tutti gli altri giorni durante i quali riscopriva le parole a una a una. La ragazzina che era andata a Ginevra a trovare le amiche era un'altra persona, così come quella che cercava di non piangere dopo la morte di suo padre.

«Quando è arrivato Contini?» domandò a Giovanni.

«Ce l'abbiamo fatta per un pelo. Quando Bonetti ha perso la pazienza non sapevo più cosa fare. Contini è entrato dal retro, appena in tempo.»

Giovanni parlava in fretta. Anche lui aveva subito uno choc.

«Mi dispiace» disse Natalia. «Mi dispiace se ti ho coinvolto.»

«Ma stai scherzando? Io ci sono, sono coinvolto. È normale.»

Natalia sorrise.

«Tu vedi qualcosa di normale?»

Anche Giovanni sorrise.

«Be', in effetti è stata un'estate speciale.»

«Sì.»

Giovanni fece una pausa.

«E adesso?»

«Non so.» Natalia si scostò i capelli dal viso. «Forse è ancora un'estate speciale.»

L'agente di polizia Daniel Guglielmoni sapeva riconoscere una giornata storta. C'erano tanti indizi: il caffè bruciato il mattino, la macchina senza benzina quando sei in ritardo, il capo di malumore. E una richiesta d'intervento, alla fine del pomeriggio, in cima a una maledetta montagna.

«Ma dai che siamo arrivati» disse Filippo Torti, il suo collega.

Filippo Torti camminava pure nel tempo libero. Trekking, lo chiamava, o nordic walking, una roba così. Facile dire siamo quasi arrivati.

«Ma c'è bisogno di correre?»

«Ha detto il commissario di fare presto.»

«Dicono sempre così.»

Guglielmoni non credeva che ci fosse una vera urgenza. Ogni tanto ai capi saltava in mente di dare un ordine strano, tanto per esercitare il loro potere. Erano fatti così.

«E poi è una gran giornata» diceva Torti. «C'è ancora il sole, è bello camminare per...»

«Sì, questa l'ho già sentita, grazie.»

Quando il sentiero fece una svolta, Guglielmoni guardò in alto e vide il villaggio abbandonato. Di mezzo però c'era ancora una salita di quelle rognose. Prima che Torti potesse dire un'altra volta che erano quasi arrivati, lo prese per un braccio.

«Guarda lassù! Mi sembra che c'è qualcuno... due persone.»

Torti aveva con sé un binocolo. Osservò per qualche secondo, poi disse:

«Forse hai ragione tu. Forse non c'è fretta».

Gli porse il binocolo. Guglielmoni lo puntò verso le due persone e mise a fuoco. Erano seduti contro un muretto di sassi, proprio in cima al sentiero, e si stavano baciando. Erano abbracciati, ma Guglielmoni era quasi sicuro che lei fosse Natalia Rocchi, la ragazza che secondo il commissario sarebbe stata in pericolo.

«Chiamalo pericolo» disse. «Quella non ha certo bisogno di noi.»

«Direi di no.»

«E siamo venuti fin qui per niente, allora?»

«Be', ci siamo fatti una passeggiata. Siamo ancora in estate, no? Con questo sole, è una fortuna che...»

«Va bene, va bene. Cammina, che è meglio.»

17

Pranzo d'affari

Ferdi aveva lasciato correre. Con il senno di poi, era stato uno sbaglio: il povero Savi era un buon organizzatore ma non sapeva gestire le emergenze, e alla fine si era fatto prendere dal panico. Ferdi strizzò gli occhi, poi tolse una mano dal volante per infilarsi gli occhiali da sole.

Era il primo settembre, il sole scintillava sul lago e sui vetri delle automobili. Ferdi guidava verso Gandria sulla via Cantonale e ripensava a quell'assurda storia del Tucano. I controlli di polizia erano previsti, e anche qualche multa o qualche grana per le ragazze che non avevano le carte in regola. Ma un eccesso di violenza era una cosa ben diversa.

Comunque era inutile rimuginare sul passato.

Avvicinandosi a Gandria, Ferdi aprì il finestrino e si gustò il panorama. Le case ammucchiate l'una sull'altra, il lago che batteva alle porte del paese, senza nessuna spiaggia, le barche ferme sotto i davanzali. Ferdi parcheggiò all'entrata del paese e s'incamminò per una viuzza in discesa. Apprezzava particolarmente le piante esotiche: ulivi e fichi che gli ricordavano gli anni passati sulle rive del Mediterraneo.

Adesso invece gli toccava monitorare il Canton Ticino.

«Non è un paese facile» gli disse l'avvocato Berti, dopo avergli stretto la mano all'ingresso dell'Antica Hostaria dei Tor.

«No» si limitò a dire Ferdi.

Sulla terrazza, con vista sul lago e camerieri in camicia bianca, aspettavano già gli altri due invitati: Giorgio Galli, architetto e membro del Gran Consiglio ticinese, e l'imprenditore milanese Gianni D'Elia. I quattro si sedettero in un angolo, protetti da una fila di sempreverdi. L'avvocato Berti, ronzando come un grosso calabrone, si accertò che tutti ordinassero un aperitivo:

«Si discute meglio, con davanti un Merlot di quelli buoni!»

Era una riunione informale, per abbozzare un accordo. Senza impegno.

«Nei prossimi mesi la pagheremo» disse Galli. «L'opinione pubblica è un po' esasperata.»

«E giustamente!» fece Berti. «È scandaloso che si arrivi a consentire queste violenze. Proprio noi dovremmo avere a cuore che...»

«Ci proviamo» tagliò corto Ferdi. «Ma Savi non era la persona giusta.»

«Ce ne siamo accorti» sospirò Galli. «Guardate i giornali...»

Galli raccolse da terra e posò sul tavolo tre quotidiani ticinesi. Tutti riferivano in prima pagina della confessione di Bonetti, della chiusura del Tucano e del nuovo giro di vite contro lo sfruttamento della prostituzione.

«I tre omicidi sono stati un invito a nozze» osservò Galli. «È tutta l'estate che ci danno dentro.»

«Passerà» disse Ferdi. «Noi dobbiamo fare il nostro lavoro.»

«Ma restando nella legalità» intervenne D'Elia. «Non voglio finire coinvolto in episodi come quello del Tucano.»

«È stato solo un incidente» fece Berti. «Poi Bonetti e Savi e quel dottore hanno perso la testa.»

«C'era sicuramente una soluzione vantaggiosa per tutti» disse Ferdi.

«Ma non l'avete trovata» ribatté D'Elia.

«No.» Ferdi scosse il capo. «Stavolta no.»

Per pranzo ordinarono risotto con tinca di lago ed erbette, seguito da pesce in carpione e insalata. Per finire sorbetto, vodka e torta di mele.

«Com'è il pesce in carpione?» s'informò D'Elia, che a giudicare dal fisico scolpito era uno che stava attento a ciò che mangiava.

« È squisito » rispose il cameriere. « Sono coregoni filettati e marinati: un piatto semplice, giusto un paio di cipolle, carote, un po' di rosmarino. »

« C'è aglio? »

« Un po', solo un po'. »

« Mmm. » D'Elia si grattò la testa. « Vabbè, proviamolo. »

Durante il pranzo parlarono di cibo, di viaggi e di sport. Ferdi era piuttosto silenzioso, ma apprezzava la compagnia e il buon vino. Non gli sfuggiva l'utilità di una rete di contatti. Perciò, pur essendo un uomo sbrigativo, conosceva l'arte di parlare del più e del meno.

« È stata un'estate difficile » disse Berti. « Ma ci riprenderemo. »

« L'importante è agire in maniera corretta » fece Galli.

Guardò negli occhi Ferdi, il quale si asciugò la bocca e disse:

« Sono d'accordo ».

« Chi l'ha scelto questo ristorante? » domandò D'Elia.

« Ci venivo sempre la domenica, quando stavo a Castagnola » rispose Berti. « Mi ricordo che era un posto senza pretese. Poi si sono ingranditi. »

Il ronzio della voce di Berti stimolava la digestione. Ferdi si appoggiò allo schienale e disse:

« Ho visto che da queste parti ci sono belle case in vendita ».

« Sì, ma bisogna stare attenti che non ti fregano » fece D'Elia. « È pericoloso fidarsi troppo delle occasioni. »

« O almeno » precisò Berti, « bisogna riconoscere quelle autentiche. »

Ferdi alzò gli occhi verso il lago. Si era levato un po' di vento. Nell'aria c'era un odore di pesce, di acqua stagnante. Il sole dolcemente si spingeva sui muri e le finestre delle case, intorno alla terrazza, e dalla strada più in basso veniva l'abbaiare di un cane.

18

Locarno, verso sera

Locarno, verso sera. La città distesa agli ultimi raggi di sole, con le prime luci intorno al casinò e i fari all'entrata dell'autosilo. Contini lasciò la macchina vicino alle scale, poi s'incamminò verso piazza Grande.

Prima di passare da lei, voleva bere un bicchiere di vino. Sapeva che era inutile farsi domande. L'unica risposta era andare da Francesca, sarebbe bastato guardarla negli occhi per capire. In teoria, sarebbe dovuta partire per gli Stati Uniti entro poche settimane, se non pochi giorni. In teoria? Probabilmente aveva già il biglietto.

L'ombra si arrampicava sulle colline di Locarno Monti, da piazza Grande era già sparito il sole. Comunque era una giornata calda: si stava bene al tavolo all'aperto, con un bicchiere di vino bianco freddo. Contini si era vestito con tanto di giacca e cravatta.

Lasciò una moneta da cinque franchi e s'incamminò. Alla fine aveva deciso. Anche a costo di cambiare tutto nella sua vita, aveva bisogno di Francesca. Non era una decisione melodrammatica: era un dato di fatto. Spinse il portone, le scale erano di cemento e senza finestre, tanto che con le luci spente era quasi buio. Contini fece un respiro profondo. Come avrebbe reagito? Non le aveva più telefonato, non si era più fatto vivo. E se avesse anticipato la partenza? E se non volesse più saperne di lui?

Troppe domande. Contini raggiunse il pianerottolo, si rassettò il nodo della cravatta e suonò il campanello. Sentì lo squillo dietro la porta chiusa. Poi tornò il silenzio, interrotto ogni tanto dalle voci negli appartamenti vicini. Con il peso su un piede e poi sull'altro, nella penombra, Contini aspettava che apparisse Francesca.

Indice

Finito di stampare nel mese di aprile 2013
per conto della TEA S.p.A.
da Rotolito Lombarda S.p.A. - Seggiano di Pioltello (MI)
Printed in Italy